불멸의 이순신 3

폭풍 전야

불멸의 이순신 3

김탁환 장편소설

폭풍 전야

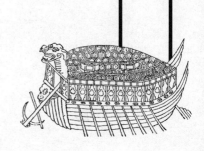

민음사

차례

3권
폭풍 전야

一、전라 좌수사, 기선을 제압하다

신묘년(1591년) 이월 이십일.

녹도 만호(鹿島萬戶) 정운(鄭運)은 꼭두새벽부터 습사(習射, 활쏘기 연습)를 위해 제비꽃 가득 핀 뒷산 활터로 갔다. 강한 바닷바람과 짙은 안개 때문에 호랑이가 그려진 솔(과녁)이 잘 보이지 않았다.

양 볼이 실룩거릴 때마다 입 주위에 더덕더덕 솟은 밤송이 수염이 춤을 추었다. 정운은 호흡을 고르며 단전에 기를 모은 다음 비정비팔(非丁非八, 활을 쏠 때 취하는 두 발의 모양)로 사대에 섰다. 세목박두(細木撲頭, 촉이 둥근 화살)를 궁대(弓袋, 활집)에서 꺼내 시위에 걸고는 북두갈고리 같은 왼손으로 줌통(활몸 한가운데 손으로 쥐는 곳)을 잡고 천천히 활을 들어올렸다. 줌손(줌통을 쥔 왼손)이 명치에 이르자 산꼭대기까지 올라갔던 바람살이 되밀리면서 회오

7

리쳤다. 구름결(구름같이 슬쩍 지나가는 겨를)에 솔 주위가 환하게 드러났다. 황급히 깍짓손과 줌손에 힘을 실어 활을 이마까지 끌어올렸다. 서늘한 깍짓손이 귀젖에 닿았다. 허벅지와 두 팔을 고정한 후 깍짓손을 확 비틀었다.

순간 솔이 다시 안개에 묻히면서 겨우 사랄(射埒, 살받이 터. 활터에서 과녁을 세우고 그 뒤에 흙으로 둘러싼 곳.)만 보였다. 화살을 쏘는 데 실패한 정운은 그 자세 그대로 안개를 걷어 내고 솔을 다시 드러내 줄 돌개바람을 기다렸다. 줌통을 쥔 왼손이 가늘게 떨렸고 이마에는 땀방울이 송송 맺혔다. "끙." 신음을 뱉는 것과 동시에 갑자기 높바람이 불어 닥쳤다. 두 팔이 오른쪽으로 기우뚱하면서 깍짓손이 춤을 추듯 하늘로 튕겼다. 시위를 떠난 화살은 열 걸음쯤 날아가다가 연분홍 며느리주머니 꽃 앞에 코를 박고 떨어졌다.

"이, 이런! 낙전(落箭)이라니."

해송 휘휘 우는 산을 내려오면서도 내내 정운은 마음이 편치 않았다. 녹도에 온 이래 처음 당한 일이다. 경오년(1570년) 무과에 합격할 때에는 서른 발을 모두 과녁에 맞추어서 용안일각(龍顔日角, 임금의 용모)을 우러르는 광영까지 누리지 않았던가.

'이순신 때문인가.'

'정충보국(貞忠報國)'이라 새긴 패도(佩刀)를 닦으면서도 정운은 얼굴을 펴지 못했다.

정읍 현감이었던 이순신이 진도 군수와 가리포 첨사(加里浦僉使)를 거쳐 전라 좌수사로 임명되었다는 소식을 들은 것이 그제 아침이었다. 한 달 전까지만 해도 종육품 현감이었던 자가 하루 아침에 정삼품 수사가 된 것이다. 그 소식을 접한 순간부터 정운은 온종일 소나기술만 마셨다. 이순신은 정운보다 육 년이나 늦게 무과에 급제한 새까만 후배였다. 더구나 녹둔도 전투에서 여진족에게 패해 백의종군까지 당한 위인이었다.

눈을 감으니 지난 이십 년 세월이 화살처럼 스쳐 갔다.

종구품 금갑도 권관(金甲島權管), 종육품 거산 찰방(居山察訪), 종오품 제주목 판관(濟州牧判官)을 거쳐 쉰을 바라보는 나이에 종사품 만호가 되기까지, 정운은 적과 싸워 패한 적이 없었다. 벼슬이 오르지 않은 이유는 단 하나, 조정에 연줄을 대지 못해서였다. 정운이 세운 전공은 언제나 상관 몫으로 돌아갔으며, 자신은 그저 큰 과오 없이 변방을 지키는 하급 장수에 머물렀다.

미련을 털고 깨끗하게 물러나려 한 적도 여러 번 있었지만 왜구들이 이웃 마을을 노략질했다는 소리만 들어도 피가 거꾸로 솟았다. 조정에서 농월(弄月)하는 눈먼 문신들이 알아주든 말든, 정운은 장졸들을 이끌고 남해 바다를 굳건히 지켜 내리라 마음먹고 지금까지 버티었다.

자신에게 관운이 따르지 않는 것은 참을 수 있었다. 정운이 진정 참을 수 없었던 건 능력도 없는 자가 하루아침에 수사 자리를 꿰차고 내려오는 것이다. 그동안 내려온 수사들은 활을 두 순도 채 못 쏘고 쓰러지기 일쑤였다. 해전(海戰)이 벌어지면 공방(攻防)에서 화포(火砲)와 각궁(角弓)이 요체가 된다. 활을 다루지 못하는 수사라니, 어처구니 없는 일이었다.

지난 이월 사일, 전(前) 경상 좌병사 원준량(元俊良)의 아들로 일찍이 종성 부사를 지낸 원균을 전라 좌수사로 임명한다는 어명이 내렸다는 소식을 듣고 정운은 크게 기뻐했다. 이제 전라 좌수군도 죽음을 두려워하지 않는 강한 군대로 거듭나리라 믿었다. 그러나 원균은 좌수영으로 내려오기도 전에 거하(居下, 인사 고과에서 최하점을 받음)를 이유로 사간원에서 탄핵을 받고 삭탈관직을 당했다. 사간원이나 사헌부에 있는 철부지 서생들이 하는 짓이란 고작 그 따위였다.

'왜 원균을 내쫓고 이순신을 보낸 것일까. 이순신이라면 정읍 현감으로 있을 때도 남솔을 일삼아 구설수에 오른 자가 아닌가. 탄핵을 당해야 한다면 응당 이순신이 먼저일 터이다. 그런데 원균은 좌수영으로 오기도 전에 벼슬을 빼앗기고 이순신은 순식간에 당상관이 되었구나. 한 나라 바다를 책임질 장수를 이런 식으로 뽑다니, 있을 수 없는 일이다.'

정운은 아침을 먹은 후 판옥선에 몸을 실었다. 새로 부임하는 좌수사를 맞이하기 위하여 예하 장수들이 모두 좌수영으로 모이라는 명령이 있었기 때문이다. 장검을 들고 뱃전에 선 정운은 갓밝이에 낙전을 한 것이 계속 마음에 걸렸다. 낙전을 하면 망신살이 뻗친다는 속언이 머릿속을 떠나지 않았다.

해무(海霧, 바다 안개)가 걷히면서 수영에 늘어선 판옥선들이 모습을 드러냈다. 낙안(樂安), 방답(防踏), 사도(蛇渡) 등 각종 깃발이 힘차게 펄럭였다.

"늦었네그려."

백발이 성성한 낙안 군수 신호(申浩)가 반갑게 정운을 맞이했다.

전라 좌수영은 보성, 낙안, 흥양(興陽), 순천(順川), 광양(光陽) 등 다섯 고을과 방답, 사도, 여도, 발포, 녹도 등 다섯 포구를 아우르고 있었다. 이들 오관 오포에 속한 장수들 중에서 순천 부사 권준(權俊)이 서열상 제일 위였지만, 문관 출신이었기에 장수들에게 존경을 받지는 못했다. 그 대신 군무(軍務)를 항상 원칙대로 처리하여 '죽도(竹刀)'란 별명을 지닌 낙안 군수 신호가 선임자 노릇을 했다. 신호는 일찍이 조산 만호로 여진족과 싸웠고, 경상도, 전라도, 강원도, 황해도 등 거치지 않은 곳이 없었다. 정운은 신호를 친형님처럼 모시며 따랐다.

"오랜만에 뵙습니다. 곤란한 일을 겪으셨다면서요?"

"뭐, 별일 아니었네. 신경 쓰지 말게."

지난 연말, 순천 출신인 강복구(姜福求)라는 군졸이 휴가를 청했다. 어머니가 돌아가셨다는 것이다. 진법 훈련 중이었지만 신호는 강복구를 고향으로 돌려보냈다. 그런데 나중에 그 어머니가 멀쩡하게 살아 있음이 밝혀졌다. 신호는 휘하 장졸들이 만류하는데도 뿌리치고 강복구의 목을 베었다.

"살아 있는 어머니를 죽었다고 했으므로 그 불효를 이루 말할 수 없고, 장수를 속이고 병영을 이탈했으므로 그 불충이 하늘에 닿았다. 불충불효한 금수만도 못한 놈을 어찌 살려 둘 수 있겠는가."

강복구 부모가 전라 감영까지 찾아가서 아들이 억울하게 천경
(泉扃, 저승)으로 갔다며 탄원했다. 신호는 감영에서 사흘이나 밤
샘 조사를 받았으나 군율을 앞세워 조목조목 맞선 끝에 무혐의로
풀려났다.

"다들 모였습니까?"

정운이 판옥선에 꽂혀 있는 깃발들을 살피며 물었다.

"이곳으로들 나올 걸세. 수사께서 직접 군선을 살피시겠다
는군."

"예? 오자마자 감찰부터 하겠다는 겁니까? 도대체 우릴 뭐로
보고."

피갑을 입고 투구를 쓴 신호도 얼굴이 밝지만은 않았다. 정운
은 밤송이 수염을 부르르 떨었다.

"처음부터 기를 꺾어 놓겠다는 수작이 아니고 무엇이겠습니까?
하룻강아지 범 무서운 줄 모른다더니. 형님! 이대로 보고만 계실
겁니까?"

턱수염을 쓸던 신호가 정운 얼굴을 쏘아보았다.

"입 다물지 못할까! 말을 할 때는 먼저 그 뜻을 헤아려 보라고
몇 번이나 일렀거늘……. 정삼품 전라 좌수사를 두고 하룻강아지
를 입에 올리다니 네가 정신이 있는 놈이냐 없는 놈이냐?"

"형니임!"

정운은 구슬 눈물이라도 뚝뚝 떨어뜨릴 것처럼 울상이었다. 신
호가 말투에 찬 서리를 더했다.

"혹여 수사 어른께 몹쓸 장난이라도 칠 요량이면 당장 그만두게. 아무리 우리보다 나이가 어리고 과거 급제가 늦었다손 치더라도 어명으로 전라 좌수사가 되었음을 명심해야 할 게야. 비나리(환심을 사려고 아첨함)도 치지 말고 불뚝성(갑자기 불끈 내는 성)도 내지 말라 이 말일세. 내 말뜻 알겠는가?"

"예, 형님!"

정운은 힘없이 고개를 내렸다. 그러나 순순히 무릎을 꿇을 마음은 나지 않았다.

오관 오포에 속한 장수들이 웅성대며 부두로 걸어 나왔다. 장수들 역시 장승걸음이 느릿느릿 힘이 없었다. 장수들은 순천 부사 권준을 필두로 바다를 등진 채 열을 맞춰 섰다.

경쾌한 말발굽 소리가 산굽이를 돌았다. 장군기(將軍旗)를 든 군졸이 앞서 달렸고 융복을 입은 이순신이 뒤를 따랐다. 날렵한 군졸 일곱이 이순신을 호위하고 있었다.

"어서 오십시오, 장군. 순천 부사 권준입니다."

말에서 내린 이순신은 권준의 인사를 받는 둥 마는 둥했다. 지난겨울 전라 감영에서 잠깐 스친 적이 있었다. 이순신은 남솔을 해명하기 위해, 권준은 왜구로부터 입은 피해를 보고하기 위해 갔던 것이다. 그때 권준은 종삼품 부사였고 이순신은 종육품 현감이었다.

이순신은 권준을 따라 부두에 늘어선 오관 수령들과 인사를 나누었다. 하나 정운 차례가 되자 걸음을 멈추고 획 돌아섰다.

'오포 장수들과는 인사도 나눌 필요 없다는 건가.'

이순신 뒤통수를 바라보는 정운의 송곳눈에서 불똥이 튀었다.

이순신은 판옥선을 돌아보는 동안에도 말이 없었다. 권준이 설명하는 말에 귀 기울이면서 가끔 고개를 끄덕일 따름이었다. 배 열두 척을 꼼꼼히 살핀 후 진해루(鎭海樓)로 향했다.

수사가 부임하는 첫 밤은 휘하 장수들과 먹고 마시며 인사를 트는 것이 관례였다. 그러나 이순신은 잔칫상을 물리며 핏대부터 올렸다.

"군선 상태가 최악이오. 한 달간 말미를 줄 테니 완전히 보수하도록 하시오. 한 달 후에도 이 꼴이라면 군율에 따라 곤장으로 다스리겠소."

좌우로 늘어선 장수들이 한결같이 고개를 휘휘 저었다. 지도만호(智島萬戶) 송희립(宋希立)이 큰 소리로 답했다.

"알겠습니다."

기회를 엿보던 정운이 헛기침을 두어 번 쏟았다.

"장군, 녹도 만호 정운이오이다. 녹둔도에서 장군이 거둔 승첩은 잘 알고 있소이다."

'승첩? 이놈이!'

이순신이 매서운 눈매로 쏘아보았다. 정운은 고개를 숙여 그 시선을 외면했다.

"또한 장군이 무예가 출중하시다는 소문도 들었소이다. 시소에다(矢少殪多, 화살은 적지만 잡은 짐승은 반드시 많음)를 자랑한 주몽(朱蒙)과도 같다고요. 저희들에게 그 솜씨를 조금이나마 보여 주실 수 없겠소이까?"

신호가 조금씩 눈초리를 올려 갔다. 금세라도 폭발할 분위기였다. 이순신이 침묵을 깨고 선선히 승낙했다.

"좋소. 정 만호도 무예가 출중하다는 풍문은 들었소만, 활이라면 나도 웬만큼 다룰 줄 아오. 두어 순 쏘아서 자웅을 겨루는 게 어떻겠소?"

'됐다, 미끼를 물었어!'

정운은 표정이 한여름 뙤약볕처럼 밝아졌다.

"그럼, 감히 청하겠소이다."

정운이 앞장서 성큼성큼 진해루를 빠져나갔다. 권준과 신호는 걱정스러운 듯 어깨를 서로 으쓱해 보였다. 다른 장수들은 은근히 이 대결을 즐기는 눈치였다. 좌수사로 온 이순신의 궁술 실력을 가늠하게 되었으니 나쁠 게 없었다.

정문을 나서서 담벼락을 끼고 걷다가 가파른 언덕을 올랐다. 좌수영 장졸들이 훈련을 하는 넓은 활터가 나왔다.

정운은 날랜 군졸 둘을 뽑아 개자리(화살의 적중 여부를 확인하기 위해 과녁 앞에 판 웅덩이)로 들여보냈다. 바탕은 백오십 보가 족히 넘었다.

"화살은 무얼 쓸 텐가?"

신호가 정운에게 물었다.

"육량전(六兩箭)이 어떻겠습니까?"

"뭣이, 육량전?"

육량전은 싸리, 대나무, 쇠, 힘줄, 깃, 도피(桃皮), 풀(膠) 등 일곱 가지 재료로 만들어 무게가 여섯 냥[六兩]이나 나가는 무거운 화살이었다. 습사에서는 유엽전(柳葉箭)이나 세전(細箭)을 쓰는 것이 보통이다. 그런데 정운은 난데없이 전투용 쇠 화살인 육량전을 들먹인 것이다.

"그렇다면 활은?"

정운이 웃으며 지체 없이 대답했다.

"당연히 정량궁(正兩弓)이죠."

정량궁은 길이가 다섯 자 다섯 치나 되고 무게가 백 근이 넘는 강궁이었다. 발사 후 반동이 심해 평범한 사내는 달려 나가며 그 힘을 업어야만 쏠 수 있었다. 정량궁을 제자리에 서서 쏘는 사람은 명궁 중에서도 명궁이었다. 신호가 다시 물었다.

"바탕이 너무 멀지 않은가? 정량궁을 사용해서 육량전을 쏠 때 과녁은 백 보 이내로 두네. 한데 지금 저 바탕은 백오십 보가 넘어."

이순신은 신호 뒤에 서서 물끄러미 과녁을 바라보고 있었다. 이순신 눈치를 보던 정운은 활터에 있는 장졸들이 모두 들을 수 있도록 큰 소리로 말했다.

"명궁이신 수사께서 겨우 백 보 이내 과녁에 화살을 쏘실 수야 있겠소이까? 저 정도는 되어야죠. 수사 어른! 관중(貫中, 과녁을 맞히는 것)은 알과녁에 맞는 것만 셈하는 것이 어떻겠소이까?"

알과녁은 과녁 한복판에 붉은색을 칠한 홍심을 뜻했다. 이순신은 말없이 고개만 끄덕였다.

"한 순씩 번갈아서 각자 한 획(獲, 화살 쉰 발)을 쏘는 것이 어떻겠소이까?"

"좋도록 하오."

궁대에 육량전을 꽂고 정량궁을 준비하는 군사들 손놀림이 분주했다. 쉴 새 없이 역풍이 불어왔다. 흙바람은 앞이 훤히 트인 평사(平射. 사대와 과녁의 높이가 같은 활터)를 가로질러 장졸들 얼굴을 할퀴고 지나갔다.

'미친 짓이야!'

신호는 사대로 나가는 정운을 바라보며 혀를 끌끌 찼다.

육량전은 팔과 등에 심각한 충격을 주기 때문에 세 발씩 나누어 쏘는 것이 기본이고 한 번에 열두 발 이상은 쏘지 않았다. 그런데 쉰 발을 쏘겠다니……. 서른 발도 쏘기 전에 인대가 늘어나고 어깨 근육이 파열될 것이다.

정운은 사대에서 길게 심호흡을 한 후 흰죽지참수리깃이 달린 육량전을 시위에 걸었다. 그러곤 태산을 밀듯이 줌통을 밀었다. 갓밝이에 범했던 실수를 상기하며 허벅지와 두 팔을 고정시켜 시위를 당겼다. 앞가슴을 쫙 편 후 화살을 쥔 깍짓손을 가볍게 놓았다.

휘이익.

육량전이 고추바람을 가르며 날아갔다.

"관중이오!"

개자리에 웅크리고 있던 군졸이 고전기를 흔들었다. 탄성과 박수가 터져 나왔다. 정운은 다시 궁대에서 육량전을 뽑아 들었다. 이번에도 명중이었다. 첫 순 다섯 발을 모두 홍심에 명중시켰다.

이제 이순신 차례였다.

이순신은 사대로 나서며 활시위를 두어 차례 당겨 보았다. 야윈 뺨과 웅크린 어깨 때문에 정량궁이 더 크고 길어 보였다. 사대에 서서 주변 풍경을 찬찬히 훑은 후 오른손 약지와 중지를 들어 바람 흐름을 살폈다.

'먼저 지형을 살피고(先觀地形) 나중에 바람을 살피는군(後察風勢). 막막강궁(莫莫强弓, 세고 센 활)을 쥐고서도 전혀 흔들림이 없구나.'

신호는 사대에 선 이순신이 아주 여유가 있음을 눈여겨보았다. 강궁을 쏠 때에는 바람 흐름에 몸을 맡겨야 한다는 이치를 깨우치고 있는 듯했다.

이순신이 천천히 활시위를 당겼다. 앞가슴을 완전히 펴니 정량궁이 부러질 듯 휘청거렸다. 첫 번째 화살이 과녁을 향해 날아갔다.

"넘었소!"

개자리에 있던 군졸은 고전기를 흔드는 대신 화살이 과녁을 지나쳤음을 알렸다. 비록 관중이 되진 못했지만, 장졸들은 좌수사가 쏜 화살이 이백 보 넘게 날아갔다는 사실에 깜짝 놀랐다. 힘에서는 결코 녹도 만호 정운에게 밀리지 않는 것이다. 이순신은 다시 오른손을 들어 바람 흐름을 살핀 다음 두 번째 화살을 뽑아 들었다.

"뒤 났소(화살이 줌손 뒤쪽에 떨어짐)!"

이번에는 화살이 과녁 왼편에 떨어졌다. 이순신은 조금도 동요하지 않고 바람 흐름을 다시 읽고 세 번째 화살을 쐈다.

"관중이오!"

군졸이 신나게 고전기를 흔들었다. 이번에도 이순신은 표정에 변화가 없었다. 나머지 두 발을 모두 홍심에 꽂은 후 사대에서 물러났다.

자리로 돌아온 이순신은 땀을 닦거나 물을 마시지 않고 가만히 앉아서 눈을 감았다. 화살이 날아간 방향과 시위를 당길 때 자세를 돌이켜 보는 듯했다. 군졸들이 과녁에 꽂힌 화살들을 노루발로 뽑는 동안 이순신은 미동도 하지 않았다.

다시 정운이 나섰다.

맞바람이 강하게 불어왔다. 바람이 더 강해지기 전에 화살을 쏘려는 듯 서둘러 시위를 당겼다. 어금니를 깨무는 것이 위태롭긴 했지만 화살 다섯 발은 이번에도 모두 홍심에 꽂혔다. 밤송이 같은 입을 벌리고 허허허 웃어젖혔다.

이순신이 거북이처럼 느릿느릿 사대로 나섰다. 첫 발은 과녁을 넘었고 두 번째 화살은 과녁 오른쪽에 떨어졌다. 나머지 세 발은 처음 쏜 것처럼 모두 홍심에 꽂혔다.

이렇게 네 순을 도는 동안, 정운은 뒤 난 것 하나를 빼고 열아홉 발을 관중시켰고 이순신은 고작 열두 발에 머물렀다. 이대로 나간다면 정운이 열다섯 발 이상을 앞선다. 승리를 예감한 정운이 점점 커다랗게 웃음소리를 흘렸고, 다소곳이 차례를 기다리는 이순신은 묵상이 조금씩 길어졌다.

다섯 번째 순을 돌기 위해 사대로 나서는 정운을 신호가 붙들었다.

"서두르지 말게. 오른쪽 어깨가 빨리 열리고 줌손이 많이 흔들려. 만작(활을 쏘기 위해 시위를 최대한 당긴 상태)에서는 회목(손목)을 고정시키도록 하게. 욕심을 버리고 무아(無我)로 빠져들어야 해. 알겠나?"

정운이 어깨를 으쓱하며 너스레를 떨었다.

"형니임, 걱정 마십시오. 이 아우, 아직 끄떡없습니다."

정운이 사대에 서자 갑자기 구름이 해를 가렸다. 주위가 컴컴해지면서 빗방울이 바람에 실려 흩날렸다.

정운은 궁대에서 화살 하나를 뽑아 시위에 걸었다. 앞서 쏜 화살들과는 달리 흰죽지참수리깃이 구겨져 있었다. 물을 끓여서 증기를 쏘이면 깃이 감쪽같이 설 터이지만 그럴 시간이 없었다. 소나기라도 퍼붓기 시작하면 구겨진 깃이 화살 방향을 완전히 흐트러뜨릴지도 몰랐다. 중지와 검지로 부지런히 깃을 쓸어내린 후 다시 시위를 당겼다. 빗방울이 점점 굵어졌다. 만작에 이르렀을 때 줌통을 잡은 왼쪽 손목이 뒤로 꺾였다. 그와 동시에 줌팔이 붕어죽(활을 쥔 왼팔 팔꿈치 안쪽이 하늘을 향한 모양)으로 바뀌었다.

"코를 박았소!"

화살은 오십 보도 채 날아가지 않고 땅에 박혔다. 주위가 쥐 죽은 듯 조용해졌다.

"이런, 개, 개 같은……."

정운은 욕설을 뱉으며 황급히 화살을 하나 더 뽑았다. 얼굴이 벌겋게 달아올랐다. 시위를 당기는 왼손이 다시 꺾였다. 왼팔이 붕어죽으로 변하는 것과 동시에 정량궁이 발아래 떨어지고 육량전은 허공으로 튀어 올랐다.

"윽!"

정운이 왼팔을 부여잡고 앞으로 고꾸라졌다. 손목과 팔꿈치를 빼고 어깨 근육이 파열되었으며 인대가 늘어난 것이다. 정운의 양 볼이 사시나무처럼 떨렸다. 신호가 황급히 달려왔다.

"어서어서 의원에게 보이게!"

송희립이 정운을 업고 그 자리를 떴다.

휘이익.

쓰러진 정운을 겹겹이 에워싸고 왁자지껄하던 장졸들이 일제히 소리가 난 쪽으로 고개를 돌렸다. 이순신이 사대에 서 있었다. 정운이 다쳤으니 승부는 이미 끝났다. 그런데도 이순신은 계속 육량전을 쏘고 있었다. 신호는 사대로 가서 이순신을 말려야겠다고 생각했다. 수사 부임 첫날부터 팔에 부목을 대게 할 수는 없다. 그 순간 권준이 손목을 가만히 붙들었다.

"잠깐만! 너무나 자연스럽지 않아요? 이 수사는 마치 이런 일을 예견이나 한 것처럼 활을 쏘고 있어요. 정 만호처럼 덜렁대지도 않고 바람이 바뀌어도 흔들림 없이."

신호는 걸음을 멈추고 사대에 선 이순신을 바라보았다.

"관중이오!"

"관중이오!"

"관중이오!"

"관중이오!"

"관중이오!"

다섯 발이 모두 알과녁에 꽂혔다. 고전기를 흔드는 군졸이 목소리에 흥을 더했다. 활솜씨에 넋을 빼앗긴 장졸들이 일제히 우레 같은 함성을 쏟아 냈다.

이순신은 아무런 책응(策應, 상황에 알맞게 헤아려 대응함)도 없이 정운이 차고 있던 궁대를 주워 허리에 마저 둘렀다. 그리고 육량전 스물다섯 발을 반으로 갈라 두 궁대에 나란히 꽂았다. 그러고는 비바람도 구경꾼도 관심 밖이라는 듯 다시 사대에 서서 시위를 당기기 시작했다. 스물다섯 발 중에서 열일곱 발이 홍심에 들어갔다. 쉰 발 중에서 서른네 발을 관중시킨 것이다.

"물 한 잔만 다오!"

한 획을 쏜 이순신은 그제야 물을 청하고 의자에 앉았다. 신호를 비롯한 장수와 군졸들이 슬금슬금 모여들었다.

"참으로 명궁이시옵니다, 장군!"

권준이 운을 뗐다.

"명궁이시옵니다, 장군!"

다들 저마다 찬탄을 늘어놓았다. 이순신은 천천히 호흡을 고르며 장졸들을 훑었다. 장수다운 장수를 모시게 된 것을 기뻐하는 눈망울들이었다.

천둥 번개가 쳤다. 빗방울이 삽시간에 굵어지더니 비보라로 변했다. 쉽게 그칠 비가 아니었다. 우구(雨具, 비를 막는 기구)를 써도 피할 수 없었다.

"좌수영으로 돌아간다!"

권준이 명을 내리자 장졸들이 서둘러 활터를 뛰어 내려갔다.

낙안 군수 신호만이 뒤처리를 위해 몇몇 군사를 거느리고 남았다. 이순신은 고개를 약간 숙인 채 눈을 감고 자리를 지켰다. 신호는 이순신이 된비를 맞지 않도록 군막을 쳤다.

얼마나 시간이 흘렀을까.

마무리를 끝낸 신호가 돌아왔을 때도 이순신은 여전히 돌부처처럼 앉아 있었다.

"이제 그만 내려가시지요."

대답이 없었다. 신호는 이순신의 얼굴을 곰곰이 살펴보다가 황급히 군막 안으로 뛰어 들어갔다. 식은땀이 이순신 이마에서 흰 뺨과 목덜미를 타고 내렸다.

"장군! 어디가 불편하십니까?"

이순신이 입술을 파르르 떨며 겨우 대답했다.

"오, 오금이 펴지지 않소. 엉치등뼈가 끊, 끊어질 듯……"

강궁을 쏘느라고 하체에 무리가 간 것이다.

"장군, 정신 차리십시오. 장군!"

신호는 이순신을 들쳐 업고 좌수영을 향해 냅다 뛰었다. 이순신은 등에 얼굴을 묻고 앓는 소리를 해 댔다.

'육량전을 한 획이나 쏘았는데 몸이 성할 리가 없지. 뼈를 깎는 고통이었을 텐데, 장졸들이 활터를 떠날 때까지 참고 견디다니 무서운 사람이다. 이번에는 좌수사가 제대로 온 것인가. 한데 이 사람을 따라 다니는 이상야릇한 소문들은 대체 뭐란 말인가. 속단하긴 아직 일러. 좀 더 지켜볼 일이야.'

二, 남해 바다 누비는 호걸들의 천하

술판은 해가 완전히 기운 후에야 시작되었다.

횃불을 든 군사들이 좌우로 늘어선 가운데 빗방울이 간간이 기왓장을 때렸다. 곱게 단장한 기생들이 사이사이 앉아서 술시중을 들었다.

.홍양 현감 배홍립(裵興立)은 벌써부터 너털웃음을 터뜨린 후 "행화(杏花, 살구꽃)로다, 산수유 꽃이로구나." 감탄하며 기생들 허리춤에 손을 집어넣었다. 술고래로 유명한 사도 첨사 김완(金浣)은 제 옆에 앉은 기생을 아예 배홍립 쪽으로 밀어 두고 연거푸 술잔만 비워 댔다. 왼팔에 부목을 댄 녹도 만호 정운과 제대로 오금을 펴지 못하는 전라 좌수사 이순신은 마주 앉아 서로를 칭찬했다.

"장군, 정말 대단하십니다. 소장, 활을 잡고 나서 오늘 처음

패했소이다."

정운이 솔직하게 패배를 인정했다. 이순신이 웃으며 답했다.

"무슨 소리! 내 어찌 정 만호 활솜씨를 따를 수가 있겠소. 전라 좌수영에 조선 제일 명궁으로 백발백중인 정운이 있다더니 헛말이 아니었소. 그 용맹이 범과 같다는 풍문도 들었소이다. 그대와 같은 맹장을 휘하에 두게 되어 매우 기쁘오."

순천 부사 권준이 끼어들었다. 깎은서방님인 권준은 샌님이라는 별명답게 술을 입에도 대지 않았다. 물신선(좋은 말을 듣고도 기뻐할 줄 모르고 언짢은 말을 듣고도 성낼 줄 모르는 사람을 비유적으로 이르는 말)이 따로 없었다. 언젠가는 배움술(처음으로 술을 배울 때 마시는 술)을 먹이겠다고 정운이 벼르고 별렀지만 좀처럼 기회가 오지 않았다.

"제 휘하에도 활을 제법 쏘는 군관이 있습니다. 수사께서 허락만 하신다면 솜씨를 보여 드리고 싶습니다만……."

정운이 정색을 했다.

"그래요? 권 부사께도 그런 숨겨 둔 보물이 있었소이까? 어디 한번 봅시다. 무예가 뛰어나면 수사께서 큰 상을 내리실 터이지만, 그 재주가 작고 보잘것없을 땐 권 부사가 벌주로 탁주 한 방구리(동이보다 조금 작은, 술을 담는 데 쓰는 질그릇)를 마시는 것이 어떻겠소?"

과맥전대취(過麥田大醉, 보리밭만 지나가도 매우 취한다.)인 권준에게 탁주 한 방구리는 엄청난 양이었다. 권준이 웃으며 답했다.

"좋지요. 소생이 추천한 군관이 활솜씨가 남다르다면 정 만호 역시 술 한 방구리를 마시는 것이 어떻겠소?"

"물론이오. 한데 한 방구리로는 양이 차지 않으니 세 방구리로
합시다."

권준이 손짓을 하자 융복을 입은 군관이 어둠을 뚫고 뜰로 나
섰다. 목이 굵고 가슴이 두꺼운 사내는 왼손에 어둠을 닮은 흑각
궁을 들고 있었다. 기생 하나가 손등에 난 무사마귀를 얼핏 보며
쇳소리를 냈다.

"어마! 유, 육손이야!"

기생들 웃음소리가 일순간에 사라졌다. 육손이와는 눈만 맞추
어도 재수가 없는 법이다. 권준이 그 술렁거림을 손을 저어 멈추
게 했다.

"이름은 변존서(卞存緖)라고 합니다. 보시다시피 육손이고 흑각
궁을 사용하지요. 지금은 제 휘하에 있는 궁대(弓隊)를 훈련시키
고 있습니다. 사선(射選, 활 쏘는 기술로 군사를 선발함)으로는 삼도
수군에서도 으뜸에 꼽힐 실력이지요. 변 군관! 네 솜씨를 보여
드려라."

"예!"

변존서는 검은 천으로 눈을 가리고 효시를 흑각궁에 걸었다.
권준이 손짓하자 횃불을 든 군졸들이 담벼락까지 물러났다. 뜰은
두어 걸음 앞도 분간할 수 없을 만큼 어두워졌다. 권준이 웃으며
이순신에게 권했다.

"자, 던지시지요."

눈을 가리고 횃불도 없이 움직이는 물건을 맞히겠다는 것이다.

언뜻 생각해도 불가능한 일이다.

사람들이 술렁이자 권준이 다시 독촉했다. 이순신은 잔칫상 위에 놓인 굴비 한 마리를 뜰로 내던졌다. 동시에 변존서가 어깨를 틀면서 화살을 쏘았다.

휴우우우웅!

화살은 어둠을 뚫고 날아가서 대들보에 박혔다.

권준이 천천히 대들보로 가서 화살을 뽑았다. 놀랍게도 굴비 머리가 화살에 꿰여 있었다.

"미, 믿을 수 없어!"

정운이 벌떡 일어서며 고개를 흔들어 댔다. 권준이 변존서와 귀엣말을 나누었다.

"표적이 너무 커 재미가 없다고 합니다. 엽전 두 개를 동시에 던지시지요."

"내가 하겠소."

정운이 대청마루 끝으로 나섰다. 태조 이성계가 화살 하나로 날아가는 기러기 두 마리를 쏘아 떨어뜨렸다는 소문을 들은 적은 있다. 하지만 그때는 햇볕이 쩽쩽 내리쬐는 대낮이었고 눈을 가리지도 않았다. 지금은 누가 업어 가도 모를 한밤중이고 궁수는 눈까지 가렸다.

"에잇!"

정운은 변존서 등 뒤로 엽전을 던졌다. 변존서는 몸을 한 바퀴 휙 굴린 다음 연거푸 화살을 쏘았다. 군졸들이 엽전 중심을 꿰뚫은 화살 둘을 곧 찾아왔다.

변존서가 일어나서 목례를 했다.

"대단해. 명궁 중에서도 명궁이로세."

이순신은 칭찬을 아끼지 않았다. 변존서가 정운 쪽으로 고개를 돌리며 말했다.

"발아래를 보십시오."

정운이 고개를 숙여 주위를 살폈다. 어느새 쏘았는지 화살에 꿰인 쥐 한 마리가 섬돌 위에 널브러져 있었다. 변존서는 화살 셋을 순식간에 쏘아서 표적 세 개를 맞힌 것이다.

정운은 내기에서 졌음을 솔직하게 시인했다. 정운이 술방구리를 오른팔로 끼고 마셔 대는 동안 이순신은 변존서를 말석에 앉히고 몸소 술을 권했다. 입가에 알 수 없는 웃음기가 떠돌았다.

"오랜만이구나. 실력이 많이 늘었어."

변존서도 역시 웃음으로 화답했다. 권준이 끼어들었다.

"구면이십니까?"

"외가 쪽 아우라오. 충청도 아산에서 한 마을에 살았지요."

변존서는 이순신이 살았던 아산 백암리 출신이었다. 이순신이 아버지 이정을 따라 외가인 초계 변씨 집성촌으로 내려갔을 때, 변존서는 코흘리개 어린 나이로 제법 강단이 있는 꼬마였다. 일찍부터 장수가 되고 싶어 하더니 이순신이 과거에 급제할 즈음에는 방진 문하에 들어갔고, 삼 년 남짓 궁술을 익힌 후 더욱 수련하겠다며 금강산에 들었다. 작년 봄 비로소 세상에 나와 식년 무과에 거뜬히 합격한 것이다. 한양에서 훈련원 봉사를 하는 줄 알았는데 어느 틈에 순천까지 내려와서 군관으로 일하고 있었다.

해마다 훈련원 장수들 중에서 변방에 있는 군졸들을 가르치기 위해 무예가 출중한 이를 가려 뽑는데, 거기에 선발되었다고 한다.

"금강산에서는 어느 분을 스승으로 모셨느냐?"

"청호(靑湖) 선생님이옵니다."

"청호? 청호라면 그 유명한 맹인 궁사 청호거사(靑湖居士) 말인가? 덤벼드는 호랑이 세 마리를 단숨에 잡았다는……. 그분이 금강산에 계셨단 말이지?"

"그러하옵니다."

청호거사라면 전주 감영을 습격한 호랑이 세 마리를 한꺼번에 때려잡은 걸로 이름을 날린 조선 제일 궁사 중 한 사람이었다. 변존서는 청호거사에게서 청음(聽音)을 익혔고, 두 눈을 가리고도 자유자재로 활을 쏘는 법을 배웠다. 소리 나는 화살을 사용하는 것도 그 아래에서 배웠기 때문이다.

이순신은 변존서에게 거듭 술을 권하면서 그 뛰어난 무예를 연신 칭찬했다.

지도 만호 송희립이 뚱뚱한 몸을 밀면서 나섰다. 송희립은 화가 치밀수록 아랫배가 튀어나오는 특이한 체질 때문에 별명이 복어였다.

"장군, 소장도 재주를 한번 부려 볼까 합니다."

송희립은 성큼성큼 황새걸음을 옮겨 뒤뜰로 사라졌다. 권준이 이순신에게 술을 권했다.

"송희립은 타고난 독전가(督戰家)입니다. 형 대립(大立), 아우 여립(汝立)과 함께 북을 치면 십 리 밖에 있는 적들도 두려움에

떨죠. 격군(格軍, 노 젓는 군사)들 사기를 높이는 데에는 북소리만
한 게 없습니다."

송희립 삼형제가 용고(龍鼓, 큰북)를 가지고 등장했다. 무명천
을 질빵으로 삼아 북을 허리에 받쳤다. 새로운 구경거리를 만난
기생들 눈이 호기심으로 반짝거렸다. 걷어붙인 팔뚝에는 콩배나
무 꽃잎처럼 흰 털이 돋아나 있었다.

송희립이 왼손으로 가볍게 북을 두 번 쳤다. 그러자 대립과 여
립이 함께 북을 두드리기 시작했다. 처음에는 안개가 숲을 감싸
듯이 낮고 느린 소리가 울려 나왔다. 북을 치는 순간보다 북소리
가 울려 나가는 시간이 더 길고 장중했다. 북소리가 조금씩 어긋
나기 시작했다. 송희립이 반 박자 빨리 소리를 이끌었고, 대립이
힘 있게 제자리를 지켜 박자를 유지했으며, 여립이 잰걸음을 뛰
듯이 여운을 조절했다. 왼손과 오른손이 따로 놀면서 소리는 모
두 여섯 개로 나누어졌다. 하늘, 땅, 산, 바다, 사람, 짐승이 내
는 소리를 닮은 울림 여섯이 모였다가 흩어지고 흩어졌다가 다시
모였다.

송희립이 양손을 차츰 더 높이 올리기 시작했다. 어깨를 넘고
머리를 지나서 허공을 찌를 듯이 솟구친 북채가 절벽에서 떨어지
듯 북을 두드렸다. 심장이 쿵쿵쿵쿵 뛰었다. 바다가 산을 삼키고
하늘이 땅을 덮는 소리였다. 송희립이 고함을 내질렀다.

"비(飛)!"

북소리가 빨라지기 시작했다. 북 여섯이 동시에 둥둥둥둥 사람
들 가슴으로 파고들었다. 권준이 설명을 덧붙였다.

"쾌속으로 적선에 접근할 때 치는 소립니다."

송희립 형제가 앞뒤로 사정없이 팔을 휘둘렀다. 송희립이 더 큰 소리로 외쳤다.

"파(破)!"

"적선과 부딪치기 직전에 치는 소립니다. 두려움을 없애고 최고 속력을 내기 위함입니다."

북소리가 여섯 갈래로 흐트러졌다. 서로 너무나도 빨리 삼키는 바람에 북소리는 끊어지지 않고 점점 커졌다. 해일처럼 밀려드는 그 소리는 하늘을 뚫고도 남음이 있었다.

"휴(休)!"

송희립이 호흡을 가다듬으며 북소리를 늦추었다. 어느새 세상이 평화로워지더니 서늘한 소소리바람이 불어왔다.

독전 시범을 마친 송희립 삼형제에게 너 나 할 것 없이 찬사를 보냈다. 이순신은 손수 술을 따라 주며 격려했다. 뚱뚱한 회립은 낄낄 웃으며 두 잔이나 받아 마셨고, 키가 큰 대립은 맏형답게 감사 인사를 잊지 않았으며, 막내 여립은 말없이 술잔을 비웠다.

이번에는 낙안 군수 신호가 장검을 들고 흰 수염을 쓸면서 뜰로 나섰다.

"흥이 올랐으니 이 몸도 춤이나 한판 추었으면 하오이다."

송희립이 장창을 들고 따라 일어섰다.

"소장도 신 군수님을 돕겠습니다."

송대립과 송여립이 용고를 치며 장단을 맞추었다. 낙안 군수 신호가 장검을 들고 빙글빙글 맴을 돌았다. 송희립 역시 장창을 돌리며 그 주위를 팔자로 휘저었다. 민첩하고 사위가 분명한 송희립의 춤은 잘 다듬어진 옥과 같았다. 두 다리는 땅바닥을 쓸 듯이 유연했고, 두 팔은 천기를 품었다가 자르듯이 밖에서 안으로, 안에서 밖으로 변화무쌍하게 흔들렸다. 신호의 검무(劍舞)는 송희립을 능가했다. 숨을 탁탁 끊으며 팔을 내뻗을 때마다 검기가 상대 눈을 찔렀으며, 땅을 박차고 솟구쳐 오를 때는 천 년을 사는 학이 무릉을 찾아 떠나는 듯했다.

무진년(1568년)에 무과에 급제하여 장수가 된 신호는 이순신과 원균보다 먼저 조산 만호를 지낸 바 있고, 병법에 밝고 신중하면서도 대쪽같이 원칙을 지키는 것으로 명성이 높았다.

'소문보다도 더 크고 강한 사람이구나.'

이순신은 현란하면서도 절도 넘치는 검무를 보면서 백전노장인 신호의 경험과 신중함을 잘 살려 쓰리라고 생각했다. 그러고는 고개를 돌려 옆에 앉은 순천 부사 권준을 살폈다. 문신 출신이라서 따돌림 당하고 있지만 장수들마다 성품과 장단점을 세세히 파악하고 있는 것이 놀라웠다. 무가 줄기라면 문은 뿌리이며, 무가 표면이라면 문은 이면이었다. 신호와 권준을 좌청룡 우백호로 삼는다면 좌수영을 강군(强軍)으로 만드는 데 큰 문제는 없을 듯했다.

권준이 그 마음을 헤아린 듯 장수들에 대하여 차분하게 설명해 나갔다.

"전라 좌수영에는 인재들이 많습니다. 훌륭한 수사를 만나면 능히 천 명 몫을 하고도 남을 호걸들이지요. 변존서도 활솜씨가 뛰어나지만, 송희립도 격고(擊鼓)와 장창 솜씨가 그에 뒤지지 않습니다. 광양 현감 어영담(魚泳潭)과 군관 이언량(李彦良)도 물건입니다. 저쪽에 앉아 있는 광양 현감 어영담은 내년이 환갑이온데 조상 대대로 어부였기에 남도 물길을 제 손바닥 보듯 하는 사람이지요. 뭐니 뭐니 해도 저 사람 장기는 끝없이 바다에 얽힌 이야기를 쏟아 내는 것입니다. 젊은 날에는 아예 매설가(賣說家, 직업적 이야기꾼)로 나설까 고민까지 했다더군요. 그 옆에 앉은 이언량은 어영담과는 반대로 지독한 독설가입니다. 피부가 유난히 희기 때문에 백돼지로 통하죠. 한번 화가 나면 물불을 가리지 않는 사람입니다. 선봉대를 이끌기에 안성맞춤이죠. 어영담이 훨씬 나이가 많지만 두 사람은 사흘이 멀다 않고 싸웁니다. 하나 걱정하실 필요는 없습니다. 서로 재주를 누구보다도 아끼니까요."

홍양 현감 배흥립이 권준에게 시비를 걸었다.

"부사 영감, 젖비린내 나는 것들 뒤를 봐 주어 어쩌겠다는 것이오? 제깟 놈들이 재주를 피워 봤자지. 어디 전쟁이 혈기로만 되는 거랍디까? 병법에도 이르기를 장수는 무릇 깃발로 전투를 지휘한다고 했소이다. 장수가 할 일은 상황을 파악하고 결단을 내려 신속하게 군졸들을 이끄는 것이지, 칼이나 창을 잡고 적을 죽이는 것이 아니다 이 말씀이외다. 장졸을 내 몸처럼 자유자재로 다스리기 위해서는 시공에 얽매이지 않고 신속 정확하게 연통(連通, 연락)을 취할 수 있어야 하오. 지금처럼 천지 사방이 깜깜할 때 군선을 출동시키려면 어떻게 해야 하겠소이까? 깃발을 식별하기엔 주위가 너무 어둡고, 사람을 보내기엔 지형이 험하고,

북소리도 들리지 않을 정도로 먼 거리라면 말입니다."

배홍립은 괄괄한 인상만큼 말투가 거칠었다. 아무도 선뜻 배홍립이 던진 문제에 답을 내지 못했다. 배홍립은 유난히 짙은 눈썹을 위아래로 씰룩이며 잠시 뜸을 들였다. 그러고는 수수께끼 답을 혼자만 아는 아이처럼 낄낄거리기 시작했다. 벌어진 앞니 사이로 새어 나오는 웃음은 두드러기가 돋을 지경이었다.

"들어오너라!"

이윽고 배홍립이 명령을 내렸다. 군졸들이 길이가 열 척은 족히 넘어 보이는 거대한 방패연을 들고 들어왔다. 태극이 가운데 위치하고 거대한 청룡 두 마리가 좌우에서 하늘로 솟구치는 형상이었다.

"올려라!"

방패연 네 귀퉁이에 불을 놓았다. 불길이 번지는 것과 동시에 방패연이 빠르게 하늘로 떠올랐다.

"저러다가 금방 타 버릴 게 아닌가?"

광양 현감 어영담이 물었다.

"천만에! 태극 주위를 물로 적시고 살에 철심을 넣었기 때문에 오늘 밤 내내 타고도 남음이 있지요. 자, 슬슬 시작해 볼까."

배홍립은 천천히 뜰로 내려가서 볼기짝얼레(기둥 두 개만으로 된 납작한 얼레)를 건네받았다. 얼레를 왼쪽 옆구리로 휙 당기자 방패연은 곤두박질치듯 수직으로 떨어졌고 굉음이 터져 나왔다. 땅이 흔들리고 잔칫상 위에 놓인 명과해포(名果海脯)를 담은 그릇들이 달그락거릴 정도였다. 흥양에 있는 판옥선에서 배홍립이 보낸 신호에 따라 천자총통(天字銃筒)을 발사한 것이다. 배홍립은 놀라 자빠진 사람들을 보며 낄낄댔다.

다시 얼레를 들고 좌에서 우로 한 일(一) 자를 긋자 불타는 연이 우에서 좌로 수평으로 이동했다. 장졸들은 숨을 죽이고 그 날렵한 손놀림을 지켜보았다. 불붙은 방패연 하나가 더 하늘로 떠올랐다. 뒤를 이어 방패연 두 개가 나타났고 그 뒤를 가오리연 세 개가 뒤따랐다. 일곱 연이 태미원(太微垣, 하늘나라 임금과 대신이 모여 나랏일을 의논하는 별자리) 아래 밤하늘을 가득 메우고 불춤을 추었다. 해안에서 나타난 여섯 연이 배홍립이 놀리는 방패연을 따라 뱀처럼 움직였다. 이윽고 일곱 연이 일직선으로 나란히 섰다. 배홍립이 얼레를 가슴에 대고 원을 그리자 대열이 순식간에 사라졌다. 처음 한동안은 그 연들이 무엇을 만드는지 아무도 눈치 채지 못했다.

"어머, 북두칠성이네!"

배홍립 곁에서 시중을 들던 눈 밝은 기생 하나가 알은체를 했다. 과연 기생 말대로 연 일곱이 어울린 모습이 북두칠성을 빼닮았고, 배홍립이 조종하는 연이 국자 손잡이 끝자리에 머물러 있었다. 얼레를 군졸에게 넘겨주고 대청마루를 오르는 배홍립에게 기생들이 앞 다투어 달려들었다.

"오오, 귀여운 것들!"

배홍립은 기생들 볼을 차례차례 꼬집으며 도리깨침(도리깨가 꼬부라져 넘어가는 모양으로 침을 삼킨다는 뜻으로, 몹시 먹고 싶거나 탐이 나서 저절로 넘어가는 침.)을 삼켰다. 이순신은 배홍립이 능청을 부리는 것이 싫지만은 않았다. 송희립 삼형제와 배흥립만 있다면 군선끼리 연통을 취하는 데 어려움이 없을 것이다.

그 흥을 깬 것은 사도 첨사 김완이었다. 당마(塘馬, 척후 임무를 띤 말 탄 군사)를 훈련하는 임무를 맡고 있는 김완은 어두운 밤에도 인근 바다를 훤히 살펴 아는 재주 때문에 '박쥐'로 통했다. 그러나 김완은 박쥐란 별명보다 범 잡는 매라는 뜻을 가진 익더귀란 별명을 더 좋아했다. 호마(胡馬, 몽골 말)와 향마(鄕馬, 조선 말)를 모두 잘 다루었으며 격구에도 탁월한 실력이 있었다. 술상을 들여올 때부터 망초 나물을 안주 삼아 벌물 켜듯 마신 탁주가 족히 열 방구리는 넘어 보였다. 엉거주춤 자리에서 일어났으나 몸을 가누지 못하고 다시 상 위로 쓰러졌다. 상다리가 부러지면서 술과 음식이 제멋대로 튀었다. 커다란 버치에 코를 박은 김완은 미안한 기색도 없이 문뱃내(술 취한 사람 입에서 나는 냄새)를 풍기며 킬킬킬 웃다가 딸꾹질까지 곁들여 다시 몸을 일으켰다. 손을 들어 그때까지도 허공에서 불타고 있는 일곱 연을 가리켰다. 그러곤 입술을 둥글게 움츠리는가 싶더니 귀를 찢는 휘파람 소리를 내었다. 장수들이 얼굴을 찡그렸다.

"장군, 하늘을 보시옵소서. 이제 곧 재미있는 일이 벌어질 겁니다. 킬킬킬."

김완은 털썩 주저앉아 탁주 한 방구리를 마저 벌컥벌컥 마셨다. 그러자 원을 그리고 떠 있던 연들이 하나둘씩 제자리를 이탈하기 시작하더니 순식간에 사방으로 흩어져 버렸다. 얼레를 든 군졸들이 연을 모으려고 노력했지만 허사였다. 무엇인가가 연줄을 끊은 것이다.

"이, 이런. 개자식! 또 제 사날(제멋대로 하는 태도)로 내 연들을 괴롭히다니."

배홍립이 김완에게 달려들어 멱살을 틀어쥐었다. 두 사람은 병오년(1546년)에 태어난 동갑내기였다.

"킬, 킬킬킬."

김완은 입가로 허연 술을 흘리며 웃음을 멈추지 않았다. 배홍립이 주먹으로 콧잔등을 후려갈겼다. 쿵 소리와 함께 김완이 뒤로 벌렁 나자빠졌다. 신호가 싸움을 말렸다.

"그만들 둬. 수사 어른 앞에서 이게 무슨 짓들이야?"

그때까지도 이순신은 영문을 모른 채 어둠 속으로 사라져 가는 연들을 멍하니 바라볼 뿐이었다. 권준이 웃으며 말했다.

"김 첨사가 배 현감 연줄을 끊은 탓입니다."

"연줄을 끊다니? 어떻게 말이오?"

권준이 답하기도 전에 살이 통통하게 오른 송골매 한 마리가 섬돌 위로 내려앉았다. 그 뒤를 이어 송골매 아홉이 차례로 모습을 드러내서는 명령을 기다리는 군졸들처럼 머리를 치켜들고 꿈쩍도 하지 않았다.

"바로 저것들 짓이지요. 김 첨사가 휘파람으로 부리는 송골매입니다. 모두 열 마립죠."

"호오, 송골매를 부린다? 시파치(時波赤, 매사냥을 맡아 하던 내응방에 속한 응인(鷹人)을 민간에서 이르는 말)다 이 말인가?"

"김 첨사 집안은 매사냥꾼으로 이름이 높지요. 배 현감이 지나

치게 자랑을 늘어놓으니까 약이 올랐나 봅니다. 너그럽게 용서하
십시오."

이순신은 배흥립과 김완을 불러 공평하게 벌주로 술 두 방구리
씩을 마시게 하고는 다음부터 주먹질을 하면 곧바로 옥에 가두겠
다고 으름장을 놓았다. 두 사람은 서로 사과하고 흔쾌히 벌주를
들이켰다. 그리고 방금 전 주먹다짐을 깡그리 잊은 것처럼, 나란
히 앉아서 기생들 치맛자락에 머리를 처박기도 하고 용양(龍陽,
남자들 사이의 동성애)이라도 하듯 서로 아랫도리를 마주 부딪치며
노래까지 불렀다.

창자가 썩을 만큼 마시세, 만 동이 술.
쓸개가 거칠어질 만큼 부르세, 미치광이 노래.

김완이 짧고 가는 휘파람을 불자 송골매들이 일제히 날아올라
어둠 속으로 사라졌다.

이순신은 장수들이 권하는 술을 마다하지 않았다. 오금이 저리
고 어깨가 욱신거렸지만 오늘 밤만은 만취하고 싶었다. 전라 좌
수영에 속한 장수들은 진흙에 묻힌 옥돌들이었다. 때를 얻지 못
해 웅크리고 있을 뿐, 대장군이 되고도 남을 재목들인 것이다.

'저들과 함께 술 마시고 사냥 다니고 전투를 벌이리라. 생사고
락을 같이하리라.'

이순신은 변존서, 송씨 삼형제, 이언량 등 젊은 장수들과는 부
자처럼 정을 나누고 싶었다. 이 젊은 장수들을 수족처럼 부릴 수

있어야지만 좌수사로서 위용이 서는 것이다. 권준과 신호는 늘 가까이에 두고 조언을 구할 장수들이고, 배흥립과 김완에게는 연통과 척후를 맡기면 될 것이다. 정운은 급한 성미만 다스린다면 능히 선봉장으로 쓸 수 있으리라.

독주를 들이켜며 밤하늘을 우러렀다. 낭위(郎位, 옥황상제를 지키는 경호원 별자리)가 눈에 쏙 들어왔다. 금오산 남궁 선생 가마가 눈에 선했다. 소은우와 박미진, 그리고 투박하면서도 은은한 아름다움을 풍기던 사발들. 그 행복을 하루아침에 쓸어버린 것이 왜적들이었다. 이순신은 왜구들이 다시는 하삼도에 얼씬도 못하도록 철저하게 남해 바다를 지키고 싶었다. 이제 그 기회가 온 것이다.

녹둔도에서 전사한 임경번과 오형의 얼굴이 연이어 떠올랐다. 그 참혹했던 패전 이후 지금까지 이순신은 의기소침한 나날을 보냈다. 만나는 장수마다 손가락질을 해 댔고 군졸들까지 믿지 못할 장수라며 뒤꽁무니에서 침을 뱉었다. 새로운 땅에서 새로운 사람들과 새 출발을 하고 싶었다. 잃어버린 명예를 되찾을 마지막 기회였다. 녹둔도 패전은 지금까지 어두운 그림자로 이순신 발밑에 따라다녔지만, 전라 좌수영 장졸들은 활쏘기 시합에서 무위를 떨친 이순신을 환호로 받아들였다.

'이제 단 한 번도 실수하지 않고, 단 한 차례도 패배하지 않으리. 나 이순신이 머물러야 할 마지막 자리가 바로 이곳이다. 여기서 한 발 물러나면 모든 것을 잃을 것이다. 죽을 수는 있으되 질 수는 없다. 언제까지나 살아서 이기고 또 이기리라.'

굳게 결심하는 이순신 머릿속으로 류성룡이 서찰에 적어 보낸 『삼략(三略)』의 한 구절이 문득 떠올랐다.

전투 중에 술이 한 통 들어오자 장수는 그것을 강에 쏟게 했어. 그리고 장졸들과 함께 그 물을 마셨다네. 술 한 통을 들이붓는다고 강물이 술맛을 낼 리야 있겠는가? 그런데도 장졸들은 기꺼이 목숨을 바쳐 싸웠지. 장수의 마음이 그들에게 미쳐 감읍케 했기 때문이야. 여해, 전라 좌수영 장졸들을 이처럼 대하게.

신묘년(1591년) 윤삼월 삼십일.

조선 제일 명필로 이름난 한호(韓濩)는 아침 일찍 목멱산에 올라 계곡에 핀 아기양지꽃 몇 송이를 구경하며 목욕재계를 끝내고 돌아왔다. 정오가 될 때까지 정좌하여 당시(唐詩)를 읽었고, 오후에는 『장자(莊子)』를 뒤적거리며 소일했다. 윗목에 벌여 놓은 문방사우에는 눈길 한 번 주지 않았다.

한호가 한양에 머물 때마다 시중을 드는 기생 애랑(愛娘)은 돌나물 무침이며 감태전을 내오면서도 마음이 편치 않았다. 광해군에게 글씨를 써 주기로 약조한 기일이 벌써 이틀이나 지난 것이다. 오늘도 광해군이 가노(家奴)를 시켜 술과 음식을 보내 왔지만 한호는 전혀 고마워하는 기색이 아니었다. 애랑은 저러다가 끌려가 치도곤이나 당하지 않을까 걱정이었다. 밝을 녘부터 찾아와

섬돌 곁을 지키고 선 광해군 집 가노는, 오늘까지 글이 나오지 않으면 뒷일을 감당할 수 없노라고 귀띔했다. 이래저래 애랑은 마음이 급했다.

한호는 아예 이부자리를 펴고 누워 코를 드르릉드르릉 골았다. 해가 뉘엿뉘엿 지고 있었다. 애랑은 급한 마음에 팔을 흔들어도 보고 새치 섞인 턱수염을 쥐기도 했지만, 한호는 겨우 실눈을 뜨고 농을 할 뿐이었다.

"어허! 운우지락을 나누기엔 아직 이르지 않으냐? 조금만 더 기다려라."

애랑은 등을 보이며 돌아누운 그를 안타깝게 바라보았다.

석봉(石峯) 한호.

명나라 조정에까지 달재(達才. 사리에 통달한 재주)를 알렸지만 아직 벼슬다운 벼슬 하나 얻지 못했다. 자리에 연연하지 않는 괄괄한 성격 탓이다. 팔도를 유람하면서 시 쓰고 술 마시는 것이 평생 즐거움인 사내. 한 번에 종이 백 장을 써 내려가고도 힘이 남아도는 사내. 선조가 몇 번이나 예조(禮曹)나 공조(工曹)에 벼슬자리를 권했지만 한호는 이 핑계 저 핑계를 대며 번번이 출사를 거절했다.

그런 한호가 딱 한 번 속내를 드러낸 적이 있었다. 계유년(1573년)에 조선을 방문한 명나라 사신 등계달(滕季達)에게 행서(行書)로 이백의 시 몇 수를 써 주고 극찬을 받은 직후였다.

"암행어사라면 한 번 생각해 보겠사옵니다."

선조가 웃는 낯으로 물었다.

"암행어사가 그렇게 탐이 나느냐?"

"암행어사는 산천을 즐기며 돌아다닐 수 있으니 그나마 해 볼 만한 자리옵니다. 신은 집돼지처럼 한양에 갇혀 평생을 썩고 싶지 않사옵니다."

선조는 한호에게 암행어사를 맡기는 것이 어떻겠느냐고 대신들에게 하문했다. 졸지에 집돼지 취급을 받은 대신들은 입에 거품을 물고 반대했다. 선조는 하는 수 없이 벼슬 대신 '목구철저삼만(木臼鐵杵三萬)'이라고 새겨진 최상품 먹과 압록강 변에서 나는 위원석(渭原石)으로 만든 팔괘연(八卦硯)을 상으로 내렸다. 먹과 벼루를 받은 한호는 정승 자리를 얻은 것보다 더 기뻐했다.

약관에 이미 명필이라고 불린 한호도 이제 내년이면 천명을 안다는 쉰 살이 된다. 손에 붓을 쥔 후 거의 하루도 빠짐없이 글씨를 썼다. 돈을 받고 쓴 글씨도 있었고 계집을 받고 쓴 글씨도 있었으며 어명을 받고 쓴 글씨도 있었다. 문도 있었고 시도 있었으며 비문(碑文)도 있었고 행장(行狀)도 있었다. 화룡점정의 마음으로 쓰기도 하고 심심풀이 삼아 쓰기도 했다. 그 많은 글씨 중에서 기억에 남는 것은 얼마 되지 않았다. 개인적으로는 한양에서 쓴 것보다 금강산이나 지리산을 떠돌며 쓴 것들이 더욱 마음에 들었다. 마지못해 쓴 것이 아니라 흥에 겨워 저절로 붓을 들었기 때문이리라.

한양에 머무르는 동안에는 후궁이나 왕자, 정승이나 판서들 부탁으로 글씨를 쓰는 경우가 많았다. 작년 봄에는 중전 박 씨를 위해 『열녀전』을 해서로 적어 바쳤고 더넘바람(초가을에 나뭇가지가 움직일 정도로 선들선들 부는 바람) 불어오는 가을에는 영의정 이산해가 부탁해 『중용(中庸)』을 초서(草書)로 옮기기도 했다. 글씨를 얻은 이들은 팔도 유람에 지친 한호에게 두둑한 노잣돈으로 답례했다.

광해군이 글씨를 청한 것은 이번이 처음이었다.

한호가 궁중 연회에서 솜씨를 자랑할 때도 광해군은 득의만만한 표정으로 묵묵히 지켜볼 뿐이었다. 한호는 광해군이 싫었다. 발톱을 감춘 호랑이, 독니를 숨긴 뱀. 광해군의 눈초리는 상대 가슴을 꿰뚫을 만큼 날카로웠고, 그 움직임에는 자기 재능에 대한 무한한 자신감이 넘쳐 났다.

'광해군이 용상에 오른다면 금상(今上)보다 열 배는 더 무서운 군왕이 되리라. 한 치도 빈틈을 허락하지 않고 신하들 목을 죄리라.'

조정 중론은 광해군이 너무 차갑고 용의주도하다며 거리를 두는 쪽과 군왕 자품이 있다며 적극 옹호하는 쪽으로 양분되었다. 하지만 거리를 두는 신하들도 광해군이 풍기는 매력에서 자유롭지 못했다.

동인과 서인이 뜻을 모아 광해군을 세자로 책봉하려 한 것도 이런 이유에서였다. 우뚝 솟은 바위를 그대로 둘 것이 아니라 제대로 갈고 다듬자는 뜻이었다. 그렇지만 신하들은 광해군이 뿜어내는 매력에 눈이 멀어 어심을 읽지 못했다. 선조는 종종 경연관에게 왕자들 품성을 묻곤 했다. 경연관들은 솔직하게 의견을 개진했다. 다른 왕자들은 장점 서넛과 함께 단점 한둘씩을 가졌으나 광해군은 오로지 장점뿐이었다.

"요순이 될 자질이 보이십니다."

"한무제(漢武帝)보다 더 강하고 공명정대하십니다."

"사서삼경에 두루 능하시면서도 매사에 조심하시고 겸손하시니 잘 익은 나락과 같사옵니다."

선조 역시 광해군이 뛰어남을 알고 있던 터라 처음엔 대수롭지 않게 받아들였다. 그러나 대신들이 거듭 광해군을 싸고돌자 문득 섭섭해졌다. 군왕인 자신도 그런 극찬을 받은 적이 없었던 것이다. 섭섭함은 곧 질투로 바뀌었고 질투는 분노가 되었다.

선조는 신하들이 광해군을 세자로 책봉하자고 건의하자마자 이를 단호하게 물리쳤다. 광해군이 세자가 되면 임금과 세자가 더 자주 세인들 입에 비교 대상으로 오르내릴 것이다. 선조는 광해군을 멀리 두고 싶었다. 나중에 어쩔 수 없이 광해군을 세자로 책봉하더라도, 백성들이 광해군의 젊음과 패기에 혹하지 않을 만큼 시간을 끌 작정이었다.

선조는 함부로 세자 책봉을 건의한 책임을 엄하게 물었다. 당근과 채찍을 바꾸어 쥔 군왕 앞에서 정철은 덫에 걸린 생쥐 신세로 전락했다. 동인들이 품은 불만을 해소하고 서인들이 틀어쥔 권력을 견제하려면 희생양이 필요했던 것이다. 정철은 새로 미인곡을 지을 겨를도 없이 삭탈관직을 당했고 류성룡이 좌의정으로 옮겨 앉았다.

열흘 전, 한호는 선조에게 초서로 쓴 『도덕경』을 바치기 위해 입궐했다. 선조는 노고를 치하한 후 지나가는 말로 광해군을 어떻게 생각하느냐고 넌지시 물었다. 한호는 그 물음 뒤에 있는 마음을 정확하게 헤아리고 있었다.

"공자께서는, 여러 사람이 한 사람을 미워하더라도 반드시 살펴보아야 하고 여러 사람이 한 사람을 좋아하더라도 반드시 살펴보아야 한다고 말씀하셨사옵니다."

선조는 무릎을 치며 즐거워했고 더 많은 상을 내렸다.

그 뒤 광해군으로부터 부름을 받았지만 사흘이나 칭병한 채 가지 않았다. 광해군이 아침저녁으로 약을 보내왔기에 마지못해 글씨를 써 주기로 약조했지만, 광해군과 직접 만나는 건 끝내 피했다. 그 얼음 같은 눈동자에 사로잡히기 싫어서였다. 내관과 상궁 중에는 광해군 사람도 적지 않을 것이니 한호가 탑전에서 아뢴 말이 벌써 광해군 귀에 들어갔을 수도 있다.

약값을 치르는 셈치고 허락은 했어도 한호로서는 역시 썩 내키는 일이 아니었다. 광해군에게서 써야 할 글을 받은 후에는 불안감이 더했다. 『논어』 「술이편(述而篇)」에 나오는 낯익은 대목이었다.

나는 맨손으로 범을 잡으려 하고, 맨몸으로 강을 건너려다가 죽어도 후회함이 없는 자와 함께하지 않을 것이다. 나는 반드시 일에 임하여 두려워하고, 도모하기를 좋아하며, 성공하는 자와 함께하리라.

이 글은 애제자 자로(子路)가 삼군(三軍)을 통솔한다면 누구와 함께할 것이냐고 여쭌 말에 공자가 답한 것이다. 공자는 용감하고 무예가 뛰어난 장수보다 매사에 조심하고 적이 부리는 전술을 간파할 수 있는 장수를 원했다. 삼군을 통솔하는 장수에게는 훌륭하게 싸웠다는 평판보다 실제로 승리를 얻어 내는 것이 더 중요하다는 뜻이다.

'왜 하필이면 이 문장을 적어 달라는 것일까?'

광해군은 그 인생에서 최대 위기를 맞고 있었다. 선조의 분노가 언제 어떻게 목숨을 훔치는 도척으로 변해 광해군을 덮칠지 몰랐다. 어심을 헤아린 약삭빠른 무리들이 벌써부터 광해군을 비난하기 시작했고, 인빈 김 씨 소생인 신성군을 칭찬하는 목소리가 눈에 띄게 늘었다.

'세자 책봉을 성급하게 거론한 신하들을 문책하려는 게 아닐까?'

한호는 귓속으로 광해군의 쩌렁쩌렁한 외침이 들리는 듯했다.

"승리를 얻어 내지 못하는 용기는 만용이다. 지피지기(知彼知己)하지 못한 자들이여, 사부급설(駟不及舌, 한번 입 밖에 낸 말은 사마(駟馬)가 쫓아도 붙잡지 못한다. 말을 조심하라는 뜻.)이라는 교훈을 아로새기라. 조심하고 침잠하라…….."

한호는 마음이 더욱 심란해졌다.

'도대체 이 글을 누구에게 주려는 것일까?'

한호는 어둠이 방을 가득 채우고 나서야 슬그머니 자리에서 일어나 윗목으로 갔다. 팔패연을 꺼내 연당(硯堂)에 천천히 물을 따랐다. 어둠 속에서도 그 행동은 전혀 실수가 없었다.

한호는 다섯 살에 스승인 학산거사(鶴山居士)를 만났다. 스승은 일 년이 넘도록 붓을 쥐는 것을 허락하지 않았고 대신 눈을 가린 채 아침부터 저녁까지 먹을 갈게 했다. 눈을 감고서도 먹과 벼루가 어디 있는지를 알고 먹이 진한지 묽은지를 가늠하게 된 후에야 비로소 붓을 쥘 수 있었다.

'아, 이 냄새!'

한호는 깊고 그윽한 묵향(墨香)이 좋았다. 현란한 글씨보다는 방 안을 조용히 덮어 주는 무심(無心)한 먹을 닮고 싶었다. 임금께서 하사하신 팔괘연은 수시로 변하는 먹을 대지처럼 잘도 감쌌다. 봉망(鋒芒, 먹을 가는 곳) 역시 견고함이 나무랄 데 없었다. 오늘은 부드럽고 세련된 유호필(柔毫筆)보다 강하고 힘찬 강호필(强毫筆)을 쓸 작정이었다. 광해군 마음을 담으려면 역시 강호필이 제격이었다.

한호는 가부좌를 튼 채 끝없는 명상에 빠져들었다.

한호는 자기 손을 떠난 글씨들이 좋은 곳에서 편안하게 지내기를 기원했다. 다행히 명성을 얻은 덕에 글씨들이 불쏘시개로 전락한 예는 없었지만, 그래도 젊은 날에 쓴 글씨 중 몇 장이 여염집 벽에 붙어 있는 것을 본 적은 있었다.

'글씨도 나름대로 운명이 있지. 같은 사람이 쓴 글씨라도 그 가는 길은 천차만별이게 마련. 세상에 나오자마자 하루 만에 불타 버리기도 하고, 궁궐 대문에 걸려 자손 대대로 이어지기도 하지. 내 분신인 글씨들이여! 자존(自尊)하라. 비천하게 사느니 차라리 불 속으로 뛰어들어라. 너희들이 있어야 마땅한 시공간이 있느니, 속인들이 그걸 허락지 않거든 차라리 먼저 탈주하라.'

한호는 뱃숨을 내뿜으며 천천히 눈을 떴다. 어둠 속에 종이를
펴서 가지런히 놓았다. 중봉(中鋒, 중간 크기 붓)을 쥔 손이 빠른
속도로 움직였다. 일점일획을 찍을 때마다 붓 끝에 힘이 넘쳐 났
다. 한호의 시선은 늘 하얗게 비어 있는 왼쪽 여백에 고정되어
있었다.

'나는 없음에서 있음을 마련한다. 붓놀림 하나에 생로병사 희
로애락을 모조리 담아내려 한다. 나는 먹과 벼루, 붓과 종이를
지배한다. 설사 군왕이라 할지라도 이 공간을 침범하지 못한다.
나는 아무도 알지 못하는 방식으로 나만 홀로 존귀한 세계를 만
든다. 나는 붓을 쥔 신이다. 신이 되어야 한다.'

글씨 쓰기를 마친 후 비로소 불을 밝혔다. 바로 그때 다 낡은
도포 차림을 한 사내가 인기척도 없이 방으로 성큼 들어왔다.

"석봉 어른, 이 밤에 불도 켜지 않고 무엇 하고 계시는지요?
혹 밤일을 시작하신 게 아닐까 하고 그냥 돌아가려고 했습니다."

"어, 단보 아닌가? 이게 얼마만이야?"

한호는 반갑게 허균을 맞아들였다.

"한 삼 년 되었습죠? 둘째 형이 금강산 산신으로 속세를 떠났
을 때 뵙고 처음이니까요."

"하곡(荷谷, 허봉의 호)이 귀천한 지가 벌써 삼 년이나 되었는
가? 그렇다면 난설헌이 세상을 버린 지도 이 년이 가까웠구먼.
그땐 몹쓸 돌림병에 걸려 문상도 못했다네. 미안하이. 참, 악록
(嶽麓, 허성의 호)은 어떤가? 부산포(釜山浦)에 내리자마자 오랏줄에

묶여 의금부로 끌려 왔다고 들었네만…….”

일월 이십구일, 도요토미 히데요시가 보내는 답서를 품에 안고 왜국에 갔던 통신사 일행이 부산포에 닿았다. 출발한 지 아홉 달 만이었다. 하나 부산에서 일행을 맞은 동래 부사(東萊府使) 고경명(高敬命)은 환영 인사도 채 마치기 전에 다짜고짜 서장관(書狀官) 허성과 수행원 성천지(成天祉)를 포박하였다. 두 사람이 정여립과 내통하였으므로 잡아들이라는 어명이 내린 것이다. 죄인들이 한양 의금부에 닿은 이월 십일일부터 지금까지 문초가 이어졌다. 신문이 계속될수록 죄는 드러나지 않았고 오히려 허성이 정여립을 비판한 잡문이 여럿 발견되어 위관(委官)들을 난처하게 만들었다.

“정여립에게 칭찬받은 사람이 모두 역적이라면 남아날 이가 어디 있겠습니까? 곧 누명을 벗고 복직하실 것입니다.”

“그래야지. 악록만 한 인재가 어디 있다고. 법 없이도 살 사람을 역적으로 몰다니……. 웃기는 세상이야!”

한호는 늘 따뜻한 웃음을 짓고 있는 허성을 떠올렸다. 성격이 급하고 직선적인 허봉이나 허균에 비해 허성은 일을 처리할 때마다 앞뒤를 꼼꼼히 챙기고 차분히 따졌다.

“아하! 또 어둠을 벗 삼아 글씨를 쓰고 계셨군요.”

허균이 윗목으로 다가서며 알은척을 했다. 한호는 그 거침없는 행동에서 하곡 허봉의 그림자를 더듬었다.

계유년(1573년), 서른한 살 한호는 스물세 살 허봉을 조정에서 처음 만났다. 천하 명산을 두루 돌아다니며 시를 읊고 글씨를 쓰기로 이름 높은 명나라 문신 등계달이 사신으로 조선에 오자 습제(習齋) 권벽(權擘), 문봉(文峯) 정유일(鄭惟一), 서애 류성룡이 종사관(從事官)으로 임명되었으며, 한호가 수행원으로 뽑혔다. 그때 허봉은 약관에 벌써 태사(太史)가 되어 바로 곁에서 선조를 보필하고 있었다. 등계달은 수행원 한호는 글씨가, 한림학사(翰林學士) 허봉은 시가 뛰어나다며 칭찬을 아끼지 않았다.

그 후, 한호와 허봉은 마음을 터놓는 벗이 되었다. 여덟 살이라는 나이 차이는 아무 문제도 되지 않았다. 허봉은 한호가 쓴 글씨를 왕희지에 비겼고, 한호는 허봉이 읊는 시를 이백과 왕유에 견주었다. 한호는 허봉을 위해 『주역』, 『중용』, 『참동계(參同契)』, 『황정경(黃庭經)』을 옮겨 적어 선물했고, 허봉은 갑술년(1574년) 명나라에 갔을 때 한호를 위해서 이백의 『초당집(草堂集)』을 직접 사 가지고 왔다. 한호가 늦게나마 시에 눈을 뜬 것도 허봉이 도운 바가 컸다. 함께 산천을 유람할 때마다 허봉은 이백 시를 줄줄 외워 댔으며, 그 소리를 들으면서 한호는 서서히 시에 빠져들었다. 허봉이 객사했을 때 한호는 종자기를 잃은 백아처럼 슬퍼했다.

그런데 오늘 허균을 보니 한호는 종자기가 생환한 느낌이었다. 아우가 총명하다는 소리를 허봉으로부터 몇 차례 듣긴 했지만 이렇게 당당하고 거침없는 청년으로 자랐을 줄은 몰랐다.

"대단하십니다. 형님 칭찬이 과한 게 아니었군요. 필세(筆勢)가 용이 뛰고 호랑이가 먹이를 덮치는 듯하며 동명산(東溟山)과 오대산(五臺山)이 웅장함을 겨루는 것 같군요. 해법(楷法, 해서 쓰는 법)이 참으로 묘합니다. 안진경(顏眞卿)이나 자경(子敬, 왕희지의 자)보다 위요, 송설(松雪, 조맹부의 호)과 형산(衡山, 문징명의 호)도 여기에는 미치지 못할 것입니다. 전답을 몽땅 팔아서라도 사고 싶은 심정이에요."

"놀리지 말게."

풍이 센 것까지 똑같았다. 한호는 마음이 밝아졌다.

"일에 임하여 두려워하고 도모하기를 좋아하며 성공하는 자와 함께할 것이다! 옳은 말입니다. 이 세상에는 대의를 품은 자들이 많군요. 광해군은 그중에서도 특출합니다. 미리미리 눈도장을 찍어 두는 것도 나쁘진 않겠지요. 누가 압니까? 나중에 판서 자리 하나라도 던져 줄지."

"어, 어떻게 알았나?"

허균이 왼쪽 눈을 찡긋했다.

"뭘 그렇게 놀라십니까? 밖에 광해군 댁 가노가 있기에 넘겨짚었을 뿐입니다. 한데 광해군께서는 이렇게 멋진 글을 누구에게 선물할 작정이신가요?

"모르겠네. 내가 그걸 어찌 알겠나?"

허균이 고개를 끄덕이며 말했다.

"이산해 대감 아니면 류성룡 대감일 것입니다. 군자는 두루 사랑하고 편당하지 않으며 소인은 편당하고 두루 사랑하지 않는다고 했지만, 그게 어디 말처럼 쉽습니까? 개백정처럼 동인들을 쳐죽이던 송강이 쫓겨났으니 이제 조정은 두 정승들 손아귀에 있습니다. 닥쳐온 위기를 모면하려면 광해군은 두 사람 도움이 꼭 필요하겠지요. 어릴 때부터 군왕을 꿈꿔 온 광해군이 아닙니까? 지금 같아서는 신성군이 세자가 될 것 같지만 변란이 일어나면 상황이 급변할 터! 그땐 광해군 외에 다른 선택이 없을 것입니다. 길어야 일 년이지요. 일 년만 버티면 광해군이 권력과 영광을 한 몸에 차지하겠군요."

한호는 두 귀를 의심했다. 세자 자리를 뒤흔들 만큼 큰 변란이 일어난단 말인가.

"변란이라니? 무슨 변란이 터진단 겐가?"

허균은 손바닥으로 목덜미를 쓸면서 딴전을 피웠다. 헛기침을 뱉으며 마른침을 꼴깍꼴깍 삼키기도 했다.

'술 청하는 버릇도 허봉과 같군.'

한호는 급한 마음을 누르고 애랑을 불렀다. 광해군에게 보낼 글씨를 내주고 주안상을 차리도록 했다. 애랑은 한호가 광해군에게 약조 지킨 것이 기뻐 상다리가 휠 정도로 푸짐하게 술상을 차려 내왔다. 한호는 곁에 앉으려는 애랑을 내몰았다. 기생을 곁에 앉히고 변란 이야기를 나눌 수는 없었다. 허균은 열흘을 굶은 사람처럼 정신없이 술과 안주를 먹었다. 한호는 그 행색을 찬찬히 살폈다.

"짚신을 여러 벌 꾸린 걸 보니 여행이라도 떠나려는가 보군."

허균이 술 한 잔을 단숨에 비운 후 답했다.

"꿈에 작은형님을 뵈었습니다. 변란이 나기 전에 금강산에 와서 한잔 하고 가라고 그러시더군요. 먼저 석봉 어른을 찾아뵈라는 말씀도 하셨고요. 층층나무 밟으며 산을 오를 작정입니다. 형님께 전할 말씀이라도 있으십니까?"

한호가 웃으며 말했다.

"친구를 버리고 신선들 땅에 가서 잘 먹고 잘 사느냐고 물어봐 주게. 이태백과 술잔을 기울였는지도 궁금하이."

"꼭 그렇게 전하겠습니다. 소생이 오늘 찾아뵌 것은 다름이 아니오라……"

허균이 소맷자락에서 서책을 한 권 꺼냈다.

"누이의 문집입니다. 생전에 누이는 석봉 어른께 가르침을 받은 걸 자랑스러워했지요."

벌써 십 년도 지난 옛일이었다. 한호는 허봉을 따라서 그 집에 갔다가 몇 차례 난설헌에게 붓 쥐는 법을 가르친 적이 있었다. 난설헌은 좀처럼 웃을 줄을 몰랐다. 하나를 가르치면 열을 아는 신동이었지만 딱딱한 표정이 마음에 걸렸다. 한호는 허균 손을 굳게 잡았다.

'조심하게. 자네 형이나 누이처럼 단명해서는 안 돼. 자네만이라도 오래오래 살아서 재능을 꽃피우도록 하게.'

한호는 그렇게 말하고 싶었다.

"어서어서 출사하여 벼슬길로 나서야지? 자네 형은 그 나이에 이미 사관(史官)이었어."

허균이 웃음을 그치지 않고 대답했다.

"석봉 어른 눈에는 소생이 벼슬에 환장한 놈으로 보이십니까? 이거, 실망이 큰뎁쇼. 저와 함께 생원이 된 이이첨(李爾瞻)이란 친구가 그러더군요. 하루 빨리 세상에 나가서 큰 공을 세우고 높은 벼슬에 오르자고 말입니다. 하지만 소생은 팽택령(彭澤令, 도

잠)이 팔십일 만에 벼슬을 버리고 다시는 세상에 나가지 않은 것과 적선(謫仙, 이태백)이 임금에게 총애 받는 자들을 우습게 여긴 일을 사모해 왔습죠. 석봉 어른도 신선이 될 꿈을 꾸신다고 작은형으로부터 들었습니다만…… 그새 마음이 변하신 겝니까?"

'난형난제로세.'

한호는 그저 허허 웃을 따름이었다. 티끌 같은 세상, 아등바등 세사(世事)에 갇혀 살 것이 아니라 새처럼 가볍게 날아올라 하늘 높은 바람에 몸을 맡기자 약속했던 게 떠올랐다.

"곧 쑥대밭이 될 조정에는 들어가서 뭣 합니까? 위태로운 나라에는 들어가지 않고 어지러운 나라에는 살지 않으며, 천하에 도가 있으면 벼슬을 하고 도가 없으면 숨는다고 했습니다. 차라리 무예나 익혀 제 한 목숨 지키고 식솔과 함께 심심산중으로 숨는 것이 상책입죠."

"쑥대밭?"

허균이 낯빛을 고치고 목소리를 낮추었다.

"정월에 부산까지 큰형을 마중 나갔습니다. 급한 마음에 협선을 빌려 대마도(對馬島, 쓰시마 섬) 쪽으로 십 리쯤 나갔다가 운 좋게 통신사 일행이 탄 판옥선을 만났지요. 고목처럼 마른 큰형이 이물 쪽에 서 있더군요. 물과 음식을 가린 탓에 몸이 부쩍 야윈 게죠. 큰형은 절 보자마자 반가움을 나누는 것도 미루고 그곳 상황을 소상히 일러 주었습니다. 왜인들은 내년 봄에 조선과 전쟁을 벌일 준비를 이미 마쳤다 했습니다. 왜국을 통일한 평수길(平秀吉, 도요토미 히데요시를 이름)이라는 자는 육손이인 데다가 키도

작지만, 두 눈이 날카롭고 좌중을 장악하는 힘이 있으며 대명(大明)까지 정벌하겠다는 야심에 가득 차 있다 하더이다. 수많은 왜장들이 그 앞에서 얼굴도 제대로 들지 못하였다는군요. 더 자세한 걸 묻고 싶었지만 판옥선이 항구에 닿자마자 큰형이 오라를 받는 바람에 기회를 놓쳤습니다. 하지만 변란이 일어나는 것은 틀림없는 사실입니다. 큰형이 누굽니까? 확실한 사실이 아니고는 입도 뻥긋 않는 분이 아닙니까? 그러니 석봉 어른께서도 난을 피할 준비를 하십시오."

한호는 허균 말을 믿을 수 없었다. 그러나 매사에 신중한 허성이 변란을 걱정했다면 터무니없는 추측만은 아니라는 생각이 들었다.

"아무리 그래도 여기까지야 난이 미치겠느냐? 을묘왜변 때도 전라도만 화를 입었을 뿐이야. 설령 자네 말대로 을묘년보다 더 많은 왜구가 노략질을 한다손 치더라도 경상도와 전라도에 있는 장수들이 물리칠 테지."

"하하하!"

허균이 갑자기 크게 웃으며 짐을 챙겨 자리에서 일어섰다. 덩달아 한호도 엉거주춤 엉덩이를 들었다. 허균은 막힘없이 논박을 토했다.

"이건 노략질이 아닙니다. 전쟁이라고요. 한 나라가 한 나라를 삼키는 전쟁. 왜가 조선 팔도를 차지하기 위해 바다를 건너오는 겁니다. 왜군들은 백 년 동안 전투에 전투를 거듭하면서 단련된 강병이고 조선 군졸들은 그에 대면 한마디로 오합지졸이죠. 전조

왕씨(前朝王氏, 고려) 때는 공과 사, 귀함과 천함을 가리지 않고 남자라면 모두 병(兵)이 되었습니다. 재상 아들이 창을 들고 서얼, 노비들과 나란히 전쟁터로 나갔으니 백만 대군인들 두려웠겠습니까? 하나 지금 왜가 바람처럼 건너와서 남도(南道)에 배를 부리고 전쟁을 일으키면 조선은 결코 승리할 수 없습니다. 왜군들은 어린애 손목 비틀듯 손쉽게 조선군을 깨뜨려 버리고, 대나무를 쪼개는 기세로 밀고 올라올 겁니다. 한양 지나 개성은 물론 평양까지 위협할지도 모르는 일입죠. 세상이 온통 불바다로 변하고 사생(四生, 네 가지 형식으로 태어난 생물. 사람과 같이 어미 태 안에서 태어남, 새와 같이 알에서 남, 개구리와 같이 축축한 데서 남, 나비와 같이 홀연히 나타남.)이 모두 죽는다 이 말입니다……. 뭐, 말이야 바른 말이지, 세상이 뒤집히는 것도 나쁘진 않습죠. 백 마디 말보다 경험 한 번이 모든 걸 바꿀 수 있으니까요. 호된 맛을 봐야 정승, 판서들도 정신 차릴 것이 아닙니까? 다만 폐허로 변할 금수강산이 아까울 따름입니다. 여장을 꾸린 것도 마지막으로 명산대찰을 둘러보기 위함입니다. 시흥(詩興)을 불러일으켜 절구(絶句)나 몇 수 건질까 합니다. 그럼 석봉 어른, 난리 통에 목숨 부지 잘하십시오. 다음에 만나 뵈올 때는 소생이 지은 졸시(拙詩)나 몇 편 초서로 옮겨 주십시오. 이런! 손곡(蓀谷, 이달의 호) 선생님과 서소문 밖에서 만나기로 약조한 시각이 넘었군요. 이별주 자알 마셨습니다. 다음엔 소생이 머리를 올려 준 기방으로 안내합죠. 안녕히 계십시오!"

四. 빛나는 청년, 광해

신묘년(1591년) 사월 일일 밤.

자주색 꽃이 핀 오동나무를 돌아드는 사내는 몸놀림이 야생마처럼 빠르고 힘이 넘쳤다. 딱따기를 들고 야순(夜巡, 밤 순찰)을 도는 야경꾼들을 피해 길과 숲, 다리와 토담을 오가며 길을 재촉했다.

바삐 몸을 놀리면서도 땀 한 방울 흘리지 않는다. 그 왼손에 든 금빛 칼 한 자루는 하늘과 땅을 베어낼 보검이 틀림없었다. 달빛에 비친 희고 윤곽이 분명한 얼굴에는 불그스레한 윤기가 흐르고, 웬만한 불운쯤은 가볍게 부수고 나갈 건강한 체구에 천하를 품을 만큼 넓은 가슴과 단단한 어깨를 지녔다. 몸종 하나 없이 평복 차림으로 밤이슬을 맞으면서 길거리를 배회하는 사내는 선조의 둘째 아들인 광해군이었다.

광해군은 목적지로 곧장 향하지 않았다. 벌써 세 번이나 같은 장소를 돌면서 밤 고양이 울음소리나 쓰레기를 뒤지는 들개 소리에도 신경을 곤두세웠다. 조심스레 미행을 살피고 있는 것이다.

광해군은 벌써 한 달이 넘도록 지독한 살기 속에서 지내고 있었다. 밥을 먹을 때에도, 술을 마실 때에도, 심지어 잠자리에 들 때까지도 번뜩이는 눈동자들이 광해군을 지켜보았다. 그 눈동자들을 따돌리기 위해서 발버둥쳤지만 번번이 꼬리가 밟혔다.

'아바마마께서 직접 부리시는 승전색(承傳色, 내시)이겠지.'

선조는 내시 일곱을 특별히 뽑아 별운검(別雲劍)을 맡겼다. 평상시에는 선조를 지키다가 명이 내리면 은밀하게 궁을 나와 그 뛰어난 무공으로 흔적도 남기지 않은 채 대군들과 대신들을 감찰하는 것이 그들의 일이었다. 그러나 한 달 내내 미행이 붙기는 처음이었다.

'세자 책봉 문제로 크게 진노하신 게야.'

다행히 오늘 밤은 미행을 따돌린 듯했다. 벌써 인시(새벽 3시)가 가까웠다. 광해군은 숨을 깊게 몰아쉰 후 개천을 따라 냅다 뛰었다. 더 이상 지체하면 목적지에 닿기도 전에 날이 밝을 것이다. 발아래로 하수가 흐르는 좁고 어두컴컴한 길이었다. 오물이 발목을 더럽히는 것도 아랑곳하지 않고, 광해군은 거미처럼 담벼락에 바짝 붙어 물오리나무를 끼고 골목으로 숨어들었다. 스무 걸음쯤 달려가니 희미한 불빛이 눈에 들어왔다. 좌의정 류성룡의 집이다.

광해군이 조심스레 다가가 살펴보니 약속대로 쪽문이 열려 있었다. 등(燈)을 밝힌 늙은 노복이 수건과 버선, 그리고 목화(木靴, 나무 신발)를 내밀었다.

"어서 오십시오, 나리."

류성룡이 버선발로 마당까지 내려와서 광해군을 맞았다. 광해군은 습관처럼 주위를 살폈다. 길을 안내한 늙은 노복 외에는 아무도 없었다. 그제야 광해군은 류성룡과 손을 맞잡았다.

"많이 기다리셨지요? 사람들 눈을 피해서 오자니 이렇게 힘이 드는군요. 만나자는 청을 흔쾌히 들어주셔서 감사합니다."

"무슨 말씀을. 어서 안으로 드시지요."

류성룡은 늙은 노복에게 아무도 안으로 들이지 말라고 이르고는 뒤돌아섰다. 광해군은 자리를 잡고 앉아서도 한동안 말이 없었다. 류성룡은 눈을 내리깔고 이제 열일곱 살이 된 광해군이 움직일 때마다 하나하나 신경을 곤두세웠다.

'고난이 닥칠 때는 한 걸음 뒤로 물러나서 바다처럼 넓게 생각하고, 기회가 오면 맹수처럼 덤벼드는 눈부신 청년 광해여. 왜 이토록 누추한 몰골로 이 야심한 시각에 날 찾아왔는가.'

광해군은 먼저 이야기를 꺼내는 법이 없었다. 상대방 말을 지루할 정도로 끝까지 듣고 나서 짧고 단정하게 자기 입장을 밝혔다. 사람들은 그런 태도에서 군왕의 위풍을 느꼈다. 같이 공빈(恭嬪) 김 씨에게서 난, 말 많고 허풍 센 맏왕자 임해군과는 격이 한참 달랐다.

"보내 주신 족자는 잘 받았사옵니다. 석봉이 쓴 글씨는 언제 보아도 단단하고 힘이 넘칩니다."

류성룡이 손님을 대접하는 주인 입장에서 먼저 입을 열었다.

"석봉을 잘 아십니까?"

"알다마다요. 함께 사신을 맞이하거나 명나라로 보내는 문서를 작성한 적이 수십 번이지요. 그 사람, 매사에 좀 덜렁대고 돌려 말하지 못하는 성품 탓에 몇 번 곤욕을 치르기도 했지만 풍류에 능하고 소탈한 호인입니다. 시에도 일가견이 있는 뛰어난 예인 (藝人)이지요."

류성룡은 한호와 어울렸던 젊은 날을 좋은 쪽으로만 추억했다. 술과 계집질로 밤을 지새우고 학문을 게을리하며 선비들을 안하무인으로 깔보는 것이 싫어 거리를 두게 되었다는 말을 꺼내지는 않았다. 그러나 '학인(學人)'이 아니라 '예인'이라고 언급했을 정도니 광해군도 눈치를 챘을 것이다.

"거기 적힌 글귀는 어떻게 보셨습니까?"

어둠이 걷히기 전에 대화를 끝내려는 것인지, 광해군은 거두절미하고 핵심을 찔러 왔다. 신중에 신중을 기하던 평소와는 달랐다. 하지만 류성룡은 그 갑작스러운 물음에도 전혀 흔들리지 않았다. 족자를 받은 후 벌써 열 번도 넘게 그 문장에 숨은 뜻을 음미했던 것이다.

"높은 지위에 오를수록 책임은 막중해지는 법이지요."

공자가 "용맹한 장수보다 신중한 장수를 선택하겠다."라고 한 말을 류성룡은 책임이 가볍고 무거움으로 돌려 말했다. 전쟁터에서 패배는 곧 죽음이니, 장수 된 자는 수많은 군졸들을 죽음으로부터 구하기 위해 끊임없이 전황을 되짚어야 한다. 광해군은 몸을 사리는 류성룡을 한순간에 짓뭉갰다.

"도창이호 악어난소(刀瘡易好 惡語難消. 칼에 찔린 상처는 쉽게 나아
도, 말에 찔린 상처는 낫기 어렵다.)라고 했습니다. 왜 함부로 건저
(建儲, 왕세자를 정하는 것)를 들고 나와 이 목숨을 위태롭게 하였는
지요? 막중한 책임을 지고 있는 한 나라 정승들이 그렇게 가벼이
입을 놀려서야 되겠습니까? 아무 때나 간고(諫鼓, 궁궐 문에 설치해
놓고, 임금의 잘못을 간언하려는 사람에게 이를 쳐서 알리도록 한 북.)를
치는 건 법이 아니오이다."

장자(長子)가 왕통을 잇는 전통에 따른다면 아무 일 아닐 건저
문제를 둘러싸고 사정이 복잡해진 것은 인종(仁宗)부터 선조까지
벌써 삼 대에 걸쳐 정통성 있는 왕자가 옥좌에 오르지 못했기 때
문이었다.

십이대 임금인 인종이 후사(後嗣)도 없이 세상을 떠났기에 친
동생이 왕위를 이었으니 곧 명종(明宗)이었다. 명종 역시 후사를
남기지 못하고 죽자, 인종의 서제(庶弟)인 덕흥군(德興君)의 아들
균(鈞)이 사복(嗣服, 왕위를 계승함)하니 곧 선조였다. 그러니까 명
종과 선조는 적통(嫡統)이 아니었다. 더군다나 선조 역시 중전인
박 씨에게서 아직 아들을 보지 못했고 후궁들만 왕자를 생산했을
따름이었다.

조정 중신들은 후궁들이 암투로 왕실을 어지럽힐까 염려하여
진작부터 건저 문제를 의논해 왔다. 세자를 정하고 왕자들 서열
을 확실히 해 두면 후궁과 외척들이 딴마음을 먹지 못하리라는 생
각에서였다. 서열로 따지면 맏아들인 임해군이 먼저였지만 중신

들은 모두 둘째 아들인 광해군을 첫손으로 꼽았다.

광해군은 그 학문과 품성이 청년 세종에 비견될 정도였다. 그래서 서인인 좌의정 정철, 해원 부원군(海原府院君) 윤두수, 동인인 영의정 이산해, 우의정 류성룡도 모두 광해군을 마음에 두었다. 그러나 선조는 지금처럼 우순풍조(雨順風調, 농사가 잘되도록 비가 때를 맞추어 오고 바람이 고르게 붐)한 태평성대에 세자 책봉을 서두르는 것은 임금에 대한 불충이라고 각책(刻責, 가혹하게 꾸짖음)했다. 처음 말을 꺼낸 정철을 삭탈관직했을 뿐만 아니라 윤두수, 윤근수, 백유성(白惟成), 류공진(柳拱辰) 등 서인들을 외직으로 내몰거나 귀양을 보냈다. 이산해를 비롯한 동인들은 몸을 사린 채 침묵으로 일관했다. 결국 건저 문제로 가장 손해를 본 쪽은 서인이었고 광해군 역시 선조 눈 밖에 나는 것을 피할 수 없었다. 기축옥사로 숨도 크게 쉬지 못하고 겨우 명맥을 유지하던 동인들만 어부지리를 취한 꼴이 되었다.

광해군은 지금 류성룡에게 그것을 따지고 있었다.

"건저 문제를 논의하는 것은 신하 된 도리이옵니다. 다만 어심을 더 깊이 헤아리지 못했을 뿐이지요. 화씨(和氏)의 구슬을 생각하시옵소서."

류성룡은 신하들이 관직을 잃거나 천극(栫棘, 귀양살이하는 죄인 거처를 가시나무로 울타리를 둘러 출입을 제한하는 일)되는 지금 상황을 화씨의 구슬에 비겼다. 초나라 사람 화씨가 초산에서 얻은 옥돌을 임금에게 올렸는데 신하들이 그 옥돌을 돌이라고 하여 화씨의 두 다리를 잘랐다는 이야기였다. 군왕에게 바른 말을 전하기는 어렵고 그로 인해 화를 입기는 쉽다는 뜻이다.

광해군은 박학과 달변으로 소문난 류성룡이 임기응변하여 매끄럽게 넘어가자 속으로 감탄을 터뜨렸다.

'상대 마음을 먼저 헤아리고 비유로써 자기 입장을 드러내는 사람. 유연하기가 물과 같고 빠르기가 제비와 같은 사람. 위기를 기회로 바꾸고 기회 앞에서 위기를 가늠하는 사람. 역시 소문과 한 치도 틀림없군.'

광해군은 더 많은 이야기를 듣고 싶었다.

"영상과 좌상 대감이 서인을 치려고 꾸민 일이 아닙니까?"

건저 문제로 서인들만 일방적으로 당하고 나니 동인들이 서인을 내치기 위한 미끼로 그 일을 이용하였다는 소문이 돌았고, 이산해와 류성룡이 주모자로 지목되었다.

"일찍이 주자(朱子)께서는 군(君)을 이끌어 당(黨)으로 삼는 것을 꺼리지 말라고 하셨습니다. 전하께서도 붕당(朋黨) 자체가 문제는 아니라고 하셨지요. 문제는 붕당을 이룬 무리들이 군자인가 소인인가를 살피는 것이옵니다. 서인이라 하여 무조건 배척하고 동인이라 하여 덮어 놓고 옹호한다면, 그것이 곧 소인의 당이 아니고 무엇이겠습니까? 동과 서는 서로를 적대하는 소인의 당이 아니라 서로를 인정하고 경쟁하는 군자의 당이 되어야 할 것이옵니다."

류성룡은 율곡이 붕당을 옹호했던 말을 빌려 말했다. 생전에 율곡은 정치란 상대가 있기 마련이며 논쟁을 거쳐 도에 다가가는 법이라고 말했다. 그때 류성룡은 그 마음을 헤아리지 못하고 허봉, 김성일 등과 함께 율곡을 탄핵했다. 그 결과 동서 당쟁이 격화되었고, 기축옥사와 건저 문제를 통해 양쪽 다 막대한 피를 흘린 것이었다.

"그렇다면 안심입니다. 한데 좌상 대감! 이 몸은 앞으로 어떻게 해야 할까요?"

광해군이 본심을 털어놓았다. 사실 밤이슬을 맞으며 몰래 류성룡을 찾아온 것도 건저를 문책하기 위함이 아니라 앞으로 어떻게 처세할 것인가를 묻기 위함이었다.

건저가 논의되자 선조는 광해군이 중신들을 움직였다고 생각하여, 중신들이 마음에 두고 있는 광해군 대신에 인빈이 낳은 신성군에게 세자 위를 넘기려는 마음을 내비쳤다. 광해군은 궐내에서 외톨이가 되어 엄중한 감시 속에서 전전반측(輾轉反側)하면서 고민을 거듭했다.

'아바마마를 직접 찾아뵙고 잘잘못을 가려야 할까?'

근심이 눈덩이처럼 불어났지만 광해군에게는 달리 의논할 상대가 없었다. 언뜻 영의정 이산해를 떠올렸지만, 이산해는 능구렁이처럼 어심을 살피며 신성군 쪽으로도 뜻을 두는 눈치였다. 며칠을 고민한 끝에 광해군은 류성룡을 찾아가기로 마음먹었다.

류성룡은 퇴계의 수제자로 오랫동안 홍문관에서 학문을 익혔고 외교에서도 수완을 발휘해서 명나라 황제 신종으로부터 하사품까지 받은 동인의 거두였다. 한호에게 글씨를 부탁한 것은 류성룡에게 의논할 문제를 넌지시 알리기 위함이었다.

"당분간 경이원지(敬而遠之)하시옵소서. 군왕이 뜻한 바를 거역하지 말 것이며 군왕이 말한 바를 공격하거나 배척하지 말고 어명에 맞추셔야 합니다. 전하께옵서 나리에 대한 노여움을 푸실 때까지, 그 믿음이 두터워지실 때까지 기다리시옵소서."

광해군이 가까이 다가앉으며 류성룡의 양손을 붙들었다.

"역시 대감께서 살길을 열어 주시는군요. 고맙소이다……. 한데 대감께서도 한비(韓非, 한비자)를 읽으십니까?"

'이, 이런!'

순간 류성룡은 가슴 한쪽이 뜨끔했다. 방금 류성룡은 『한비자(韓非子)』 「세난편(說難篇)」을 들어 광해군이 해야 할 바를 논했던 것이다. 실수였다.

일찍이 퇴계는 불교, 도교와 함께 관중(管仲), 상앙(商鞅), 한비자로 대표되는 법가(法家)를 망국을 재촉하는 이단으로 규정한 바 있었다. 류성룡은 퇴계에게서 배웠으니 이들 이단을 멀리하는 게 당연했다. 그러나 류성룡은 좌의정에 오른 후 부국강병을 위한 방안을 고민하다가 춘추 전국 시대를 마감하고 최초로 통일국가를 건설한 진나라를 지탱했던 사상인 법가에 관심을 두게 되었다. 법가를 가까이하고 있다는 사실이 알려지면 당장 삼사(三司, 사헌부, 사간원, 홍문관)에서 들고 일어나 탄핵을 면할 길이 없겠지만, 솔직히 공맹만으로는 국기(國基)를 바로잡는 데 한계가 있었다. 인의를 내세우는 공맹으로는 당장 왜가 쳐들어오기라도 하면 군사들을 훈련하고 승리하게 만드는 법을 알기 어려웠다. 법가는 공맹과는 비교도 되지 못할 만큼 저급한 사상이었지만 그 안에는 약육강식하는 현실이 그대로 들어 있었다.

'며칠 동안 너무 법가만 들추었던 탓일까.'

광해군이 처세를 묻자 류성룡은 부지불식중에 한비자를 들이 댄 것이다.

"공맹을 접하기 전에 잠깐 뒤적인 적이 있사옵니다. 하나 제 가 올린 말씀은 한비에 담겨 있을 뿐 군왕을 대하는 기본 이치입 니다."

류성룡은 광해군의 이글이글 불타오르는 눈동자에서 용상을 향한 참을 수 없는 열망을 읽어 냈다. 광해군은 군왕이 되기 위 해 천명을 받고 태어난 사람이었다. 광해군은 결코 이무기로 생 을 마감하지 않을 사람이었다. 승천하지 못하는 이무기는 아무짝 에도 쓸데가 없는 법. 광해군은 지금 더 높이, 더 멀리 날아오르 기 위해 잠시 몸을 움츠리려 하고 있었다.

류성룡은 광해군이 소리 소문 없이 조정 대소사를 살피고 있음 을 오래전부터 알고 있었다. 중신들 신망을 얻으려고 전심전력으 로 학문에 매달리는 그 단정한 자세 뒤에는 숨은 욕망이 폭발하 기 일보 직전이었다. 왕권을 우습게 여기고 파당을 지어 나라를 함부로 주무르는 신하들을 단칼에 베고 싶은 욕망이 이글대고 있 었다.

"대감! 실은…… 오래전부터 한비와 관중, 그리고 상앙을 읽어 왔습니다."

"나리! 그자들은 이단이옵니다. 가까이하셔서는 아니 되옵니 다. 정도(正道)만을 보시옵소서. 천도(天道)를 사익(私益)을 바탕으 로 살피지 마시옵소서."

"대감! 지금 이 나라가 흔들리는 까닭이 어디에 있다고 보십니까? 이는 신권이 왕권을 누르고 있어서입니다. 아바마마께서 이병(二柄, 군주가 신하를 형벌과 은덕을 사용하여 다스리는 방법)의 묘(妙)로 중신들 잘못을 바로잡으려고 노력하시지만 역부족입니다. 신하들이 파당을 지어 법을 어기고 사사로이 이익을 취하는데도 합당한 벌을 내리지 못하고 계십니다. 그 까닭이 어디에 있습니까? 군왕이 위세가 없기 때문입니다. 군왕은 신하를 법에 따라 엄격하게 다스려야 합니다. 호랑이가 개를 굴복시킬 수 있는 건 발톱과 이빨이 있기 때문입니다. 만약 호랑이가 그 발톱과 이빨을 떼어 개에게 주면 반대로 개에게 굴복하고 말 것입니다. 엄정한 법이 있어 신권을 제한하고 군왕이 신하들을 한 점 거리낌 없이 다스릴 수 있어야만 나라 기틀이 바로 설 것입니다."

류성룡이 고개를 가로저었다.

"아니옵니다. 현혹되지 마시옵소서. 백성이 불변하는 법에 얽매여 군왕을 따르는 것은 매 맞기를 두려워하여 쟁기를 더 빨리 끄는 황소와 다를 바가 없사옵니다. 인간이란 무릇 도와 예에 따라 상하 관계를 맺게 마련이온데 한비는 그 관계를 짐승들처럼 힘에 따르는 것으로 바꾸었사옵니다. 불변하는 법에 얽매이면 백성들은 그 법의 맹점을 찾아 사사로운 이익을 얻기에만 진력할 것이옵고, 결국에는 의리와 정도를 잊고 수치를 모른 채 오직 이익만을 좇는 짐승이 될 것이옵니다. 어찌 열성조가 굽어보시는 이 나라를 짐승의 나라로 만들 수 있겠사옵니까? 부디 마음을 돌리시옵소서."

"상앙은 나라가 흥하는 것은 농사와 전쟁을 통해서라고 했습니다. 지금 조선은 어떠한지요? 풍년이든 흉년이든 백성들은 탐관오리에게 곡식을 빼앗겨 굶어 죽으며, 장정들은 대부분 군역(軍役)을 기피합니다. 농사를 지어도 망하고 전쟁을 해도 망한다면 길은 오직 하나, 법으로 그 모두를 다스리는 것뿐입니다. 지혜로운 자는 법을 만들며 어리석은 자는 그 법에 묶인다고 했고, 현명한 자는 예를 고치며 어리석은 자는 그 예에 구속된다고 하였습니다. 옛 법들을 고쳐서 백성들이 새로운 삶을 누리게 해야겠지요. 남자들은 태어나면서부터 전쟁터에서 죽거나 농사에 힘쓸 각오를 해야 합니다. 전쟁에 나가 공을 세운 자와 농사에 힘쓰는 자는 후하게 상을 주어야겠지요. 그 대신 서책이나 뒤적이며 음풍농월로 세월을 죽이는 자들, 허황한 말과 글로 미래를 점치는 자들은 엄하게 벌해야 할 것입니다. 그러려면 우선 성왕(聖王)이 나야겠지요. 법에 근거하여 매사를 판단하고, 공과 사를 엄격하게 구분할 뿐만 아니라 공을 위해 사를 희생시키며, 신하들 마음을 위세로써 누를 수 있는 군왕 말입니다."

광해군은 조선이 처한 현실에 대해 깊고 넓은 분노를 품고 있었다.

'이대로 두었다가는 채 자라기도 전에 꺾이고 말겠군. 광해가 꺾이고 나면 누가 이 나라를 이끌어 간단 말인가?'

류성룡이 강한 어조로 반대 의견을 개진했다.

"진시황을 기억하시옵소서. 비록 한비와 이사(李斯)가 낸 술책에 따라 천하를 통일하였지만, 진시황이 죽자마자 진나라는 곧 무너지고 말았습니다. 이는 그 술책이 짐승의 이치를 따랐기 때문이옵니다. 공맹의 천경지위(天經地緯, 영원히 변하지 않는 천지의 올바른 이치)는 비록 중원을 제패하지는 못하였으나 그 뜻은 이미 세상을 덮고도 남음이 있사옵니다. 조급한 마음을 접으시고 제발 성학(聖學)을 닦으시옵소서."

광해군은 고개를 끄덕였다. 아무리 현실 정치와 외교에 밝은 신하라지만 류성룡은 역시 퇴계 밑에서 배운 사람이었다. 류성룡이 입으로 한비가 한 말을 옮긴 것만으로도 광해군에게는 큰 수확이었다. 류성룡은 공맹을 핑계로 파당을 지어 다투는 무리와는 달리 부국강병을 꿈꾸고 있는 사람임을 확인한 것이었다.

광해군은 한층 차분해진 어조로 물었다.

"성학이란 무엇입니까?"

"성왕을 배우는 학문입니다. 일찍이 순 임금께서는 우 임금께, 인심은 위태하고 도심은 은미하니 오직 면밀하고 일관되게 그 중심을 잡으라고 하셨지요."

"그렇다면 제왕의 학과 신하의 학은 다른 것이겠군요."

"그렇지 않사옵니다. 퇴계 스승님께서 무진년(1568년)에 올리신 「육조소(六條疏)」를 살피면, 군왕이 갖추어야 할 세 번째 조목으로 성학을 돈독하게 하여 천공(天工, 하늘을 대신하여 백성을 다스리는 왕의 정치)의 근본을 세워야 한다고 하셨습니다. 연이어 성학을 자세히 설명하시면서, 경(敬)으로 근본을 삼아 이치를 따지며 지(知)를 다하고 몸에 돌이켜 실(實)을 이행하는 것이 도를 깨닫는 요체이니, 군왕과 신하가 무슨 차이가 있겠느냐고 하셨지요."

광해군이 이의를 제기했다.

"도를 깨치는 학이 궁극적으로 하나라면, 도를 깨친 신하가 도에 이르지 못한 군왕을 징벌할 수도 있다는 말씀이십니까? 탕왕과 무왕은 스스로를 의롭다고 생각하여 모셨던 군왕을 시해했습니다. 이를 정당하다고 보십니까? 그렇다면 천자국 은나라를 치려고 떠나는 제후국 주나라 무왕을 비난하며 수양산에서 굶어 죽은 백이와 숙제가 보여 준 의로움은 무엇입니까?"

류성룡은 임금의 도와 신하의 도가 하나라는 정의에서 신권(臣權)이 왕권을 압박할 수 있는 힘을 유추해 낸 그 영특함에 새삼 놀랐다. 광해군은 늙은 고양이가 생쥐를 어르듯 대신들을 주무르는 선조에게서 균형 감각을 물려받은 것은 물론이고, 멧돼지처럼 밀어붙이는 저돌성과 상대 약점을 끈질기게 물고 늘어지는 집요함까지 지니고 있었다. 지나치게 강함만을 추구하며 감정을 쉽게 표출하는 것이 약점이었지만, 그야 세월과 함께 여러 부침을 겪으면서 여유와 포용력으로 바뀌어 갈 터였다.

"어찌 천명을 받들어 용상에 오른 임금을 신하가 사사로이 평할 수 있겠사옵니까? 퇴계 스승님께서도 한 나라를 다스림에 있어 군왕은 머리요 대신은 그 복심(腹心)이며 대간은 그 이목(耳目)이라고 하셨습니다. 복심과 이목이 머리 역할을 할 수는 없는 노릇이지요."

광해군이 한발 물러섰다.

"듣고 보니 좌상 대감 말씀이 백번 지당하십니다. 그렇다면 저는 어떤 마음으로 성학을 닦아야 하겠습니까?"

류성룡은 미소를 띠며 편안한 음성으로 답했다.

"반성하면서 다른 사람 말에 귀를 기울이는 것을 '총(聰)'이라 하고, 마음속에 있는 눈으로 세상을 보는 것을 '명(明)'이라 하고, 내가 나 스스로를 이기는 것을 '강(彊)'이라고 하옵니다. 소생은 이 셋을 항상 마음에 담고 지냅니다마는, 나리께서는 그중에서도 강에 마음을 두심이 어떠하온지요?"

"강? 스스로를 이겨라, 이 말씀이신가요?"

"순 임금께서도 스스로를 낮추면 더욱더 높아진다고 말씀하셨습니다. 소생이 보기에도 나리께서는 진정 군왕이 될 재목이십니다. 조정 대소 신료들도 대부분 소생과 같은 생각일 것이옵니다. 하지만 천재와 미인은 빨리 죽는다는 속언도 있지 않사옵니까? 이목을 지나치게 끌게 되면 말이 나게 되고 그 말들에 휩싸이면 천수를 누릴 수 없사옵니다. 나리가 뛰어나심은 천하가 다 아는 일이옵니다. 그러니 이제 한 걸음 뒤로 물러나서서 자중하시옵소서. 그리고 때를 기다리시옵소서. 용이 되기 위해 천 년 세월을 하루같이 기다리는 이무기 같은 마음을 지니시옵소서."

광해군이 천천히 고개를 끄덕였다. 류성룡에게 자문한 것은 참으로 옳은 선택이었다. 오직 류성룡만이 이 위기를 벗어날 비책을 가지고 있었다.

어둠이 서서히 걷혔다. 마당을 비질하는 소리가 어렴풋이 들려왔다. 가야 할 시간이었다.

광해군은 서둘러 자리에서 일어섰다. 류성룡은 다소곳이 두 손을 모으고 손수 방문을 열어 주었다. 어둑새벽 시린 바람이 그들 얼굴로 확 밀어닥쳤다. 눅눅했던 마음이 한결 풀어진 느낌이었다.

　류성룡은 이 총명하고 야심만만한 젊은이가 무사히 고비를 넘기기를 진심으로 바랐다. 광해군은 목화를 신다 말고 마루에 서 있는 류성룡을 잡아끌었다. 류성룡이 놀란 눈으로 얼른 허리를 숙이자 광해군의 더운 입김이 귓불에 닿았다. 광해군이 사라진 후에도 류성룡은 오랫동안 마루에 서서 그 속삭임을 되씹고 있었다.

　"때가 오면 제가 간고(幹蠱, 자식이 부모 뜻을 이어받아 잘 조처함)의 직책을 충실히 할 수 있도록 도와주시리라 믿습니다."

五、선마_{船魔}、날개를 달다

신묘년(1591년) 오월.

"나를 만나고 싶다고?"

이순신이 읽고 있던 『소학』을 덮고 코허리를 들었다. 두 눈이 가운데로 약간 몰린 나대용이 양손을 앞으로 모은 채 미소와 함께 답했다. 첫눈에 보아도 바늘뼈에 두부살이다.

"그렇습니다. 소장은 나대용이라 합니다."

"나대용, 나대용이라……."

이순신은 그 이름을 기억해 내지 못했다. 훈련원 봉사를 지내고 지금은 고향인 나주에 내려와 있다고 했다.

"올해 몇인가?"

"서른여섯 살입니다."

여전히 시선이 초점을 잡지 못하고 흔들렸다. 손톱으로 연이어

뺨을 긁어 대는 것 역시 불안해 보였다.

'배냇버릇인가. 아무리 장수가 필요해도 저치는 좀 곤란하지 않을까. 배에 오르자마자 멀미를 앓아 꽥꽥 토악질이나 할 위인으로 보이는걸. 그래도 무과를 통과했다니 적당히 몇 마디 들어 주고 돌려보내야겠군.'

"한데 날 찾아온 이유는 무엇인가?"

나대용이 왼손을 오른쪽 소매 안으로 집어넣었다. 방문 앞에 서 있던 날발이 나는 듯이 그 팔을 틀어쥐었다.

"아악!"

나대용이 비명을 질러 댔다. 어린 까치박달나무보다도 팔목이 가늘었다. 이순신이 재빨리 눈짓을 보내자 날발은 다시 제자리로 돌아갔다. 나대용이 오른팔을 조심조심 흔들며 흘끔 날발을 쳐다보았다.

"어, 어찌 저렇듯 빠를 수 있……는지요? 한 번 발을 떼면 몇 자나 옮겨 뛸 수 있는지……."

이순신 눈가에 웃음이 맴 돌았다.

'역시, 겁 많고 제 몸 하나 지키지 못하는 약골이로군. 어찌 무과를 통과했는지 모르겠어. 한데 날발 발이 빠른 데 감탄하는 사람은 많지만 그 보폭을 묻는 사람은 처음인걸.'

이십여 년을 같이했지만 이순신도 날발이 단번에 몇 자나 옮겨 뛰는지 몰랐다.

"왜 좌수영을 찾아왔느냐고 물었다."

나대용이 오른 소매에서 두루마리 하나를 꺼내 바닥에 내려놓

앉다. 그리고 이순신을 똑바로 쳐다보며 답했다.

"장군께 선물을 드리기 위함입니다."

"선물? ……뇌물인 게냐?"

이순신이 슬쩍 넘겨짚었다. 입술을 굳게 다문 나대용이 갑자기 두루마리를 집어 소매에 넣고 일어섰다. 기개가 엿보였다. 이순신이 서둘러 사과했다.

"뇌물이라고 한 건 취소하지. 대체 그게 뭔데 내게 선물한단 말인가?"

나대용이 다시 자리에 앉지 않고 미적거렸다.

"먼저 장군 마음을 알고 싶습니다."

"내 마음이라니?"

이순신은 점점 나대용에게 흥미를 느꼈다. 차분하게 자초지종을 설명하는 건 아니었지만 돌부처처럼 무뚝뚝한 말투에는 진심이 묻어났다. 이순신이 말실수를 하자마자 이것저것 가리지 않고 자리를 박차고 일어서는 용기도 지녔다. 주변 시선을 의식하지 않고 양 볼을 긁어 대는 것까지 어떤 고집으로 읽혔다. 나주에서 이곳까지 패랭이꽃 밟으며 찾아왔다면 이유가 있을 것이었다. 이순신은 외모와 버릇만으로 상대를 얕잡아 본 것을 곧 후회했다.

"좌수영에서 새로 군선을 증편하고 개조한다 들었습니다. 하삼도에서 가장 배를 잘 만드는 도목수(都木手) 광치(廣痴)와 총통을 비롯한 바다 무기를 오랫동안 만들어 온 대장장이 철식(鐵植)을 비싼 품값을 주고 좌수영으로 불러들였다는 게 사실입니까?"

이순신이 고개를 끄덕였다.

"그렇다. 광치와 철식을 아는가?"

그제야 나대용은 자리에 다시 앉았다.

"문하에서 배웠습니다. 술만 좀 줄인다면 두 사람이 못 만들 군선은 없습니다."

이순신이 서안을 짚고 엉덩이를 조금 떼며 물었다.

"문하라면, 광치와 철식을 스승으로 모셨단 말인가? 무과에 급제하고 훈련원 봉사까지 지낸 장수가 천구(賤口, 천민) 문하에 들어갔다고?"

나대용이 당연한 일 아니냐는 듯 어깨를 으쓱 올렸다가 내렸다.

"모르면 배워야지요. 천민이든 뭐든 소장보다 배에 대해 훨씬 많은 걸 아는 사람들입니다. 제대로 배우려면 가까이에서 스승으로 모셔야지요. 소장이 그 문하에 들어간 것이 이상한 일이라면 천민들에게 일 년치 품삯을 미리 주고 좌수영으로 데려온 장군도 이상한 결정을 내리신 것입니다. 전라 좌수영 내 다른 장수들은 이미 있는 군선으로도 충분하다며 끈질기게 반대했다 들었습니다."

'이놈 봐라!'

이순신은 나대용에게 점점 끌렸다. 배를 배우기 위해 천민을 스승으로 모실 정도라면 분명 어떤 야망이 가슴 깊이 숨어 있을 듯했다.

"내 마음을 왜 알아보겠다는 것이냐?"

나대용이 답했다.

"장군께서는 판옥선보다 더 강한 군선을 원하시는 것이 아닙니까? 감히 소장이 그런 배 하나를 그려 왔습니다. 두루마리를 보시고 마음에 품고 계셨던 배와 일치한다면 소원 한 가지를 들어주십시오."

"소원이라니?"

이순신이 허리를 조금 앞으로 숙이며 물었다.

"소장을 좌수영 군관으로 써 주십시오."

"오관 오포 중 한 자리를 맡도록 조정에 추천해 달라는 게 아니고?"

"아닙니다. 소장은 군관이 좋습니다. 관직이 올라가면 이것저것 잡무가 많아서 정작 하고픈 일에 집중할 수 없습니다."

"하고픈 일이라면······?"

"이 두루마리 속에 그려 둔 배를 소장이 직접 만들어 보고 싶습니다. 광치와 철식, 그리고 소장이 힘을 합치면 이 세상에서 가장 강한 배를 띄울 수 있습니다."

"자신만만하군. 하면 그 두루마리에 자네가 그린 배와 내 마음에 있는 배가 다르면 어찌하겠느냐?"

"그땐 군령에 따르겠습니다. 격군이 되라면 노를 들 것이고, 전령을 하라면 발바닥이 부르트도록 달리겠습니다."

"보아하니 자네는 근력이 없어 노를 젓기에 적합하지 않고 다리도 가늘고 짧아 전령을 할 수도 없을 듯하다. 자네가 그려 온것이 마음에 들지 않으면 날 희롱한 죄로 장 스무 대를 때려 쫓아낼 것이야. 자, 그럼 그 두루마리를 펼쳐 보아라."

나대용이 눈길을 서안 옆에 놓인 문방사우로 돌렸다. 벼루에 검은 먹물이 가득 담겨 있었다. 이순신이 밤새 고안한 진법을 그리기 위해 준비한 것이다. 나대용이 두루마리를 펴려다가 말고 이순신을 쳐다보며 빙긋 웃었다. 어린아이처럼 맑은 웃음이었다.

"적벽대전을 치르기에 앞서 주유와 제갈공명이 서로 마음을 맞춘 것을 혹시 아십니까?"

"손바닥에 글씨를 쓴 것 말이더냐?"

"그렇습니다. 두 사람 모두 불 화(火) 자를 써서 화공(火攻)을 할 뜻을 밝혔습니다. 장군께서 허락만 하신다면 장군이 바라는 군선과 소장이 바라는 군선을 손바닥에 썼으면 합니다."

"그것도 재미있겠구나. 좋다."

두 사람은 각자 붓을 들었다. 그리고 오른 손바닥을 펴고 단숨에 글자를 써 내린 후 가볍게 주먹을 쥐었다.

"동시에 펴는 것이 어떻겠습니까?"

"그 역시 좋다."

두 사람은 상대에게 오른 손바닥을 펴 보였다.

鐵.

똑같이 쇠 철 자가 적혀 있었다. 이순신이 소리 내어 웃자 나대용도 빙그레 따라 웃었다.

"자, 이제 그 두루마리를 보자."

이순신이 한결 부드럽고 따뜻한 음성으로 말했다. 나대용이 둘둘 말아 온 두루마리를 길게 폈다. 배 위와 아래, 앞과 뒤, 오른쪽과 왼쪽을 그린 그림이 모두 여섯 장이었다. 이순신은 특히 위에서 아래로 내려다보며 그린 그림을 뚫어져라 살폈다.

"철판에 쇠침을 박았구나. 왜인들이 뛰어내리는 것을 막기 위함이겠지?"

"그렇습니다."

"그래, 이렇게 하면 아무리 무공이 뛰어난 왜적이라도 한꺼번에 밀어닥치지는 못할 게야. 한데 이렇듯 평평한 쇠판을 판옥선에 덧씌우면 물살이 조금만 빨라도 배가 균형을 잃지 않겠느냐?"

나대용의 두 눈이 커졌다.

"맞습니다. 그 때문에 여간 골치가 아픈 게 아닙니다. 나주에서 열 번도 넘게 모형 배를 고쳐 띄웠지만 모두 가라앉았습니다."

이순신이 그 문제를 벌써 오랫동안 고민한 듯 한 가지 제안을 했다.

"개판(蓋板)을 둥글게 만들어 보면 어떻겠느냐?"

"둥글게……?"

"배 무게가 한쪽으로 쏠리는 것도 막으면서 왜인들이 배에 오르기도 더욱 힘들어질 테지."

"아!"

나대용이 탄성을 지르며 자리에서 벌떡 일어섰다가 머쓱해 하며 앉았다.

"그렇군요. 그리하면 되겠습니다."

이순신은 철선에 대해 생각해 둔 바를 줄줄이 토해 냈다.

"쇠로 만든 군선은 적선을 당파(撞破, 쳐서 깨뜨림)로 침몰시킬 수 있어야 한다. 또한 총통을 계속 쏠 것이니 아주 단단한 나무를 골라야 하느니라. 옹이가 많고 결이 엇갈린 나무를 썼다가는 충격을 이기지 못하고 두 동강이 날 테니까. 당파를 위해 배 앞뒤에 돌출부를 만들었으면 좋겠구나. 부딪히는 순간 적선에 구멍이 나도록 만들자 이 말이다. 이왕이면 적군이 보기에 두려움을 느낄 수 있도록 뱃머리도 새롭게 꾸미고. 할 수 있겠는가?"

나대용이 두 눈을 빙글빙글 돌리며 즐겁게 답했다.

"할 수 있습니다. 처음부터 끝까지 모두 가능합니다. 그 배가 바로 소장이 만들고 싶었던 뱁니다."

이순신이 갑자기 자리에서 일어섰다.

"선소(船所, 배를 만드는 곳)로 가세. 따르게."

나대용이 이순신과 나란히 말을 탔고, 이순신을 그림자처럼 따르는 날발과 나대용이 데리고 온 원복이 각각 앞에서 말고삐를 잡고 이끌었다.

"저 노복도 배 만드는 일에 관여하였는가?"

이순신이 원복을 눈으로 살피며 물었다.

"그렇습니다. 아직 어리지만 손재주가 좋고 총명합니다. 평생 소장과 함께 새로운 배를 만들고 싶어 합니다."

"좌수영 선소에 가 본 적이 있느냐?"

"재작년에 한 번 둘러보기는 했습니다. 하나 그땐 세검정 지붕이 다 부서져 구멍이 뚫리고 군졸도 열 명 남짓이었습니다. 군선을 만들라는 명령이 일 년이 넘도록 내려오지 않았답니다. 그러니 선소에 소속된 목수와 대장장이들이 뿔뿔이 흩어지는 것도 당연하지요. 판옥선이 훌륭한 군선인 것은 틀림없는 사실입니다. 하나 그때그때 낡은 곳을 고치고 더욱 뛰어난 군선을 만들지 않는다면 전력은 하루가 다르게 떨어질 것입니다. 뛰어난 배 한 척은 군졸 일천 명 몫을 하고도 남으니, 군졸 일천 명을 모으는 것보다 탁월한 배 한 척을 만드는 것이 더 낫습니다. 선소가 황폐해진다는 것은 조선 수군이 몰락하고 있음을 드러내는 것이죠. 겉으론 변함없는 것 같지만 벌써 속이 썩어 들어가고 있는 겁니다."

일단 군선을 입에 올리자 나대용은 전혀 딴사람 같아 보였다. 뺨을 긁지도 않았고 말을 더듬거나 눈알을 굴리지도 않았다. 이순신이 섬 뒤로 돌아드는 어선들을 살피며 지나치듯 물었다.

"그러니까 자네는 왜인들이 이곳 좌수영까지 넘볼 날이 멀지 않았다고 보는가?"

"그러합니다."

"그 이유가 무엇인가?"

나대용이 거리낌 없이 답했다.

"쓰시마에 오가는 장사치에게 들으니 도요토미 히데요시란 자가 왜국 전체를 통일하였다 합니다. 산꼭대기에 오르기 전까지는 정상을 바라보며 한마음으로 뭉칠 수 있지만, 정상에 오른 후에는 그 마음이 갈가리 찢어지게 마련입니다. 한 고조가 개국공신들을 무참히 참살한 것도 그 때문이지요. 도요토미 히데요시 역시 기로에 서 있을 겁니다. 함께 섬나라를 통일하기 위해 합심한 가신들을 칠 것인가, 아니면 또 다른 산꼭대기를 하나 더 만들어 시간을 벌 것인가. 소장이 보기엔 후자를 택할 것 같습니다."

"마음을 하나로 모을 새로운 산꼭대기를 만든다?"

"이번에는 그냥 정상에 서는 것이 목적이 아니라 그곳에 서면 수많은 보물을 차지하게 된다고 독려하는 것이죠."

"보물은 조선 땅이고, 새로운 산꼭대기에 오르는 길이란 곧……"

"그렇습니다. 전쟁밖에 없지요."

"허엇!"

이순신이 눈을 크게 뜨고 주변을 살폈다. 혹시 엿듣는 사람이라도 없는지 다시 확인한 것이다. 눈가에 옅은 미소가 나타났다 사라졌다.

'물건이야 물건! 참으로 잘 와 주었어. 이제 정말 왜선과 맞서 승리할 준비를 제대로 시작할 수 있겠군.'

"물이 위에서 아래로 흐르듯 당연한 이치입니다. 외길이니 대비를 해야지요."

나대용은 이순신이 똑바로 쏘아보는 게 부담스러운 듯 고개를 숙였다. 이순신이 목소리를 낮추며 날카롭게 물었다.

"누가 자네에게 그런 정세를 귀띔해 주었는가?"

나대용이 되물었다.

"소장 고향엔 농사꾼들뿐입니다. 모형 배를 만들면서 왜국 사정을 듣다 보면 저절로 알게 되는 거지요. 그렇게 놀라시는 걸 보니 소장 생각이 크게 잘못된 건 아닌가 봅니다. 하기야 그런 낌새를 알아차리지 않았다면 전라 좌수영에서 장졸을 널리 모을 까닭이 없지요. 장군께서도 이미 전쟁이 날 조짐을 읽고 계시지 않습니까?"

'나대용이라 했지!

호박이 넝쿨째 굴러 들어왔구나. 장영실(蔣英實)에 버금가는 실력을 지닌 게 틀림없어. 오늘은 참으로 복된 날이로군.'

선소는 부산했다. 큰 바람을 만나 돛대가 부러진 판옥선과 암초에 걸려 배 밑바닥에 구멍이 난 비선을 고치기 위해 일꾼들이 이리 뛰고 저리 달렸다. 파도와 바람을 피하기 위해 달처럼 둥근 돌담을 쌓고 그 안에 바닷물을 가두어 배를 고쳤다. 이곳을 사람들은 굴강(掘江)이라고 불렀다.

이순신이 나타나자 판옥선 상갑판에 올라가 있던 광치가 제일 먼저 달려왔다. 웃통은 아예 벗어 젖혔고 바지도 무릎 위까지 말아 올렸다. 유난히 몸에 열이 많아서 한겨울에 홑이불도 차내는 그였다. 벌겋게 익은 가슴과 툭 튀어나온 배 위로 땀이 줄줄 흘러내렸다. 빡빡 깎은 머리는 보름달 같고 덥수룩하게 자란 턱수염은 목을 완전히 가렸다.

"아니, 그댄 나 선마 아니신가?"

광치가 양팔을 활짝 벌리며 나대용에게 달려들었다.

"여전하시군요. 또 배를 만들기 시작하셨는가 보죠? 머릴 깎으신 걸 보니."

나대용은 깍듯하게 존대를 했다. 광치는 배를 만들기 시작하면 불제자처럼 머리부터 미는 독특한 습관이 있었다. 얼굴도 씻지 않고 텁석나룻도 깎지 않았다. 배 만드는 일에만 몰두하기 위함이라고 했다.

"선마라니?"

이순신이 광치를 보고 물었다.

"별명입니다요. 하도 배에 미쳐 있어서 배 선(船)에 인박일 마 (魔)! 선마라고 붙였죠. 소인도 배라면 자다가도 벌떡 일어납니다 만 나 선마만큼은 못하죠. 나주에서 두문불출한다는 풍문은 들었 네만 예서 그대를 만나니 참으로 기쁘군. 방죽골에서 쇠로 작은 배를 만들었다는 풍문은 들었네. 그렇지 않아도 철식이랑 오늘내 일쯤 기별을 하려 했다네. 골치 아픈 일이 한두 가지가 아니야. 천령개(天靈蓋. 해골. 여기서는 머리를 비속하게 이른 말.) 쓰는 건 우 리들보다 그대가 훨씬 낫지 않은가?"

그사이 풀무간에 있던 철식도 달려왔다. 이마에 큰 점이 있었 고 턱이 유난히 길고 뾰족했다. 도박과 술을 즐겼는데, 허리와 어깨 힘이 남들보다 곱절은 강해서 아무리 밤을 지새워도 자세가 흐트러지지 않았다.

"나 선마 오셨는가? 그대가 오리라 짐작을 했네만 이렇게 좌수 영에서 만나니 참으로 기쁘군."

철식은 이순신 쪽으로 시선을 돌리며 정중하게 말했다.

"장군! 나 선마는 조선에서 배를 가장 많이 알고 또 새로운 배 를 끊임없이 만들고 있습니다. 가까이 두고 쓰시면 큰 도움이 되 실 겁니다."

이순신이 고개를 끄덕이며 오른손을 들었다. 날발이 길게 뿔피 리를 불자 선소에 속한 군졸들이 모두 모였다. 이순신은 한 사람 한 사람과 눈을 맞추며 큰 소리로 외쳤다.

"오늘부터 전 훈련원 봉사 나대용을 선소 담당 군관으로 임명한다. 그 말에 절대 복종하라. 나 군관! 그대는 광치, 철식이와 함께 세상에서 제일 강한 군선을 만들라. 다른 일에는 일체 관여하지 말고 오로지 배 만드는 일에만 진력하라. 선소에서 아예 나오지 마라. 세검정에서 먹고 자며 반드시 놀라운 군선을 만들도록 해라. 알겠는가?"

나대용이 연이어 허리를 숙이면서 감격에 겨운 목소리로 외쳤다.

"감사합니다. 장군! 천하무적 군선을 꼭 만들겠습니다."

六. 다가오는 먹빛 구름을 읽기 위하여

신묘년(1591년) 시월 이일 새벽.

바다를 휘감으며 올라온 뒤바람이 전라 좌수영을 매섭게 흔들었다. 양손을 비비며 추위를 이기려는 보초병들 머리 위로 눈발이 날렸다. 하얀 팔손이 꽃을 닮은 첫눈이었다. 멀리서 여염집 개들이 짖어 댔고 까치들이 떼를 지어 소사나무 위로 낮게 날았다. 손을 내밀어 첫눈을 즐기는 군졸도 있었고 아예 입을 벌려 눈송이를 삼키는 군졸도 있었다. 예년에 비해 보름이나 늦게 찾아든 가랑눈이었다. 기다림이 지루했던 만큼 기쁨도 컸다. 나이 든 군졸들은 마당으로 뛰어나올 자식들을 그리며 미소를 지었다. 작은 행복이 더욱더 소중하게 느껴지는 순간이었다.

이순신은 지난밤에도 잠을 이루지 못했다. 전라 좌수사로 부임한 지도 벌써 여덟 달, 계절은 어느덧 늙은 상수리나무 잎이 모두 떨어지는 늦가을을 지나 겨울로 접어들고 있었다. 류성룡에게서 오는 서찰은 한 달에서 보름, 보름에서 열흘로 그 기간이 짧아졌다. 유비무환을 강조하는 행간에 암운이 점점 더 짙게 드리웠다. 전쟁이 임박했다는 소문은 이곳에서도 심심찮게 돌았다. 피난을 가기 위해 미리 양식과 옷가지를 챙기는 백성도 있었다.

어젯밤에는 정해왜변(丁亥倭變, 1587년) 때 왜군 포로로 고토 열도까지 잡혀갔다가 두 해 만에 돌아온 공대원(孔大元), 김개동(金介同), 이언세(李彦世)를 번갈아 불러 왜군 사정을 살폈다. 특히 진무(鎭撫, 하사관) 공대원은 왜말까지 익혀서 그 속내를 속속들이 알고 있었다. 김개동과 이언세는 왜가 결코 쳐들어오지 못하리라고 했지만 공대원은 반드시 전쟁이 일어난다고 장담했다.

"왜국이 쳐들어오지 않는다고 보는 까닭이 무엇이냐?"

왼쪽 다리를 약간 저는 진해 출신 김개동이 답했다.

"글마들은 근본이 하찮은 도적떼입니더. 맹나라(명나라)로 노략질 감시로 우리 쪽을 넘보는 경우는 있어도, 우째 저거들이 조선을 상대로 전쟁을 일으킬 생각을 하겠십니꺼?"

목포가 고향인 이언세가 거들었다.

"그렇지라. 갸들은 글을 몰라 병법에 무지허고, 예를 몰라 상하 위계가 없어뿐지요. 시방 서로 직이기에 급급허고 바람과 땅의 흔들림을 막기에도 정신이 없을 지경이지라. 고놈들은 키가 난쟁이만 허고 팔도 쥐새끼처럼 짧으요. 하룻강생이 범 무서운 줄 모르고 뎀비면 단숨에 수장시켜 뿌리면 그만이지라."

공대원은 얼굴이 붉으락푸르락했다. 분노를 삭이기가 힘든 모양이었다.

"한심한 놈들! 그딴 식으로 입에 발린 소리만 하면 천벌을 받아. 장군! 저놈들 이야기는 몽땅 거짓부렁입니다. 왜놈들이 병법과 예절을 모르긴 하지만 수백 년 동안 좁은 섬에서 전쟁만 해왔습니다. 검을 제 목숨보다 소중히하고 전투에서 패하면 제 손으로 제 배를 가르는 일도 서슴지 않습니다."

이순신 표정이 밝아졌다. 확인하고 싶던 왜국 정세를 공대원이 이야기하기 시작한 것이다. 가볍게 맞장구까지 쳤다.

"무도한 왜인들 습속에 관해서는 들은 일이 있다. 네가 직접 보았느냐?"

"그렇습니다. 소인이 고토 열도에 붙들려 있는 동안에도 두 번이나 할복 의식이 거행되었지요. 무사들은 죽음을 두려워 않고 칼로 배를 그으면서도 끝까지 도주에 대한 충성심을 지켰습니다. 패배를 죽음과 맞바꾸는 독한 놈들입니다. 결코 만만하게 볼 상대가 아닙니다."

이순신은 공대원의 메밀눈(작고 세모진 눈)을 똑바로 쳐다보았다.

'패배를 죽음과 맞바꾼다면 강병(强兵)임에 틀림없다.'

이순신은 김개동과 이언세를 돌려보내고 공대원과 둘만 남았다. 간단하게 주안상을 내오도록 한 후 탁주 한 사발을 따라 주며 물었다.

"우리 군사 열 명과 왜군 열 명이 검으로 맞선다면 승패가 어떠하리라고 보는가?"

"필패(必敗)입니다."

공대원이 스스럼없이 대답했다.

"우리 군사 스무 명과 왜군 열 명이 싸운다면?"

"어림없습니다."

"오십 명과 열 명이 싸운다면?"

"이기기 어렵습니다."

이순신은 미간이 조금씩 좁아졌다.

"그렇다면 왜군 열 명을 상대하기 위해서 우리 군사가 몇 명이 나 필요하다는 말이냐?"

"적어도 백 명은 있어야 대적할 수 있습죠."

이순신이 깜짝 놀라며 물었다.

"백 명? 왜인들 검술이 그다지도 뛰어나단 말이냐?"

"왜인들은 칼 한 자루에 인생을 겁니다. 두 살만 되면 칼을 쥐고 다섯 살이면 나무칼로 전쟁놀이를 하죠. 열 살이 넘으면 전쟁터로 나가고 열두 살부터는 직접 사람을 죽여 상을 탑니다. 갓 스무 살이 되기도 전에 부하들 수천 명을 거느리며 천하를 호령할 수도 있습니다. 칼은 왜인들에게 돈이자 명예이며 삶이자 죽음입니다. 어찌 검술이 뛰어나지 않을 수 있겠습니까?"

"틀림없는 사실이렷다?"

"이놈 목을 걸지요."

그 후로도 공대원에게 이것저것을 물어본 이순신은 자정이 다 되어서야 공대원을 돌려보냈다. 그리고 곧장 이부자리를 펴고 누웠으나 좀처럼 잠이 오지 않았다.

예전에 금오산에서, 그리고 녹도 만호를 지낼 때 이순신은 이미 왜인들이 얼마나 몸놀림이 날쌔고 칼솜씨가 뛰어난지를 견식한 적이 있었다. 생사를 넘나드는 전투를 거치며 단련된 만만치 않은 실력이었다. 거기다가 패배를 부끄러워하며 배를 가르는 정신까지 갖추었다면, 왜인들은 단순히 노략질만 일삼는 도적 떼가 아니라 진법을 아는 정예병으로 보아야 했다. 거대한 바다뱀 한 마리가 남해 바다를 건너 조선 팔도 전체를 삼키려 했다. 쉬운 상대가 결코 아니었다. 이순신은 마음이 더욱더 싱숭생숭했다.

조선은 오랫동안 활을 주 무기로 삼아 왔다. 거리를 두고 전투를 벌인다면 백전백승이겠지만 백병전으로 일관한다면 왜군을 이길 수 없다. 그런데 조정에서는 쌓고 있던 성곽도 무너뜨리며 전쟁이 일어나지 않는다고 호언장담하고 있다. 지금과 같아서는 왜군 만 명만 부산에 상륙하여도 한양까지 그대로 밀고 올라갈 것이다.

이를 막으려면 무엇보다도 군제를 개편해야 한다.

각 진에 있는 군사를 한곳에 모은 후 조정에서 장수가 내려올 때까지 기다리는 제승방략(制勝方略) 전법은 왜군을 대하면 무용지물일 것이다. 검 하나에 모든 걸 의지하는 왜군은 바람처럼 가볍고 빠르다. 조정에서 장수가 내려오기도 전에 전라도와 경상도를 휩쓸고 한양으로 들이닥칠 것이었다.

물론 최선은 전쟁을 피하는 것이다. 하지만 공대원이 한 말대로 도요토미 히데요시가 명나라를 치기 위한 전진 기지로 조선을 취하려 한다면 틀림없이 전쟁은 일어날 것이다.

그렇다면 차선책은 무엇인가.

왜군이 육지에 발을 딛기 전에 치는 것이다. 경상 좌수사와 우수사, 전라 좌수사와 우수사가 합심해서 왜 선단을 수장시키면 된다. 하지만 왜선은 제비처럼 작고 날래다. 바람을 등지거나 안개를 만나면 도저히 따라잡을 수 없다. 그 미꾸라지 같은 놈들을 어떻게 칠 것인가.

'난제, 난제로다!

왜군이 일단 상륙하면 몰아내기 힘들다. 능선을 타거나 강줄기를 따르면 뒤쫓기도 쉽지 않다. 아마도 왜군 수만 혹은 수십만 명이 하삼도에 발을 딛는 그 순간부터 전쟁은 조선에게 아주 불리하게 전개될 것이다. 그자들은 모두 수십 년 동안 전쟁터에서 잔뼈가 굵은 강병들이 아닌가.

용케 왜군을 가로막고 방어전을 편다 하더라도 왜국 수군이 바다를 완전히 장악해 버리면 조선은 그걸로 끝장이 날 것이다. 왜군들이 배를 타고 황해도와 평안도 그리고 하삼도를 넘나든다면 어찌 막을 수 있겠는가. 하삼도에 상륙한 왜군들을 이일, 신립 등 용장들이 힘을 합쳐 막아 낸다 하더라도 결국 전쟁은 조선 수군이 바다를 지킬 수 있는가 없는가에서 판가름 나리라.'

이순신은 잠을 거의 이루지 못한 채 천천히 새벽 바닷가로 나왔다. 판옥선 두 척이 찰랑대는 물결에 가볍게 흔들리고 있었다. 눈발이 얇게 깔리기 시작한 모래사장을 이순신은 정처 없이 걸었다. 반백이 된 수염이 좌우로 흩날렸고 손에 쥔 장검이 유난히 무거워 보였다. 좌수영을 나서면서부터 습관처럼 같은 말을 중얼

거리고 있었다.

"천하의 눈으로 사물을 보면 보이지 않는 것이 없고, 천하의
귀로 들으면 들리지 않는 것이 없으며, 천하의 지혜로 생각하면
알지 못할 것이 없다."

"무슨 생각을 그리 골똘히 하십니까?"

뒤돌아보자 순천 부사 권준이 웃으며 손을 흔들었다.

"닭 울 녘부터 웬일이오? 회의는 오후인데……."

오늘은 군중 회의가 열리는 날이었다. 본래 군선을 감찰하고
군기를 확립하기 위한 자리였지만 지난달부터는 왜군과 해전을
벌일 경우 승리할 수 있는 여러 가지 비책을 논의하는 자리로 바
뀌었다.

녹도 만호 정운이나 사도 첨사 김완, 흥양 현감 배홍립은 무조
건 정면 승부를 벌여 적을 쳐부수면 끝날 일이라고 쉽게 생각했
다. 지금까지 전라도를 노략질한 왜구들은 정규군이 아니라 해적
떼에 불과했기 때문에 조선 수군을 만나면 줄행랑을 치기에 바빴
던 것이다.

하지만 권준과 신호 그리고 나대용을 비롯한 젊은 군관들은 이
순신 주장을 진지하게 받아들였다. 물론 권준 등도 쓰시마 섬에
서 왜군 수만 명이 한꺼번에 바다를 건널 수 있는 군선을 만들기
시작했다는 말을 완전히 믿지는 않았다.

'왜군이 일만 명만 바다를 건너온다 해도 배 칠십여 척에 왜구
수천이 상륙하였던 을묘왜변보다 더 큰 화를 겪으리라. 더군다나
이번에 건너오는 왜군들은 해적질이나 하던 필부들이 아니라 전

六. 다가오는 먹빛 구름을 읽기 위하여 97

쟁으로 단련된 무사들이 아닌가. 더욱 소상히 왜국 사정을 파악하여 전라 좌수영 장수들에게 이 정세를 설명하고 뜻을 하나로 모아야 하리라.'

"적과 싸우려면 천시를 얻어야 하고(有天), 전투에 필요한 재물을 갖추어야 하며(有財), 완벽한 전략을 짜야 합니다(有善). 시기를 얻는 것은 전투에 앞서 점괘와 날씨와 길흉을 살피면 되니 별도로 두고, 재물을 모으는 것과 전략을 짜는 것이 문제이지요."

권준은 작고 차분한 목소리로 말했다. 눈동자는 새벽별처럼 반짝였고 혀는 해초보다 길고 부드러웠다.

'내 고민을 읽고 있구나.'

이순신은 내색하지 않은 채 잠자코 권준이 하는 말에 귀를 기울였다.

"경오왜변(庚午倭變)을 아십니까?"

경오왜변은 중종 5년(1510년)에 일어난 변란으로 부산포, 제포(薺浦), 염포(鹽浦) 등 삼포(三浦) 왜인들이 함께 난을 일으켰기에 삼포왜란이라고도 불렸다. 권준이 대답을 기다리지 않고 이야기를 계속했다.

"옛말에 앞이 막히면 뒤를 돌아보라고 했습니다. 왜군을 막으려면 그자들과 맞섰던 기록들을 검토하는 것이 상책일 겁니다. 며칠 동안 경오년 기록들을 뒤적이다가 재미있는 서찰 하나를 발견했지요. 경오년에 도원수(都元帥)였던 유순정(柳順汀) 대감이 쓴 것인데 수중 철쇄(鐵鎖, 쇠사슬)을 그린 상세한 도안과 설명이 붙어 있었습니다. 그 도안에는 중요 부분마다 붉은 점이 선명했습

니다. 최근에 누군가 그 서찰을 자세히 살핀 게지요. 소생 짐작
으론 좌수사께서 한 차례 검토하신 게 아닌가 합니다만…….”

권준은 말끝을 흐렸다. 이순신은 빙그레 웃으며 권준이 다음
말을 잇기를 기다렸다.

“탁견이 아닐 수 없습니다. 쥐새끼처럼 빠져나가는 왜선을 잡
으려면 미리 덫을 치고 그물을 놓는 수밖에 없습니다. 섬과 섬
사이에 철쇄를 심고 적을 유인하면 화살과 화약을 낭비하지 않고
쉽게 전투를 끝낼 수 있지요. 남해는 섬이 많아 다도해라고 하지
않습니까? 그 이름에 걸맞도록 몇 군데 길목에 함정을 파는 거지
요. 뱃길에 서툰 적은 틀림없이 우리가 쳐놓은 함정에 걸려들 겁
니다.”

이순신이 신중하게 물었다.

“함정을 많이 둬야 하는 건 전적으로 동의하오. 한데 그 철쇄
는 실제로 설치되었소?”

“아닙니다. 조정에서 허락까지 받았으나 실행에 옮기지는 못했
지요.”

권준이 그 사정을 설명했다.

“유순정 대감이 자리를 옮기고 다음해에 왜국 사신이 찾아와서
백배사죄하는 통에 흐지부지 끝나 버린 것입니다. 그 후에도 몇
차례 왜변이 있었지만 아무도 수중 철쇄를 기억하지 못한 듯합니
다. 노략질이나 일삼는 변변찮은 왜구라면 애써 철쇄를 만들 필
요가 없겠지만 전면전에서는 비수 서너 개쯤 숨겨 둘 필요가 있
겠지요. 소생이 그동안 어영담 현감과 함께 몇 군데 물길을 보아

두었습니다. 낙안 군수 신호가 침착하고 사람을 잘 부리니 이 일을 맡기는 것이 어떻겠는지요?"

"그럽시다. 더 검토해 보도록 하오."

이순신은 선선히 승낙하며 가슴을 폈다.

"또 다른 계책은 없소?"

권준이 걸음을 멈추고 고개를 돌리며 빙그레 웃었다.

"급히 먹는 밥은 체하는 법이지요. 소생과 함께 나대용과 이언량이 몇 가지 문서를 살폈으니 다른 계책들은 그 몫으로 남겨 두고 싶습니다."

두 사람은 느린 걸음으로 좌수영으로 돌아왔다. 함께 통도라지 양념 구이를 반찬으로 아침을 먹고 작설차를 나눠 마셨다. 이순신은 쓰린 속을 다스리기 위해 매일 아침 차를 마시고 있었다. 시월로 접어들면서 몸이 으슬으슬 춥고 한기를 느낄 때가 많았기에 화로를 아예 방에 두고 썼다. 두 사람은 화로 가까이로 자리를 옮겼다. 감환 조짐이 보였다.

권준이 깊은 숨을 들이쉬었다.

"며칠 전, 밤하늘을 살필 기회가 있었습니다. 장군 별이 눈에 띄게 흔들리더군요. 몸을 추스르십시오. 술을 줄이고 충분한 수면을 취하셔야만 합니다."

"……"

'아니, 천문(天文)까지 살핀단 말인가.'

이순신은 권준의 재주가 어디까지인지 궁금했다.

"새벽 무렵, 거대한 별 하나가 장군 별 아래로 다가서더니 오

랫동안 빛났습니다. 장군을 도울 귀인이 나타날 징조이지요. 그
사람을 오른팔로 두고 쓰십시오."

이순신은 마음 깊이 담아 두었던 생각들을 끄집어냈다. 류성룡
과도 의논하지 않은 일이었다.

"왜국이 전쟁을 일으키려는 까닭이 무엇이라고 보시오?"

권준은 팔자수염을 어루만지며 큿큿 헛기침을 했다.

"장군께서는 사서(史書)에도 밝으시니 춘추 전국 시대에 있었
던 군웅할거를 잘 아실 것입니다. 전쟁이란 결코 사사로운 감정
이나 원한 때문에 일어나는 것이 아니지요. 전쟁은 창과 칼을 들
고 벌이는 정치입니다. 정치란 무엇입니까? 공맹과 같은 현인들
은 만백성을 인(仁)으로 다스리는 것이 정치라고 하셨지만, 그 말
은 인간이 도달하고픈 이상향일 뿐입니다. 무릇 정치란 자기 이
익을 취하기 위해 수단과 방법을 가리지 않는 것이지요. 전쟁은
가장 강력하고 극단적인 정치라 하겠습니다."

"이로움이라!"

권준은 발이 세 개인 화로를 힐끗 바라보았다.

"제갈공명이 세운 천하삼분지계(天下三分之計)를 떠올려 보십시
오. 공명은 유비를 따라 길을 나서기 전에 이미 중원이 위, 촉,
오 세 나라로 나뉠 것을 예언했지요. 위가 가장 큰 나라였지만
촉과 오를 합친 힘에는 미치지 못했기에 국지전 양상을 띠면서
비록 짧은 기간이지만 평화가 이어진 것입니다. 그러나 촉과 오
가 반목해서 그 힘이 약해지자 위는 순식간에 두 나라를 집어삼
키고 말았습니다. 지금 명나라가 가장 두려워하는 것이 무엇인지

아십니까? 조선과 왜국이 힘을 합쳐 명나라를 치는 것입니다."

이순신이 눈을 부라리며 권준의 말을 가로막았다.

"방금 무엇이라고 하였소? 조선이 왜국과 힘을 합쳐 명나라를 친다고 하였소?"

"물론 조선이 명나라를 칠 까닭은 없습니다. 다만 명나라 입장에서는 그리 생각할 수도 있다는 말씀이지요. 서융(西戎)이 여러 차례 장성을 넘어 어려움을 겪었던 명나라 조정이 동이(東夷)를 의심하는 것은 당연합니다. 동서로 협공을 당하면 제 아무리 대국이라도 배겨낼 재간이 없습니다. 명나라가 조선을 도우면서 왜국을 멀리하는 것도 실은 조선과 왜국이 한데 힘을 합치는 것이 두렵기 때문이지요. 조선 군사들이 압록강을 건너고 왜군이 황해를 가로지른다면 쉽지 않은 싸움이 벌어질 것입니다. 그러니까 명나라는 당분간 조선이 왜국과 아웅다웅 다투기를 바라고 있지요. 시간을 벌자는 속셈입니다. 서융을 정벌한 후 조선과 힘을 합쳐 왜국을 치고 그 다음엔 조선마저 삼키려 덤비겠지요."

"그럴 리가……. 명나라는 천망(天網, 시비곡직을 가리는 하늘의 도리를 그물에 비유한 말)과 신의를 중시하는 대국이 아니오?"

"자기 나라 이익을 위하는 것이 곧 도리요 신의입니다. 조선과 왜국이 서로 다투다가 쌍방이 깊은 상처라도 입는다면 명나라는 주저하지 않고 압록강을 건너올 겁니다. 그때 가서 배신을 논해 봐야 헛된 일이지요. 당나라가 신라를 배신하고 이 땅을 집어삼키려 했던 일을 떠올려 보십시오. 친구가 적이 되고 적도 친구가 되는 것이 나라와 나라의 관계입니다. 왜가 대군을 이끌고 건너

온다면 그건 왜국과 조선만의 전쟁이 아닙니다. 명나라가 개입할 것이며 그 틈을 타서 서융과 북적(北狄)이 세력을 얻겠지요. 누가 이기고 누가 지느냐에 따라 천하가 새롭게 재편될 겁니다. 왜국은 조선을 정복한 후 명나라를 칠 마음을 굳힌 것 같습니다. 사분오열되었던 힘을 하나로 모은 왜국은 지금 그 어느 때보다도 강합니다. 조선은 갈림길에 서 있지요. 정명가도(征明假道)를 주장하는 왜국과 힘을 합쳐 명나라를 칠 것이냐, 아니면 명나라로 가려는 왜국 발목을 붙들고 늘어질 것이냐."

"어찌 우리가 오랑캐에게 길을 내어 줄 수가 있겠소? 그건 의가 아니오."

"오랑캐도 천하를 얻으면 천자의 나라가 되고, 천자의 나라도 힘을 잃으면 오랑캐가 되는 법이지요. 원나라도 예전에는 한갓 북쪽 오랑캐에 불과했지만 힘을 모아 천하를 지배하지 않았습니까?"

칭기즈칸이 송나라를 멸망시키고 중원을 차지함으로써, 천자의 나라도 무너질 수 있으며 힘센 자가 천하를 지배한다는 사실을 증명했다. 권준은 왜국을 통일한 도요토미 히데요시가 새로운 칭기즈칸을 꿈꾼다고 생각하는 듯했다.

"명나라도 왜국 속셈을 알고 있다고 보오?"

"공공연한 비밀이 아닌는지요. 왜국은 틀림없이 중원을 노리고 있습니다. 명나라는 왜국과 조선의 관계를 예의 주시하고 있을 겁니다. 특히 최근에 통신사가 왜국에 다녀왔지 않습니까? 밀약이 오고간 것이 아닐까 의심을 품고 있을 것입니다. 왜군의 침공과 명나라의 의심을 동시에 받는다면 조선은 그야말로 사면초가

에 빠지게 되지요. 의심도 풀고 침공도 늦춘다면 좋겠지만 이미
두 나라 간 힘은 균형이 무너진 듯합니다. 전쟁을 시작하기에 앞
서 대의명분을 찾아야겠지요."

"대의명분?"

"어차피 조선은 명나라를 받드는 나라입니다. 아직은 왜국과
손을 잡을 만큼 이익에 밝지 못하죠. 그렇다면 천자국을 보호한
다는 대의명분이라도 분명히 하여 명나라를 끌어들여야 합니다.
빠르면 빠를수록 좋겠지요."

권준은 닥쳐올 전쟁을, 왜국과 조선의 대결이 아니라 명나라를
지키려는 국가들과 명나라를 무너뜨리려는 국가들의 대결로 파악
하고 있었다. 그리고 지금 조선은 명나라를 위할 수밖에 없다고
단정했다.

"명나라 도움을 받아야만 나라를 구할 수 있다는 건 너무 성급
한 판단이 아니오? 조선이 건국한 이래 아직까지 원군을 청한 적
은 없지 않소? 여진과 왜구도 우리 힘으로 물리쳐 왔고……"

"물론 조선이 가진 힘만으로도 왜군을 물리칠 수도 있습니다.
하나 문제는 전쟁이 끝난 다음이지요. 조선이 왜군을 막기 위해
힘을 모두 쏟으면 그 후 명나라는 별 어려움 없이 조선을 삼킬
겁니다. 운이 좋아 조선이 손쉽게 왜군을 물리친다면 반대로 명
나라는 조선을 두려워하며 경계하겠지요. 둘 다 우리에게 유리하
지 않습니다. 어떤 식으로든 명군을 전쟁터로 끌어내야 합니다.
명나라에게 누가 우군이고 누가 적군인지를 확인시켜야죠. 그리
고 전쟁을 해 나가면서 이해득실을 따져야 합니다. 왜군을 물리

치는 것뿐만 아니라 명나라를 방비할 비책이 필요합니다. 명나라도 어떤 식으로든 이 전쟁에 끼어들려고 할 겁니다. 위기가 곧 기회이지요. 지금 상황을 잘 이용하면 조선은 명나라와 맞서면서 왜국을 휘하에 두는 강국으로 성장할 수도 있습니다. 전쟁 상처를 얼마나 최소화하면서 명나라를 압박할 수 있느냐가 관건입니다. 그렇다고 모 아니면 도라는 식으로 덤벼서는 안 되겠지요. 역사는 살아남은 자만이 주장할 수 있는 법입니다. 세 힘이 팽팽히 맞서다가 무너지는 순간을 찾아서 물고 늘어져야죠.”

갑자기 밖이 웅성거리더니 군졸 하나가 큰 소리로 아뢰었다.
“장군! 전라 우수사 이억기 장군께서 오신다는 전갈이옵니다.”
전라 우수사가 배를 타고 부두에 닿았다는 보고가 이어졌다. 연통도 없이 좌수영을 방문한 까닭이 궁금했다. 십오관 십이포를 거느린 전라 우수영은 오관 오포를 거느린 전라 좌수영보다 곱절은 크다. 같은 정삼품이라고 하더라도 전라 좌수사는 그 병력과 관할하는 지역에서 경상 우수사나 전라 우수사에 미치지 못하는 것이다. 이순신은 갑옷으로 갈아입고 투구를 쓴 후 칼을 찼다.
“이억기!”
이순신은 전라 우수사 이억기 이름을 되뇌었다.
이억기는 여러모로 보아 이순신과는 정반대 인생을 살아온 장수였다. 이억기는 정종(定宗)의 열 번째 아들인 덕천군(德泉君)의 후손으로 선조에게는 십이촌 조부뻘이 된다. 신유년(1561년)에 태어난 이억기는 어려서부터 장수의 꿈을 키웠으며, 무과에 급제한 후 경흥 부사와 온성 부사로 있으면서 야인들과 맞서 큰 공을 세웠다. 북병사 이일이 그 무공을 높이 사 '좌억기 우원균(左億祺 右元均)'으로 통했으며, 우의정 정언신이 추천하여 순천 부사로 부임했다가 서른한 살이라는 젊은 나이로 전라 우수사에까지 올랐다.

갑옷에 투구를 쓴 이억기가 큰 걸음으로 좌수영 정문을 지나서 동헌을 향해 똑바로 걸어 들어왔다. 윤기가 흐르는 검은 턱수염과 크고 날카로운 눈매, 거친 피부와 왼쪽 볼에 세로로 난 칼자국이 장수다운 풍모를 드러냈다. 이순신이 서너 걸음 앞으로 나서서 이억기를 맞았다.

"어인 일이시오? 연락도 없이."

이억기가 송곳니를 드러내며 웃었다.

"오랜만이외다. 의논할 일이 있어 급히 왔소이다."

이억기가 경흥 부사를 지낼 때 이순신은 그와 인사를 나눈 적이 있었다. 이순신은 가벼운 미소로 그 젊은 패기를 감싸 안았다.

"자, 우선 안으로 듭시다."

이순신이 안방으로 이억기를 안내했다. 이억기가 투구를 벗자 바다처럼 넓은 이마와 숯덩이처럼 검은 눈썹이 드러났다.

"긴히 드릴 말씀이 있소이다."

이순신은 권준에게 자리를 비키라는 눈짓을 보냈다. 권준이 밖으로 나가자 이억기가 입을 열었다.

"많이 늙으셨소이다. 환갑을 넘긴 늙으신네 같아요."

마흔일곱 살인 이순신은 흰 머리가 유난히 많았다. 전라 좌수사로 부임한 후로는 턱수염과 앞머리가 거의 백발로 변해 버렸다. 그러나 늙었다는 말은 귀에 거슬렸다.

'아직도 강강궁(强强弓)을 쓰는 내게 늙었다는 말은 가당치 않다. 이억기, 정녕 모른단 말인가. 젊음만 믿고 용기백배하지 마라. 전투란 힘만으로 되는 게 아니다. 시간을 이기는 여유와 지혜가 필요하다.'

"장군께서 좌수군을 강병으로 탈바꿈시키고 있다는 풍문은 들었소이다. 판옥선을 늘리고 봉수대도 열 곳이나 더 만드셨지요? 염초와 유황도 충분하고 군량미도 넉넉하다고 들었소이다."

"한데 어인 일이시오?"

이순신은 차갑고 단단한 목소리로 말했다. 긴말 말고 바로 핵심을 말하라는 뜻이었다. 이억기는 험험 헛웃음을 웃은 뒤 이야기를 꺼냈다.

"사흘 전, 해남에서 수상한 놈을 하나 잡았소이다. 각 관과 포에 속한 장수와 군졸들 수를 염탐하고 뱃길을 묻고 군선 크기를 알아내려고 했다더군요. 잡아다가 족치니 처음에는 억울하다고 딱 잡아뗍디다. 함경도 경흥이 고향이라는데 그곳 지리를 하나도 몰랐소이다. 호통을 치며 경흥과 온성의 지명을 줄줄 외웠더니 목숨만 살려 달라고 싹싹 빌더군요. 한데 그놈이 왜놈 말로 잠꼬대를 하는 게 아니겠소이까?"

"하삼도에 깔린 왜놈 간자들 중 하나겠군요."

이순신이 슬쩍 넘겨짚었다.

"그렇소이다. 왜국 간자였소이다. 쓰시마 섬에서 보름 전에 건너왔다고 했소. 조선말은 경오왜변 때 끌려간 조선인 포로들에게서 배웠고, 오백 명 정도가 조선 팔도로 흩어져 염탐을 하고 있다고 했소. 오백 명이라면 조선 팔도를 구석구석 살피고도 남음이 있지 않겠소이까? 조선에 처음 온 것이냐고 물었더니 이번까지 다섯 번째랍니다. 더욱 놀라운 사실은…… 직접 그놈을 문초하여 들읍시다. 이곳으로 끌고 왔소이다."

"그럽시다."

두 사람이 나란히 동헌으로 나갔다.

"끌어내라!"

이억기가 명을 내리자 산발한 죄수가 동헌 앞마당으로 끌려 나왔다. 통역하려고 공대원이 죄수 곁으로 다가갔다. 공대원과 죄수의 두 눈이 동시에 놀라움으로 가득 찼다.

"무슨 일이냐?"

순천 부사 권준이 물었다. 공대원이 허리를 숙인 채 대답했다.

"이놈을 압니다. 이름은 마쓰다(松田)고 쓰시마 도주 식솔을 호위하는 무사입죠. 왜구에게 잡혔을 때 잠시 쓰시마로 가서 몇몇 왜놈들에게 조선말을 가르쳤습니다. 마쓰다는 그중에서도 제일 머리가 좋고 성실해서 금방 조선말을 익혔습니다. 나중에는 팔도 사투리까지 구사할 정도였지요. 보기엔 저렇게 우락부락하게 생겼지만 착하고 인정도 많아서 소인이 아플 때는 병 수발도 곧잘 해 주었습니다."

이순신이 말했다.

"이실직고하면 목숨만은 살려 주겠다고 하고, 조선에 온 이유가 무엇이며 왜국 사정은 어떠한지 물어보아라."

"예, 장군!"

공대원은 다시 종종걸음으로 마쓰다에게 갔다. 두 사람은 왜말로 한참 동안 이야기했다. 처음에는 묵묵히 듣기만 하던 마쓰다는 얼굴이 조금씩 풀어지면서, 나중에는 침을 튀기며 손과 발로 무엇인가를 설명하기 시작했다. 공대원이 어깨를 다독거린 후 이순신과 이억기에게 뛰어왔다.

"무엇이라고 하느냐?"

혈기 왕성한 이억기가 궁금증을 누르지 못하고 먼저 물었다.

"쓰시마 섬 사람들은 은혜를 원수로 갚을 생각이 없다고 합니다. 다만……"

"다만, 무엇이냐?"

이억기가 다그쳤다.

"다만 쓰시마 인들의 진심을 하늘이 알아주기엔 이미 때가 늦었답니다. 목숨을 부지하려고 어쩔 수 없이 길잡이 역할을 맡았답니다. 그래서 이삼 년 동안 간자가 되어 조선을 돌아보았다는군요. 한데 이상한 건 당분간 쓰시마로 귀향하지 말라는 명령을 받았답니다."

"귀향하지 말라고? 쓰시마로 돌아오지 말라는 것인가?"

이번에는 이순신이 장검으로 대청마루를 쾅쾅 두드리며 물었다.

공대원이 마쓰다에게 다가가서 다시 물었다. 그 표정이 점점 어두워지더니 이마에 식은땀까지 맺혔다.

"왜는 내년 봄에 조선을 칠 계획이라고 합니다. 간자들은 각자 맡은 길을 안내해야 하기에 귀향할 필요가 없답니다."

　침묵이 흘렀다. 이순신도 이억기도 아무 말이 없었다. 소문과 추측이 난무했으나 이제 모든 것이 확실해졌다.

　전쟁!

　내년 봄부터 조선과 왜의 전쟁이 시작되는 것이다.

군중 회의는 유시(오후 5시)가 넘어서야 시작되었다.

이순신과 이억기의 의논이 길어지는 바람에 예정되었던 신시 (오후 3시)에 회의가 열리지 못한 것이다. 성격이 급한 녹도 만호 정운과 사도 첨사 김완은 군기를 잡는답시고 애꿎은 군졸들만 들볶았다. 순천 부사 권준과 군관 나대용, 군관 이언량은 사랑방에 모여서 서책을 뒤적였고, 홍양 현감 배홍립과 광양 현감 어영담은 대청마루에 걸터앉아 흰빛을 띠는 자주색 해국(海菊)을 바라보며 주거니 받거니 무용담을 늘어놓았다. 이순신이 이억기와 나란히 동헌으로 나오자 섬돌 곁에 서 있던 날발이 뿔피리를 짧게 두 번 불었다. 군중 회의를 시작한다는 신호였다.

좌중을 둘러보며 이순신이 먼저 입을 열었다.

"들어서 알고들 있겠지만, 전라 우수사 이억기 장군 도움으로

111

왜국 사정을 더 확실히 알게 되었소. 왜군들은 겨울이 지나자마자 곧바로 조선을 침탈할 것이오. 경상도로 상륙하는 선봉대는 곧장 한양으로 진격하고, 후발대는 전라도를 점령하여 군량미를 확보한 다음 섬진강, 금강, 한강을 훑어 북상한다는 계획이오."

"죽일 놈들!"

정운이 이를 부드득 갈았다.

"선봉대 병력은 이만 명이오."

"이만? 장군! 지금 이만이라고 하셨소이까?"

김완이 되물었다.

"그렇소. 후발대는 그보다 여덟 배는 될 것이고, 모두 조총이라는 신무기로 무장했다고 하오."

어영담이 굴참나무로 만든 나무 단검을 손바닥에 탁탁 치며 끼어들었다.

"평생 왜군 이만 명이 바다를 건너왔다는 소린 들어 본 적이 없소이다. 이만 명이 얼마나 많은 줄 아시오니까? 선봉대만 이만이라니……. 허풍도 이런 허풍이 있을까?"

욕쟁이 배흥립이 맞장구쳤다.

"어 현감 말씀이 맞소이다. 어떤 새끼가 그딴 싸가지 없는 소릴 지껄였는지 모르겠지만 속아서는 아니 됩니다. 아니 되고말고요."

이순신이 다시 좌중을 둘러본 후 단호하게 말했다.

"왜군은 틀림없이 올 것이오. 우린 이 전쟁을 피할 수 없소."

이억기가 거들었다.

"우선 간자를 한양으로 압송했소. 그러나 조정에서는 간자가 하는 말을 믿지 않을 것이오. 지난봄에 전쟁이 나지 않는다고 합의를 보았으니 번복하기는 힘들 테지. 그렇다고 이대로 앉아서 전쟁이 터지기만을 기다릴 수는 없소. 우리끼리라도 방비를 서두릅시다."

순천 부사 권준이 조용히 물었다.

"그렇게라도 해야겠지요. 하지만 우선 조정에 이곳 정황을 소상히 알리는 편이 좋겠습니다. 괜한 오해를 살 필요야 없지 않겠습니까?"

"괜한 오해라면……."

이억기가 권준을 돌아보며 말꼬리를 흐렸다.

"역적 정여립 일을 벌써 잊으셨습니까? 방비를 하려면 군사와 무기와 군량미를 모으고 군선을 수리하고 각 관과 포를 전시 체제로 바꾸어야 합니다. 전라 좌우 수사가 힘을 합쳐 반란을 일으킨다고 오해받기 십상이지요. 일을 시작하기에 앞서 미리 소를 올리는 편이 나을 겁니다."

이억기가 권준의 주장에 반대했다.

"안 될 말이오. 지금 알렸다간 하찮은 왜구 앞에서 벌벌 떠는 겁장(怯將)이라고 이 장군과 내 목이 달아날 것이외다."

권준이 기다렸다는 듯이 이억기 말을 받았다.

"그렇다면 남은 방법은 한 가지뿐이겠군요. 조정에서 눈치 채지 못하게 은밀히 방비하는 겁니다. 강태공이 이르기를, 군무는 장수가 홀로 처리해야 하며 군왕이 통제해서는 안 된다고 했지요. 지금이 그에 합당한 때입니다. 여기 모인 장수들부터 먼저 생사고락을 함께할 것을 피로써 맹세한 후 계획을 짜도록 하지요. 어떻습니까?"

아무도 권준 말에 이의를 달지 않았다. 조용히 자리에서 물러난 권준이 탁주 한 동이를 가지고 돌아왔다.

"피 대신 준비한 술입니다."

이순신이 먼저 탁주 한 사발을 단숨에 비웠고 그 다음엔 이억기가 받아 마셨다. 권준과 이언량, 신호가 차례차례 탁주를 들이켰으며 박쥐 김완이 남은 술을 통째로 비웠다.

혈맹 의식이 끝난 후 이억기는 우수영으로 돌아가기 위해 자리를 떴다. 이순신은 회의를 잠시 중단하고 부두까지 배웅을 나갔다.

"곧 다시 오겠소이다."

이억기는 군중 회의 내내 이순신에게 감탄했다. 재주가 뛰어난 만큼이나 제멋대로라고 악명이 높던 전라 좌수영 장수들을 완전히 장악한 것이다.

"우수사! 우리가 힘을 합친다면 왜군 이만이 아니라 이십만 명이 오더라도 각립(角立, 사슴이 뿔을 맞대고 싸우듯 서로 대립하고 있는 형세)할 수 있소이다."

"물론입니다. 남해 바다를 지켜야지요."

이억기는 이순신과 굳은 악수를 나눈 후 총총히 떠나갔다. 권준이 이순신 곁으로 다가와서 속삭였다.

"장군 품으로 날아든 별이 전라 우수사였나 봅니다."

이순신은 옅은 미소를 지으며 고개를 끄덕였다.

권준은 몇 마디 덧붙이려다가 다음 기회로 미루었다. 이억기 관상을 보니 불혹에 이르기도 전에 세상을 버릴 팔자였던 것이다. 그러나 이런 날 우수사가 요절할 것임을 굳이 입 밖에 낼 필요는 없었다.

이순신이 좌수영으로 돌아가기 위해 뒤돌아섰을 때 나대용이 성큼 뛰어나와 일행을 막아섰다. 해가 서서히 지고 있었다.

"지난번 회의 때 소장이 말씀드렸던 것을 기억하시는지요? 왜선과 싸울 때 유리하도록 판옥선을 개조하는 문제 말입니다. 그동안 권 부사 도움을 받아서 삼국 시대 이래로 지금까지 조선에서 만들었던 군선들을 군관 이언량과 함께 쭉 훑었습니다. 그리고 몇 가지 주목할 만한 성과를 얻었습니다. 허락하신다면 여기서 그 모양과 쓰임새를 설명하고 싶습니다만……."

이순신은 권준으로부터 귀띔을 받았기에 순순히 허락했다. 나대용은 일행을 이끌고 바닷물이 채 빠지지 않은 해안가 물웅덩이를 찾아갔다. 이언량이 방석코를 벌렁대며 횃불을 든 군사들과 웅덩이 주위를 뼁 둘러서서 기다리고 있었다. 이순신이 자리를 잡고 앉자 나대용이 명령을 내렸다.

"시작하라."

군졸 다섯 명이 한 조가 되어 각종 모형 군선들을 물웅덩이에 띄웠다. 앙증맞은 군선들이 균형을 잡고 일렬횡대로 늘어서는 것을 본 장수들의 눈이 휘둥그레졌다. 이언량이 넉살 좋게 웃었다.

"뭘 그렇게 놀라십니까? 말로 설명 드리면 답답해하실 것 같아서 나 군관과 소장이 직접 만들었습죠. 그럴듯합니까?"

모형 군선은 놀라울 만큼 정교했다. 돛은 물론 좌우로 쌍을 이루는 노까지 있었다. 나대용이 긴 지휘봉을 들고 설명을 했다.

"먼저 낯익은 것들로부터 시작하겠습니다. 이쪽을 보시지요. 중종, 명종 대왕 때까지 쓰던 팔십 명이 타는 대맹선(大猛船), 육십 명이 타는 중맹선(中猛船), 삼십 명이 타는 소맹선(小猛船)입니다. 이 배들은 군무와 조운(漕運)을 함께할 목적으로 세조 대왕 때에 만들어진 것입니다. 왜선과 그 크기나 속력이 비슷하기 때문에 왜구를 막는 데 큰 힘이 되지 못했습니다. 다음은 현재 조선 수군이 주력으로 쓰는 판옥선입니다. 백구십 명까지 탈 수 있으며 대맹선보다 갑절 이상 큽니다. 이 배는 전투원과 비전투원을 엄격히 구분하는 데 특징이 있습니다. 노를 젓는 격군들은 갑판 아래에 숨어서 배를 조정하며 활과 창을 든 군사들은 갑판 위에서 적을 내려다보며 전투를 벌입니다. 검에 능한 왜군들이 오르지 못하도록 배를 크게 만들고 상갑판을 높였으며 그 결과 우리 수군이 능한 활을 좀 더 쉽게 멀리까지 쏠 수 있게 되었습니다. 하지만 선두와 선미가 상대적으로 낮아서 적이 침탈하기 쉬웠으며, 상갑판 위에 있는 군사들이 완전히 노출되어 적이 활이나 창으로 공격할 때 피하기 어려웠습니다. 따라서 판옥선을 보강할 때에는 왜군들 침탈을 어렵게 만들면서 우리 군사들 피해를 가장 적게 하는 방향으로 이루어져야 하겠습니다."

나대용이 잠시 이야기를 멈추고 주위를 둘러보았다. 질문이나 보충 설명을 받기 위해서였다. 낙안 군수 신호가 알은체를 했다.

"고려 말에 과선(戈船)을 만들어 왜적을 몰살했다고 들었소만……."

나대용이 밝은 얼굴로 답했다.

"그렇습니다. 고려 현종(1011년) 시절부터 숙종(1097년) 때까지 근 백 년 동안 고려 수군은 과선 일흔다섯 척을 만들어 왜구를 섬멸했지요. 보십시오. 이것이 바로 그 과선입니다. 기록을 살피면, 과선은 배 좌우에 칼을 빽빽하게 꽂아 침입을 막고 선두에는 쇠로 만든 뿔을 달아 왜선을 당파하도록 만들었다고 합니다.

자, 이쪽을 보시지요. 거북선입니다. 태종 대왕 시절에는 중맹선이나 대맹선을 개조했기 때문에 위용을 드러내지 못했습니다. 우리는 판옥선 하체는 그대로 두고 그 위에 거북선을 만들 계획입니다. 우선 상갑판을 완전히 복개한 후 그 위에 과선처럼 칼과 창, 송곳 따위를 꽂습니다. 그리고 선두에는 용머리를 달아서 그 입으로 대포를 발사하고, 선미인 거북꼬리로도 역시 대포를 쏘는 것입니다. 외판 두께를 네 치 이상으로 하여 당파에 용이하도록 하고, 좌우로 여섯 개 이상 포를 동시에 쏠 수 있도록 포혈을 만듭니다. 여덟 개에서 열 개씩 노를 좌우에 달아 속력을 높이고 돛을 달아 바람도 이용합니다. 쉽게 불이 붙는 것을 막고 칼과 송곳들을 고정하기 위해 필요하다면 철판을 목판 위에 덧씌울 수도 있습니다."

사도 첨사 김완이 다시 고개를 갸우뚱거렸다.

"그렇다면 노를 젓는 격군과 포를 쏘는 군사들이 한 공간에 머무는 것이 되오. 그 상황에서 포를 쏘면 소리가 귀를 찢고 독성이 강한 유황 연기가 판옥 내에 가득해서 질식할 우려가 있소이다."

나대용은 봉홧불 받듯 답했다.

"그게 가장 큰 문제입니다. 우선 적송으로 만든 판옥선은 포를 발사한 후 충격으로 배가 갈라지거나 파손될 염려는 없습니다. 포성은 귀마개를 해서 막으면 될 것입니다. 문제는 유황인데 질식하지 않으려면 환기를 충분히 해야겠지요. 우선 용두 아래와 거북꼬리에 큼지막한 문을 내서 바람이 통하게 하고, 각 포혈 위에도 적 동정을 관망하고 목표물을 조준하기 위해 작은 창을 내는 것이 좋을 듯합니다. 충분하지는 않겠지만, 이 정도로 공기를 통하게 하고 노를 저어 바람을 끌어온다면 숨이 막혀 죽을 염려는 하지 않아도 될 것 같습니다."

나대용이 설명을 명쾌하게 끝냈다. 장수들은 거북선 주위로 몰려가서 그 생김새를 구경했다. 순천 부사 권준이 보충 설명을 했다.

"거북선은 시야가 좁기 때문에 목표물을 조준하기는 어렵겠지만, 일단 적 선단 속으로 뛰어들기만 하면 괴력을 발휘할 것입니다. 전후좌우로 포를 쏘고 불화살을 날리며 거침없이 적선을 치받는 모습을 상상해 보십시오. 적들은 거북선을 바다 괴물이나 해룡쯤으로 여길지도 모르죠. 이왕 거북을 닮을 거면 등판에 거북무늬를 그려 넣는 것도 좋을 성싶군요. 전라 좌수군 선봉을 맡길 만한 배입니다."

이순신은 겉으로는 볼만장만(보기만 하고 간섭하지 아니하는 모양) 무덤덤하게 설명을 들었다. 그러나 속으로는 수많은 생각들이 뒤섞여 밀려왔다.

우선 이순신은 나대용을 발탁한 지인지감이 틀리지 않았음을 확인하고 무척 기뻤다. 군선에 대해 이렇듯 해박한 지식을 갖추고 또 직접 도안과 조선(造船)까지 하는 장수가 다른 데 있을 듯싶지 않았다. 나대용이라면 정말 거북선을 만들 수 있을 것 같았다. 물론 한편으론 불안한 생각도 떠나지 않았다. 만에 하나 나대용이 만든 거북선이 군선 구실을 다하지 못한다면, 왜군과 맞서기 위해 준비하고 있는 다른 일에 악영향을 줄 것이었다. 군령을 제대로 따르지 않는 장수는 물론 이의를 제기하는 장수도 나올 수 있었다. 하나 지금은 서둘러 거북선을 만들 수밖에 없었다. 왜선과 맞서 싸우려면 적어도 거북선이 대여섯 척은 있어야 했다. 진법 훈련을 충실히 받은 장졸들과 크고 단단한 판옥선, 거기다가 해룡(海龍)처럼 적진을 누비는 거북을 닮은 돌격선까지 갖춘다면 어떤 적과 맞서더라도 이길 자신이 있었다.

이순신은 나대용과 이언량을 불러 노고를 위로했다.

"고생이 많았구나. 조선 최강 돌격선을 만들어 왜적을 쓸어버리자."

나대용은 공손히 머리를 조아렸고 이언량은 누런 이빨을 드러내며 즐거워했다. 거북선을 만들어서 돌격선으로 쓰는 데에는 아무도 이의를 달지 않았다. 이순신이 나대용에게 물었다.

"우선 한 척만 만들어 보라. 얼마나 시간이 들겠는가?"

나대용이 두 눈알을 잠시 굴린 후 대답했다.

"적송은 이미 준비해 두었습니다. 광치를 비롯하여 함께 일할 솜씨 좋은 목수들도 내일이면 다 모일 것입니다. 석 달만 주시면 당장 전투에 나갈 수 있을 만큼 완벽하게 만들어 보이겠습니다."

"좋다. 석 달을 주지. 그동안 그대 둘은 거북선을 만드는 데만 매달리도록 하라. 그리고 순천 부사도 아랫사람을 보내어 거북선 만드는 일을 돕도록 하오. 거북선이 쓸 만하다고 확인되면 순천에서도 곧바로 거북선을 만듭시다. 알겠소?"

"예, 장군!"

"자, 그럼 돌아갑시다. 다음 회의는 열흘 후에 열기로 하고 오늘은 마음껏 취해 봅시다. 나 군관과 이 군관에게 그동안 노고를 치하하는 의미에서 탁주 두 동이씩을 먹이는 것이 어떻겠소?"

이순신은 상당히 들떠 있었다. 속마음을 미리미리 살펴 일을 추진한 권준과 나대용, 이언량이 너무나도 미더웠다.

八、 금강산으로 떠난 시인

　허균이 금강산에 머문 지도 열 달이 넘었다. 노잣돈이 떨어져
한양에 두 번 다녀온 것을 제외하면 속세 일을 티끌처럼 잊고 지
냈다. 평생을 올라도 금강산을 알기 어렵다는 선현 말씀은 거짓
이 아니었다. 춘하추동은 물론이고 조석으로 변하는 산기운과 풍
광을 보노라면 시심(詩心)이 절로 흘러넘쳤다.

　개골산, 풍악산, 열반산, 지단산, 금강산, 중향성.

　산 이름이 이토록 다양한 것도 이해가 되었다. 수많은 시심을
이름 하나에 다 가두는 게 가능하지 않았던 탓이었을 것이다.

　허균이 금강산을 찾은 것은 죽은 형 허봉이 남긴 흔적을 되짚
어 보기 위해서였다. 허봉은 계미년(1583년)에 율곡 이이를 탄핵
하였다가 함경도 경성으로 유배되었고 을유년(1585년)에 유배가
풀린 후로는 줄곧 팔도 명산을 순례하며 세월을 보냈다. 무자년

(1588년)까지 석 달이 멀다 않고 금강산을 찾았으며 결국 그곳에서 생을 마친 것이다. 허봉은 서른여덟, 허균은 갓 스물을 넘겼을 때 일이었다.

기축년(1589년)에 누이 난설헌마저 세상을 버리자 허균은 이 년 동안 누이 문집을 만들기 위해 동분서주했다. 누이가 어렸을 때부터 그린 그림을 모으고 시문을 정리했다. 류성룡으로부터 발(跋)도 받았고 이달에게서 기억을 뒤져 누이가 쓴 습작도 되살려냈다. 각고 끝에 문집이 완성되자 죽은 형 허봉에게 그 문집을 보이고 싶었다. 두 아우에게 글을 가르치고 이달, 류성룡, 한호와 같은 스승들을 소개한 사람이 허봉이었다.

"서둘러! 불정대(佛頂臺)에 닿기도 전에 소낙비를 만나겠군."

선두에서 발을 재게 놀리던 이달이 자꾸 뒤처지는 허균을 독려했다. 하늘을 보니 먹구름이 머리 위로 모여들고 있었다. 벌써 다섯 시간이나 능선을 타는 중이었다. 허균은 숨이 턱까지 차오르는 것을 겨우 참았다. 이제 곧 쉴을 바라보는 이달은 조금도 지치지 않았다. 평생을 방랑으로 살아온 이달에게 이깟 능선쯤은 아무것도 아니었다.

이달을 스승으로 모시고 배운 지도 벌써 십 년이 가까웠다. 불현듯 처음 이달을 만나던 날이 떠올랐다.

이달은 금강산을 유람한 후 남루한 몰골로 허봉을 찾아왔다. 하인들은 이달을 비링뱅이로 여겨 노둣돌(말에 오르거나 내릴 때에 발돋움하기 위하여 대문 앞에 놓는 큰 돌)에 내려서는 것조차 막았고 구정물 세례를 퍼부으며 두들겨 패기까지 했다. 이달은 그 수모를 모두 감내하며 대문 앞에 쭈그리고 앉아서 허봉이 퇴청하기만을 기다렸다.

형이 부른다는 소리에 허균이 서둘러 뒤뜰로 나갔을 때, 이달은 웃통을 훌러덩 벗고 물수건으로 입술과 이마에서 흘린 피를 닦아내고 있었다. 작은 키와 족제비처럼 깡마른 얼굴, 구부정한 허리가 초라했다. 허균은 이달 몸에서 뿜어 나오는 악취를 참지 못하고 고개를 돌렸다.

"손곡 선생이시다."

허균은 떨떠름한 얼굴로 인사를 올렸다.

'이자가 팔도 기생을 후리고 다닌다는 이달이란 말인가?'

진작부터 이달에 대한 소문은 듣고 있었다. 머리를 올려 준 기생이 마흔 명을 넘고 팔도에 퍼져 있는 자식들이 백 명에 이른다고 했다. 기생 자식이니 또 기생 자식을 만들 수밖에 없다는 비아냥거림이 꼬리표처럼 붙어 다녔다. 이달은 명유 이첨(李詹)의 후손인 이수함(李秀咸)과 기생 사이에서 태어난 서얼이었던 것이다.

'역시 천출(賤出)은 속일 수 없구나.'

허균은 눈을 내리깐 채 앞에 앉은 사내가 허명(虛名)이 높을 뿐 실속은 보잘것없다고 생각해 비웃었다. 신동이라는 칭찬에 한창 우쭐하던 시절이었다. 허봉이 차분한 목소리로 물었다.

"고려 시인들을 공부한다고 들었다. 그래, 그 시가 어떠하더냐?"

"이규보(李奎報)는 웅장하고 여유가 있으며, 정지상(鄭知常)과

진화(陳澕)는 곱고 아름답습니다. 이인로(李仁老)와 이제현(李齊賢) 은 치밀하며, 이색(李穡)은 깊고 순수합니다. 정몽주(鄭夢周)는 호탕하고 장대하며, 이숭인(李崇仁)은 너그럽고 편안합니다. 각각 일가를 이루었으나 중원 시에 미치지는 못합니다."

허봉이 다시 물었다.

"중원 최고 시인은 누구라고 생각하느냐?"

그 와중에도 이달은 쩝쩝 소리를 내어 가며 술을 들이켰다. 예의라고는 눈곱만큼도 없는 인간이었다.

"소동파(蘇東坡)입니다. 호방한 기풍과 엄격한 절조가 으뜸이지요. 저도 소동파 같은 시인이 되고 싶습니다."

이달이 갑자기 눈을 부라리며 허균을 꾸짖었다.

"에끼, 이놈! 동파가 뭐냐 동파가. 이왕에 시인이 되려면 이백이나 두보를 흉내 낼 일이다. 동파가 호방한 구석이 있긴 해도 삼류에 지나지 않음을 정녕 모른단 말이냐?"

허균이 지지 않고 대들었다.

"맑고 강건하기는 하나 감정을 제대로 다스리지 못하는 당시(唐詩)는 송시(宋詩)에 비해 부족함이 많습니다. 아무리 그릇이 크고 마음이 넓다손 치더라도 그걸 갈고 다듬는 세련된 손 맵시가 없고서야 어찌 시라고 할 수 있겠습니까?"

"어허! 그래도 네가 옳다는 게냐? 소동파나 황산곡(黃山谷)을 본보기로 삼아서는 기껏해야 말장난에 그칠 따름이다. 글자 몇 개 예쁘게 다듬는다고 세상이 달라진다더냐?"

허봉이 웃으며 이달에게 청했다.

"그러지 말고 손곡 자네가 직접 한 수 읊게나. 내 술 한 잔 거하게 낼 터이니."

"그럴까?"

이달은 거침없이 즉석에서 시 한 수를 읊었다. 밤을 지새우며 시어를 갈고 다듬던 허균에게는 참으로 낯선 광경이 아닐 수 없었다.

맑은 날 굽은 난간에 오래 앉았지만	曲闌晴日坐多時
중문까지 닫아걸고 시도 아니 짓네.	閉却重門不賦詩
담장 구석 작은 매화 바람에 다 떨어지니	墙角小梅開落盡
춘심(春心)은 살구꽃 가지 위로 옮겨 가누나.	春心移上杏花枝

이달은 입맛을 쩝쩝쩝 다시며 술을 들이켰다. 이달이 읊조린 시를 되뇌던 허균은 얼굴이 점점 흙빛으로 변해 갔다. 소동파와 비교해도 전혀 손색이 없는 작품이었다. 허균은 넙죽 엎드리며 사죄했다.

"몰라뵈었습니다. 용서하십시오."

이달은 허균을 본 체 만 체하고 자리에서 일어섰다. 허봉도 웃으며 뒤따랐다.

"자네 동생 덕에 호강하게 생겼으이. 어서 앞장서게. 술에는 노래와 춤, 계집이 따라야 하는 법이야."

다음 날부터 허균은 이달에게서 당시를 배웠다. 이달은 스무 권이 넘는 서책을 던져 주고는 그 모두를 외우게 했다.

"시란 꽃과도 같고 술과도 비슷하지. 무릇 시가 좋고 나쁨을 평하기 전에 그 시향을 맡을 수 있어야 하는 법. 향기도 모르면서 무슨 시를 쓴단 말이냐."

『문선(文選)』, 『태백(太白)』, 『성당십이가(盛唐十二家)』, 『유수주(劉隨州)』, 『위좌사(韋左史)』, 『당음(唐音)』 등을 외우는 데 꼬박 오 년이 걸렸다. 그때까지 이달은 시 짓는 걸 허락하지 않았다.

이달은 젊어서부터 방랑을 즐겼다. 허봉 역시 여행을 좋아했지만 관직에 얽매인 몸이라서 나고 드는 것이 쉽지 않았다. 귀양에서 풀려난 허봉은 한양으로 돌아오지 않았다. 류성룡은 몇 번이나 사람을 보내 귀경을 종용하기도 했다. 그러나 허봉은 이달과 함께 산천 유람을 즐기면서 세월을 낚았다. 두 사람이 벌인 기행에 관한 소문이 팔도에 널리 퍼졌으며 허균은 그 방랑을 종종 이백과 두보의 방랑에 견주곤 했다.

이백과 두보는 동시대에 태어나 천하를 방랑하며 놀라운 시편들을 토해 놓았다. 두 사람은 서로 사귀기를 갈망했지만, 정작 둘이 함께한 시간은 일 년 남짓이었다. 양송(梁宋) 지방을 함께 여행했고 서로 흠모를 간직한 채 헤어진 후 다시 만나지 못했다. 허봉과 이달 역시 시를 지으며 함께 지내기를 평생 염원했지만 같이 지낸 시간은 삼 년 남짓이었다. 허봉이 죽고 나서도 이달은 여행을 계속했지만 허봉과 함께한 나날처럼 가슴 설레지는 않았다. 첫정은 그만큼 눈부시게 사무치는 법이다.

허균이 금강산 기행을 함께할 사람으로 이달을 택한 것은 백번

잘한 일이었다. 당시를 외우는 솜씨에서도 드러나듯이 이달의 기억력은 한 치도 오차가 없었다. 발길 닿는 곳마다 허봉이 슬그머니 얼굴을 드러냈다. 땔감으로 쓰기 위해 잘랐던 참나무 밑동도 있었고, 함께 밤이슬을 피하던 동굴도 있었으며, 사흘 밤낮으로 술을 마셨던 누각도 있었다. 현판이나 너럭바위에 허봉은 어김없이 글씨를 남겼다. 글씨를 찾을 수 없는 곳에서는 이달이 회고담을 소상히 말해 주어 받아 적었다.

세 차례 금강산 기행 중에서도 이번이 가장 힘들었다. 허봉이 석 달 동안 다녔던 길을 열흘 만에 따라잡자니 피곤이 더했다. 겨울이 성큼 다가섰고 전쟁이 터진다는 소문이 금강산 자락에까지 퍼졌다. 시간이 없었다.

첫날은 영평(永平)에서 출발하여 단발령(斷髮嶺)을 넘은 후 헐벗은 신갈나무로 둘러싸인 장안사(長安寺)에서 유숙했다. 장안사 주지 동호(東湖)는 허봉이 금강산 원경을 보고 읊은 오언 절구 두 수를 선뜻 내놓았다. 둘째 날엔 시왕백천동(十王百川洞)으로 들어가서 깎아지른 바위너설과 솟구치는 시내를 구경하고 영원사(靈源寺)에서 묵었으며, 그 다음날엔 망고대(望高臺)를 가까스로 오른 후 송라암(松蘿庵)을 지나서 만폭동(萬瀑洞)에서 술을 마신 다음 표훈사(表訓寺)에서 쉬었다. 넷째 날에는 진헐대(眞歇臺)를 거쳐 개심사(開心寺)에 이르렀다. 개심사 산문 밖에서 허균 일행을 맞은 사람은 뜻밖에도 서산대사 휴정이었다. 휴정은 아버지 허엽과 호형호제하는 각별한 사이로 시문에 두루 능한 고승이었다.

"어서들 오시오. 시선(詩仙)이 다 되셨구려."

합장을 하는 휴정의 희고 긴 수염이 땅에 닿을 지경이었다. 이달이 웃는 낯으로 화답했다.

"이 몸이 시선이면 대사께서는 부처이십니까? 다섯 가지 잘못을 꾸짖어도 시마(詩魔)가 좀체 이 몸을 떠나지 않아 힘겨울 뿐입니다. 괜한 놀림 마시고 곡차나 한잔 주시지요."

일찍이 이규보는 시마를 쫓는 글에서 시마의 죄 다섯 가지를 논한 적이 있었다. 이달은 시마가 걱정만 데려오고 평화로움을 해친다며 고개를 젓곤 했다. 휴정이 허균을 반겨 맞았다.

"아주 잘 성장하셨소. 아버님 눈과 형님 가슴을 한데 지녔구려. 가히 한 시대를 주름잡을 재목이오."

허균은 몸 둘 바를 몰랐다.

"생전에 아버님께서는 대사님 가르침을 받으라고 늘 당부하셨습니다. 소생이 게을러 미처 찾아뵙지 못하고 십여 년 세월이 물같이 흘렀으니 송구스러울 따름입니다. 한데 저희들이 올 줄을 어찌 아셨습니까?"

휴정이 빙그레 웃으며 대답을 피했다. 시종처럼 데리고 다니는 학승 하나를 앞세워 산길을 오르니 곧 정양루(正陽樓)였다. 일만 봉우리가 발아래 늘어섰고 보름달이 훤하게 누각을 비추었다. 곡주와 박나물, 능이버섯 초회가 미리 준비되어 있었다.

"역시 대사께서는 중생 마음을 헤아리시는군요."

이달이 염치 불구하고 술을 벌컥벌컥 마셔 댔다. 허균은 다소 곳이 앉아서 아버지 허엽, 작은형 허봉, 누이 허난설헌 얼굴을 차례로 떠올렸다. 그 쓸쓸한 마음을 다독거리기라도 하듯 휴정이 이야기를 시작했다.

"옛말에 중생 몸은 태허(太虛)와 같으니 번뇌는 어느 곳에서 다리를 편히 할 것인가라고 했지요. 번뇌는 집착에서 오고 집착은 또 다른 집착을 낳게 마련이외다. 떠남은 곧 돌아옴이며, 헤어짐은 곧 만남이지요. 오늘 우리가 이렇게 한자리에 모였지만 어제 서로가 머무는 곳을 알지 못했고 내일 또 서로 다른 길로 떠날 것이외다."

벌겋게 술기운이 오른 이달이 휴정을 거들었다.

"대사님 말씀이 지당하십니다. 다섯 가지 색깔은 눈을 멀게 하고, 다섯 가지 음정은 귀를 멀게 하며, 다섯 가지 맛은 입을 상하게 한다고 했지요. 구태여 앎을 좇으면 남는 것은 허무뿐입니다. 한데 이놈은 끝까지 제 형 그림자를 찾겠다고 날뜁니다그려."

허균이 이의를 제기했다.

"그렇지만 선현이 남긴 가르침을 배우고 익혀 도를 찾는 것이 인생이 아닐는지요? 자기 수양도 가치가 있지만 인간 세상을 바로잡으려는 노력 또한 값어치 있는 것입니다. 스승님이나 허봉 형님처럼 물러나 초야에 묻혀 시선(詩仙)처럼 편안함을 누리는 것도 옳은 일이나 상도와 상법이 없어진 풍전등화와도 같은 이 나라를 구하는 일 또한 헛되지 않을 것입니다. 어찌 깨달음이 산문에만 있고 속세에는 없다고 할 수 있겠습니까? 동방삭(東方朔)도

유언하기를, 수양산에서 굶어 죽은 백이숙제는 우둔하고 주하사
(柱下史, 주나라의 벼슬)가 된 노자는 노련하다고 했지요."

허균은 노자가 주나라 벼슬을 장막 삼아 속세의 삶을 끌어 나
갔음을 끌어들여 이달이 심취한 노장(老莊)을 비꼬았다. 이달이
목청을 높였다.

"이놈아! 그래 봤자 정승 판서밖에 더 하겠느냐? 자리와 돈이
탐나면 솔직히 그렇다고 해라. 깨달음에는 빈부가 없고 시에는
귀천이 없는 법이다. 대체 무엇이 값어치 있는 보석이며 무엇이
값어치 없는 똥이라더냐? 네 썩어 빠진 두 눈이 그걸 분별할 줄
아느냐?"

휴정이 이달을 진정시켰다.

"시선의 경지를 너무 쉽게 가르치려 하지 마세요. 어제는 걷더
니 오늘은 앉고 오늘은 앉더라도 내일이면 눕는 게 인생인데, 어
찌 청년 마음을 한꺼번에 다잡으려고 하십니까? 정리생동(靜裏生
動, 고요함 속에서 움직임이 일어남)! 언젠가는 이 움직임을 알 날이
있겠지요."

이달이 비틀비틀 난간으로 물러서더니 두둥실 떠오른 보름달
을 보며 이백 시들을 읊기 시작했다. 곧 그 낭송은 울먹임으로
변했고 통곡으로 이어졌다.

이달은 눈물이 많은 사내였다. 술에 취해 울고 풍경에 취해 울
고 그리움에 취해 울고 시에 취해 울었다. 이달이 한 번 울음을
터뜨리면 아무도 그치게 할 수 없었다. 시와 울음이 섞이다가 울
음이 시를 삼켜 버렸고, 정분을 나눈 여인들 이름이 하나씩 호명

되었으며, 마지막으로 이름도 형체도 알 수 없는, 짐승 같은 울부짖음이 이어졌다. 휴정과 허균은 이달이 우는 일에 익숙했으므로 헛되이 그 슬픔에 개입하지 않았다.

"금강에서 무얼 배웠소?"

"도성에 없는 많은 것들을 보았습니다. 세 치 혀에 욕되지 않은 산과 손때가 묻지 않은 츠렁바위 등 늘 그곳에 변함없이 있음이 뜻하는 바를 되새기게 되었지요. 부끄러움이 앞섰고 좀 더 단단해져야 한다는 생각도 듭니다."

"참으로 큰 깨달음입니다. 그 풍광들이 어찌 금강에만 있겠습니까. 중생이 머무는 속세라면 어디든지 있지요."

"하나…… 풍전등화와 같은 형국에서 어찌 한결같은 고요가 있겠습니까?"

"풍전등화라고 하면…… 왜국이 곧 조선을 침공하리라는 걸 말하는지요?"

허균은 깜짝 놀라며 들었던 술잔을 떨어뜨렸다. 금강산에서 수도하는 노승이 전쟁이 문밖에 다가왔음을 알고 있다는 사실에 깜짝 놀란 것이다. 휴정은 예의 그 인자한 웃음으로 말을 이었다.

"노자께서는 문밖을 나가지 않고도 천하를 이해할 수 있으며 창밖을 내다보지 않고도 천도를 볼 수 있다고 말씀하셨소. 나가는 것이 멀면 멀수록 아는 것은 점점 작아지는 법이외다."

휴정은 장삼 소매에서 서찰 하나를 꺼냈다. 쓰시마 섬에 있는 덴케이(天荊) 스님이 보낸 것이다.

"어디에나 살생을 피하고자 하는 노력은 있게 마련이지요. 그러나 서로 싸우고 죽이려는 마음을 지우기란 얼마나 힘이 드는 지. 지금이 그때가 아닐까 걱정입니다."

허균은 서찰을 빠르게 읽어 내렸다. 조선 조정을 깨우쳐 전쟁을 막아야 한다는 내용이었다.

"전쟁이 나면 이 나라 백성들은 지옥 불구덩이에 빠질 것입니다."

"모든 것은 대자대비하신 부처님 뜻이지요. 소승은 다만 살생을 줄이는 쪽을 택할 것이외다."

"직접 전쟁터에라도 나서시겠다는 뜻입니까?"

휴정은 다시 미소를 지어 보였다. 기생들 이름을 부르던 이달은 목소리가 울부짖음으로 바뀌고 있었다. 휴정과 이달이 정양루를 내려간 후에도 허균은 그곳을 떠나지 않았다. 깊이 새겨 생각할 문제가 남았던 것이다.

휴정의 웃음과 이달의 울부짖음.

속세를 떠나 깨달음을 좇는 두 사람에게 전쟁이란 도대체 무슨 뜻이 있을까? 새로운 깨달음을 위한 화두일까? 더럽고 추악한 욕망을 샅샅이 훑을 수 있는 절호의 기회일까?

'저 둥근 달처럼 웃지도 울지도 않고, 있는 그대로 존재할 자신이 없다면, 다가오는 운명을 관조해서는 안 될 것이다. 도와 예, 아름다움과 격조로는 전쟁을 막을 수 없다. 세상에 나아가 정치를 해야 한다. 힘과 권위로써 백성을 구하고 나라를 바로 세워야 한다.'

"초당(草堂. 허엽의 호) 대감댁 막내 아드님이자 화담 선생과 퇴계 선생 학통을 이어받았으며, 그림과 글씨에 밝고 시 수천 편을 암송하는 천재 중 천재를 이제야 뵙습니다."

돌아보니 학승 하나가 두 손을 곱게 모은 채 서 있었다. 크고 둥근 눈빛이 예사롭지 않았다. 휴정이 곁에 두고 부릴 정도라면 배움이 만만치 않아 보였다.

"지나친 말씀입니다. 아직 과거에 급제도 못한 서생입니다."

"과거에 급제하고 아니 하고를 어찌 학문을 평하는 기준으로 삼을 수 있겠습니까? 손곡 선생과 석봉 선생 또 서애 대감이 기꺼이 가르침을 주시는 것만으로도 그 재능을 미루어 짐작할 수 있습니다."

허균이 빙그레 웃으며 물었다.

"그런 불제자께선 뉘시오?"

"소승은 월인이라 합니다. 계룡갑사에서 출가하였고 지금은 큰스님을 뫼시고 있습니다."

월인이 한 걸음 다가서며 목소리를 낮추었다.

"한데 과연 전쟁이 일어나는지요?"

허균이 얼굴 표정을 굳혔다. 방금 전 나눈 대화가 세상에 알려지면 큰 화가 미칠지도 몰랐다.

"엿들으려고 한 건 아닙니다. 산속에서 지내다 보니 작은 소리를 남들보다 조금 더 잘 듣게 되었답니다. 소승도 이미 큰스님 말씀 속에서 전쟁 조짐을 읽고 있었습니다. 바다 건너 왜국을 일통한 평수길이 먼저인가, 압록강 넘어 세력을 떨치기 시작한 건

주위(建州衛, 누르하치를 일컬음)가 먼저인가만 남았지요.”

“건주위…… 움직임까지 압니까?”

월인이 고개를 크게 끄덕였다.

'역시 평범한 불제자가 아니로군.'

그래도 허균은 초면에 말을 아꼈다.

“전쟁일 수도 있고 소소한 노략질에 그칠 수도 있습니다.”

월인이 두 눈을 반짝이며 천천히 고개를 저었다.

“노략질이라면 여기까지 와서 심각하게 말씀을 나누지는 않았
겠지요. 소승을 믿지 못하시는 건 압니다. 하면 소승이 먼저 속
에 든 말들을 토해 놓아도 되겠습니까?”

허균은 점점 월인이 궁금해졌다. 산속에서 천하를 읽는 불제자
는 휴정뿐만이 아닌 것이다.

“전쟁이 나면 조선은 패망할지도 모릅니다.”

“그, 그 무슨 가당치도 않은 말이오? 패망이라니? 조선이란 나
라가 사라진다 이 말이오?”

월인은 목소리를 더욱 낮추었다.

“뭘 그리 놀라십니까? 그 정도는 이미 예상하고 계신 줄로 압
니다만……. 지난 이백여 년 동안 조선은 전쟁다운 전쟁을 치른
적이 없습니다. 그야말로 태평성대였지요. 반대로 왜국은 살육으
로 날을 보내고 전투로 밤을 보내는 나날이었습니다. 조선에서
전혀 대비를 하지도 않고 왜국과 맞선다면 필패는 불을 보듯 뻔
한 일입니다. 하삼도는 물론 도성까지 위태로울 수도 있지
요…….”

"그만! 말을 너무 함부로 하지 마시오. 이 일을 관아로 고변할 수도 있소이다."

"고변 따윈 하지 않으시리라 믿습니다."

"……"

잠시 침묵이 흘렀다. 그동안 허균은 뛰어난 고승들을 찾아가서 배움을 청했다. 휴정은 물론이고 그 제자 유정(惟政)은 작은형 허봉과 마음을 터놓고 지내는 친구였던 것이다. 그러나 휴정과 유정은 나랏일에 대해 의견을 개진할 때는 늘 불경에 기대어 다양한 비유를 통해 빙빙 돌아갔다. 항상 다르게 해석될 가능성을 열어 둔 채로 선문답처럼 스쳐 지나가듯 세상에 대한 자비심을 드러냈던 것이다. 그러나 월인은 직선으로 날카롭게 핵심을 토해 냈다.

"손곡 선생이나 초당 선생 가문을 시기하는 이들이 심어 놓은 간자라 생각하실 수도 있겠습니다. 하나 알아보시면 알겠지만 소승은 줄곧 이곳 금강산에만 머무르고 있습니다. 간자 노릇을 할 까닭도 없고요."

넘겨짚는 솜씨도 보통이 아니었다. 허균은 다시 월인과 눈을 맞추었다. 대화를 이쯤에서 끝낸다고 해서 문제될 건 없었다. 그러나 새로운 벗과 사귀어 세상 이치를 깨닫는 것은 허균이 가장 즐기는 일이었다. 허균은 월인이라는 이 학승에게서 혹여 배울 바를 찾고 싶었다. 결심이 서자 허균은 조심스럽게 입을 열었다.

"그 길을 바꿀 수 있는 방법은 없습니까?"

"있습니다."

월인이 간명하게 답했다. 너무 자신감에 차 있어서 허균은 뒤이어 질문을 던지지도 못했다. 월인이 이야기를 이어갔다.

"세상을 바꾸면 됩니다."

'세상을 바꾼다고?'

허균은 주변을 살핀 후 추궁하듯 물었다.

"세상을 어떻게 바꾼단 말입니까? 전쟁이 바로 코앞입니다."

월인은 입으로만 쓸쓸히 웃었다.

잘 아시지 않습니까?

허균은 월인의 침묵을 자기 식대로 해석해 보았다.

"하면 혹시……?"

월인이 말을 잘랐다.

"다음에 다시 뵈면 오늘 대화를 계속 이어갈 수 있을 듯합니다. 그때도 소승이 하는 어리석은 이야기들을 끝까지 들어 주시겠지요?"

허균이 입맛을 다시며 가볍게 어깨를 으쓱 들어올렸다 내렸다.

"그리하지요. 하나 세 치 혀를 극히 조심해야 할 겁니다. 다시 만나기도 전에 참화를 당할 수도 있습니다."

"명심하지요. 부처님 보살피심이 언제나 함께하기를 축원하겠습니다."

서산대사와 헤어진 다섯째 날에는 사자봉(獅子峯)을 가로질러 동화(冬花) 핀 보덕굴(普德窟)에서 묵었고, 여섯째 날에는 화룡담(火龍潭)을 거쳐 마하연(魔訶衍)에서 담로(湛露, 맑은 이슬)를 마셨다. 계곡을 흐르는 물과 봉우리를 넘나드는 바람 소리가 우수수 흔들리는 삼나무, 회나무 가지들과 어울려 밤새 귓문을 간지럽게 했다. 일곱째 날에는 운흥(雲興)을 거쳐 바로 구정봉(九井峯)을 오르다가 눈을 만나서 비로봉(毗盧峰)까지 오르는 것을 포기하고 자월암(紫月庵)에서 쉬었으며 여덟째 날에는 불정대(佛頂臺)에 도착하여 푸른 절벽에 얼어붙은 일천 폭포를 구경했다. 그 다음 날에는 백천교(百泉橋)를 거쳐 명파(明波)에서 밤을 지새웠고 마지막 날에는 신라 화랑 안상랑(安祥郎)과 영랑(永郎)이 놀았다는 삼일포(三日浦)를 둘러보았다.

이달은 그곳에서 배를 한 척 빌려 삼일포 앞바다에 있는 작은 섬인 송도(松島)까지 가고자 했다. 허봉과 마지막으로 술잔을 기울인 곳이 송도에 있는 거북바위라는 것이다. 과연 송도 동남쪽 모퉁이에는 거북처럼 생긴 바위가 있었다.

두 사람은 거북바위 위에 자리를 잡았다. 된새바람이 제법 거셌다. 이달은 평소처럼 탁주 한 동이를 단숨에 비워 나갔다. 허균은 바위에 부서져 하얗게 물머리를 세우는 파도를 오랫동안 바라보았다.

'형님은 여기 앉아서 무슨 생각을 했을까? 약관에 조정에 들어가 요순시대를 재현하기 위해 몸을 던진 형님이 아니었던가? 귀양 한 번 당했다고 움츠러들거나 삶을 포기할 형님이 아니다. 그렇다면 형님은 무엇에 절망한 것이었을까? 세상과 인연을 끊고 산천을 떠돈 이유, 조정에서 불렀어도 단호하게 나가지 않은 까닭은 무엇이었을까?'

갈매기 울음소리만 허공을 맴돌았다. 허봉이 남긴 글귀들은 한결같이 신선과 술과 달을 노래하고 있었다. 우국(憂國)이나 향수(鄕愁) 따위는 눈을 씻고 찾아도 보이지 않았다.

"어떠냐? 이참에 나와 함께 아예 여기에 눌러 앉는 것이."

이달은 허균 마음을 훤히 꿰뚫고 있었다. 이곳에 숨어 지내면 허봉이 느꼈던 절망과 희망을 어렴풋하게나마 확인할 수 있을 것 같았다. 그러나 허균은 세상을 등지기보다 세상으로 들어가서 모든 것을 확 바꾸고 싶었다.

"아서라. 이놈! 세상이 어디 네놈 마음대로 휙휙 뒤집히는 손바닥이라더냐? 이 바위가 수만 년 동안 웅크리고 앉았듯이 세상도 또한 그러한 법이야. 칼을 댈수록 상처만 늘지. 하곡 마음을 아직도 헤아리지 못하겠느냐? 에잇! 열흘 동안 헛고생만 했구나. 머엉청한 놈!"

허균이 술을 한 잔 들이켠 후 물었다.

"내년 봄 전쟁이 나면 어떻게 하실 건지요?"

"어떻게 하다니? 이놈아, 언제 세상살이가 전쟁이 아닌 적이 있었더냐? 보아하니 네놈은 은근히 전쟁을 기다리고 있구나."

"전쟁을 기다리다뇨?"

"세상을 단숨에 쓸어버릴 기회를 찾고 싶은 거겠지. 하나 세상일이란 처음도 끝도 없는 법. 억지로 매듭지으려 들다간 제 목숨만 갉아먹어. 전쟁을 겪고 나면 태평성대가 열리리라고 보는 거냐? 허허허. 꿈 깨라, 꿈 깨! 요순시대에도 혁명을 원하는 놈들은 있었녔다. 모두 처형당해 사지가 찢겼지. 세상은 조그마한 틈도 인정도 희망도 허락하지 않는 비정함 그 자체야. 네깟 놈 음풍농월대로 뒤집힐 거면 수만 번도 더 뒤집혔겠다."

"금강산에 머무르실 것입니까?"

"번뇌는 어느 곳에서 다리를 편히 할 것인가라는 서산대사 말씀을 벌써 잊었느냐? 쭈글쭈글한 몸이야 자연으로 돌아가기 전까지 바람 따라 구름 따라 흐르면 그만이다."

두 사람은 배를 타고 삼일포로 다시 나왔다. 허균은 천천히 걸음을 옮기며 발맘발맘 이달 뒤를 따랐다. 이 눈물 많은 스승과 헤어질 때가 온 것이다. 허균은 옷매무시를 고치고 큰절을 올렸다. 이달은 쩝쩝 입맛을 다시며 콧노래를 흥얼거렸다. 허균은 남아 있던 노잣돈을 모두 내놓았다. 그 돈마저 없으면 이달은 새벽이슬을 맞으며 길거리에서 구걸을 할지도 몰랐다.

돈을 챙긴 이달은 술통을 옆구리에 끼고 자리에서 일어서려 했다. 그러나 이미 똑바로 설 수 없을 만큼 취해 있었다. 허균이 이달을 부축하며 물었다.

"하루만 더 함께 계시지요. 술이 깰 때까지만이라도."

이달이 팔을 뿌리쳤다.

"일없다! 계집들처럼 바짓자락 붙들고 이별을 아쉬워하랴."

이달은 천천히 오던 길을 되짚어 금강산으로 들어갔다. 허균은 갈대처럼 흔들리는 그 뒷모습을 오랫동안 바라보았다. 스승이 지은 시들이 천지 사방을 맴돌았다. 허균은 스승이 쓴 시를 평하기 위해 아껴 두었던 문장을 하나씩 끄집어냈다. 언젠가 논할 자리가 있다면 단숨에 써 내려갈 마음으로 준비해 둔 것이다.

손곡 이달이 쓴 시는 이백에 근본을 두었고 왕유(王維, 당나라 시인)와 유장경(劉長卿, 당나라 시인)을 드나들어 기운이 다사롭고 풍취가 뛰어나며 빛이 곱고 맑아 담담하다. 그 곱기는 남위(南威, 춘추 시대의 미녀)가 옷을 차려입고 밝은 화장을 한 듯하고, 그 온화함은 봄볕이 온갖 풀을 덮은 듯하며, 그 맑음은 서리 같은 물줄기가 큰 골짜기를 씻어 흐르는 듯하고, 그 울림이 청아함은 마치 높은 하늘에서 학을 타고 피리 부는 신선이 오색구름 밖을 떠도는 듯하다. 끌어당기면 노을빛 비단이나 미풍에 흔들리는 잔물결 같고, 깔아 놓으면 구슬이 앉고 옥이 달리며, 두드리고 갈면 비파처럼 애절하고 구슬처럼 울리며, 억제하고 누르면 말이 걸음을 멈추고 하늘로 오르던 용이 몸부림을 거둔다. 그 일없는 때에 천천히 걸으면 평탄한 물결이 넘실넘실하여 천 리를 흘러가는 듯하며 태산에서 구름이 바위에 걸려 흰옷도 되고 푸른 개도 되는 듯하다. 개원(開元), 천보(天寶), 대력(大曆) 사이에 놓아도 왕유 들 대열에서 결코 뒤떨어지지 않을 것이다. 우리나라 여러 이름난 시인들과 비교하면 그 사람들 또한 눈이 휘둥그레져 구십 리나 물러설 것이다.

九、
절망의 땅에서
호민豪民을 생각하다

허균은 계속해서 떠돌아다녔다.

한양을 떠나올 때부터 금강산 유람을 마친 후에는 전라도를 훑어볼 계획이었다. 기축옥사 때문에 전라도는 입신양명할 길이 막혀 버린 죽은 땅으로 변했다. 적어도 정여립에 대한 분노를 시도 때도 없이 폭발시키는 금상이 통치하는 동안에는 전라도 출신 중 그 누구도 중용될 수 없을 터였고, 그 틈을 이용해서 기호와 영남 출신 사림들이 조정 주요 관직을 빠짐없이 독차지하였다. 이제 전라도는 곡물이나 꼬박꼬박 갖다 바치는 예속지로 바뀌어 버린 것이다.

공주에서 고분들을 둘러보고 부여(扶餘) 정림사지(定林寺址) 석탑과 익산(益山) 미륵사지(彌勒寺址) 석탑을 도는 동안 허균은 내내 그 한과 설움을 느꼈다. 신라가 삼국을 통일한 이후부터 고려와 조선에 이르기까지 거의 천 년 동안 전라도는 늘 견제와 착취를 위한 땅이었다. 황토에 일구어 놓은 곡물들은 어김없이 경주나 개경 또는 한양에서 배 두드리는 통치자들에게 돌아갔으며, 전라도 백성들은 황금 들판을 바라보면서도 보릿고개 걱정을 해야만 했다.

선운사(禪雲寺)와 백양사(白羊寺)에는 여인네들이 줄을 이어 탑돌이를 하면서 안온무사한 매일매일을 소망했다. 정치에서 길이 막힌 사내들이 술과 한숨으로 밤을 지새울 때, 여인네들은 작은 행복만이라도 지키기 위해 대자대비 하신 부처님 마음에 기대었던 것이다.

허균이 보기에 전라도는 정치는 사라지고 종교만 가득한 땅이었다. 전라도 사람들은 탐관오리를 몰아내거나 지나치게 무거운 세금에 대항할 마음이 전혀 없는 듯했다. 하기야 정의를 부르짖다가 잘못하면 역도로 몰려 삼족(三族)이 죽임을 당할 것이니, 그 누가 쉽사리 앞에 나설 수 있겠는가.

허균은 그 깊은 체념이 무서워졌고, 그럴수록 이글이글 타는 분노로 마음이 들끓었다.

'허무와 절망에 깊이 빠진 저들에게 나라가 무슨 의미가 있으며 임금이 무슨 가치가 있는가. 체념이 겹겹이 쌓여 한이 되고 눈물이 되었다가 결국 언젠가는 참을 수 없는 분노로 터질 것이다. 그리하여 다시 역적이 되고 피비린내가 황토를 뒤덮을 것이다.

과거에 응시한 서생들을 실력대로 뽑는 것은 당연한 일이다. 글을 가리기도 전에 지방에 따라 차등을 둔다는 것은 멀쩡한 팔이나 다리 하나를 자르고 병신노릇을 하는 것과 진배없다. 그런데도 임금이 분노한다 하여 바르지 않은 법을 간하여 고치지 않는 자들이 조정을 좌지우지하고 있다. 나라를 병신으로 만드는 자들을 조정에 둘 수는 없다. 법을 바르게 세우고 그 법을 지키고 감시할 인재를 새로 뽑아야 한다. 그러기 위해서는 개선이나 개혁이 아니라 혁명이 필요하다. 깡그리 모든 것을 새롭게 시작해야 한다. 그리하여 이 땅에서 희망에 찬 노래가 울려 퍼지도록 하리라.'

창평, 옥과(玉果), 곡성(曲城)을 지나 순천으로 접어들었다. 전라 좌수영이 있는 여수가 바로 코앞이었다. 허균은 전라 좌수사 이순신 앞으로 서찰을 써서 인편으로 보냈다. 류성룡 말이 기억났다.

"전라 좌수사 이순신은 병법에 밝고 무섭게 신중한 사람이지. 적을 공격해서 몰살시키지는 못하더라도 결코 책임진 곳을 빼앗기지는 않을 거야."

'무섭게 신중한 사람!'

허균은 그 대목이 마음에 들었다. 큰일을 도모하려면 침착하고 입이 무거운 장수가 있어야 했다. 명분이야 문사들이 만드는 것이지만 힘과 기세로 소인배들을 몰아내는 일은 장수들 몫이었다. 당장은 아니더라도 먼 앞날을 위해 장수들을 미리 만나 둘 필요가 있었다.

'혹여 서애 대감이 과대평가하신 것은 아닐까.'

허균은 이순신을 따라다니는 이상한 소문을 들었다. 녹둔도 패전은 물론이고, 북병사 이일에게 대들면서 패전 책임을 회피한 일, 정읍 현감으로 있으면서 남솔을 일삼았으며, 동인에 아부하였기에 벼락출세가 가능했다는 것이다. 이 풍문에 기댄다면 이순신은 겁 많고 책임감 없는 장수이면서, 가족을 위해 백성들을 착취하는 탐관오리이고, 당파 싸움을 이용해서 당상관에 오른 소인배였다.

그러나 정반대 소문도 함께 떠돌았다. 기축옥사에 연루되어 하옥된 정언신을 만나려고 직접 옥으로 찾아갈 만큼 의리 있는 사내이고, 군졸들 대소사를 직접 챙기는 인정 많은 장수이며, 송사를 공명정대하게 처리하기로 소문난 명판관이라는 것이다.

허균은 한 인간에게 상반된 두 가지 가면이 덧씌워져 있는 점이 흥미로웠다. 소문이 번잡한 것은 순리대로 몸을 맡기지 않아서일 것이었다. 관행을 따르지 않고 자기 길만을 고집하기에 보자기를 뚫고 나오는 송곳처럼 자꾸 지적당하고 비난받는 것이었다.

'모처럼 사람다운 사람을 만날지도 모르겠구나.'

사흘 후, 차조기 꽃대 장아찌를 얹어 보리밥 한 그릇을 뚝딱 먹던 아침에 뿔피리를 옆구리에 찬 전령이 허균을 찾아왔다. 좌수사가 열흘 전부터 오관 오포를 돌며 감찰 중이기에 오늘 밤 늦게 좌수영에 닿을 것이라고 했다. 날카로운 눈매와 가벼운 몸짓이 전령으로서는 제격으로 보였다.

"이름이 뭔가?"

"이름은 따로 없고 그냥 날발이라고들 합지요."

날발을 따라 허균은 순천을 떠났다. 말고삐를 잡은 날발은 십 리 길을 단숨에 내달았다. 볕뉘 사이로 내딛는 발걸음이 보이지 않을 정도였다.

'축지법을 쓰다니……, 놀라운 일이야.'

좌수영에 닿았을 때에는 한밤중이었다.

이순신이 아직 도착하지 않아서인지 날발은 허균을 서재로 안내했다. 서책이 한쪽 벽을 완전히 뒤덮고 있었다. 장수에게 이토록 많은 서책이 있다니 참으로 낯설었다. 아랫목에 비스듬히 앉아서 서책을 들추다가 스르르 잠이 들었다. 벌써 한 달이 넘도록 편히 잠자리에 들지 못했던 것이다.

누이 난설헌과 함께 허균은 이달 앞에 무릎 꿇고 시를 외우고 있었다. 허균은 자꾸 시구를 틀려 꾸지람을 받았지만 난설헌은 한 글자도 틀리는 법이 없었다. 이달이 혀를 끌끌 찼다.

"사내로 태어났더라면……."

이번에는 허균과 난설헌이 석봉 한호 앞에서 글씨를 쓰는 광경이 피어올랐다. 곧고 힘차게 뻗는 난설헌의 필체를 보며 한호가 호탕하게 웃었다. 그리고 돌아서서 뇌까렸다.

"사내로 태어났더라면……."

눈을 뜨니 주위는 온통 깜깜했고 바람 소리가 차고 매서웠다. 허균은 방 안에 덩그러니 혼자 누워 있었다.

"장군께서 오십니다."

밖에서 날발이 외치는 소리에 서둘러 마루로 나왔다.

"반갑소이다. 이순신이외다."

허균은 그 야윈 얼굴에 놀랐다. 흰 턱수염과 구부정한 어깨가 나이를 더 먹어 보이게 했다.

'저 몸으로 어떻게 수사 소임을 다한단 말인가. 서애 대감 안목이 고작 이 정도였던가.'

서로 술을 권한 후 이순신이 먼저 입을 열었다.

"서애 대감으로부터 말씀 많이 들었소이다. 장차 이 나라를 이끌 동량이라고 하셨는데 과연 틀린 말씀이 아니오. 서애 대감은 어찌 지내시오?"

"끓는 물에 든 게처럼 바쁘시지요. 소생 역시 장군 명성을 익히 들어 알고 있습니다. 병법에 밝고 용인술에 능하시다고요."

이순신은 턱수염을 쓸어내리며 웃었다.

"허허허. 과찬이시오. 소장은 그저 서애 대감이 보살펴 주셔서 이 자리까지 오게 된 필부에 지나지 않소이다. 보시다시피 몸도 아프고 기운도 예전 같지 않아 갑옷과 투구가 무거울 지경이오이다. 허허허."

이순신은 왼손으로 갑옷 앞가슴을 툭툭 쳤다. 죽을 자리를 찾는 짐승처럼 나약하고 힘이 없어 보였다.

"방비는 어떻습니까?"

"그게……, 소장이 워낙 뱃멀미를 심하게 앓아서 오관 오포를 모두 둘러보지는 못했소. 하지만 만호나 첨사들이 다 잘 알아서들 하고 있지 않겠소이까. 허허."

"왜구들 동정은 어떠한지요?"

"제깟 놈들이 별수 있겠소? 요즘엔 쥐새끼 한 마리도 얼씬하지 않소이다. 다 나라님 덕이 사해에 넘치심이오이다."

허균은 표정이 점점 더 굳어졌다.

'나를 믿지 못하는 게로군. 서애 대감과 왜국 사정을 상세히 의논했을 터인데 시치미를 뚝 떼는군. 무섭게 신중하다더니 과연!'

눈치 빠른 허균은 지나치게 자신을 낮추는 이순신 속마음을 읽었다.

'이쪽에서 진심을 내보이기 전에는 털끝만큼도 움직이지 않겠군.'

허균은 미리 준비한 지도 석 장을 꺼냈다.

"왜놈 장사치들에게 어렵게 구한 것입니다. 보시지요."

두 장은 조선 팔도를 담았고 나머지 한 장은 전라도 지역을 세밀하게 옮긴 것이다. 전라 좌우도에 속한 관과 포의 크기와 병력, 그리고 장수 이름과 나이까지 적혀 있었다. 조정에서도 이렇게까지 정확한 지도를 가지고 있지는 못할 것이었다. 지도를 살피던 이순신 눈초리가 점점 매서워졌다. 왜국 간자가 이토록 자세하게 모든 걸 알아냈으니 백전백패는 불을 보듯 뻔한 일이었다. 허균이 이순신 표정을 살피며 말했다.

"전쟁에서는 전략을 세우는 게 가장 중요하지요. 많이 생각한 자가 적게 생각한 자를 이긴다 함은 이를 가리키는 것입니다."

이순신이 자세를 고쳐 앉았다.

"짐작하신 대로 소장은 이미 왜군이 쳐들어올 것에 대비하고 있소이다. 오관 오포를 돌면서 방비 상태를 감찰한 결과 사도 첨사 김완이 군량미를 조금 부풀려 보고한 것 외에는 별문제가 없었소. 먼저 공격하기에는 힘이 모자라지만 지키는 데는 넉넉함이 있다고 판단하고 한시름 놓고 왔소. 하나 이 지도들을 보니 소장 생각이 좁고 얕았소이다."

허균은 잘못을 솔직히 인정하는 이순신이 더욱 마음에 들었다. 사리가 분명한 말투와 상대 심장을 꿰뚫는 눈매는 양장(良將) 자질이 흘러넘쳤다.

'서애 대감 눈은 틀림이 없구나. 이 나라에는 지금 이 사람처럼 위엄과 덕망을 갖추고 나라를 강성하게 만들 장수가 절대 부족하다.'

허균 역시 둘러 가지 않고 가슴에 담은 의문을 곧바로 꺼냈다.

"녹둔도 패전은 어찌된 것인지요?"

이순신은 잠시 시선을 내렸다가 곧 차분하게 답했다.

"조선은 삼면이 바다고 북방은 험준한 산맥으로 가로막혀 있소. 동남쪽으로는 왜구와 이웃해 있고 북으로는 말갈과 여진이 위협하고 있소. 세종대왕 시절에는 사군 육진(四郡六鎭)을 세워 북방 방비를 튼튼히 하였으나 지금은 한낱 옛이야기에 지나지 않소이다. 수령들은 사치하고, 장수는 임기가 끝나 하루바삐 한양으로 돌아가기를 바라며, 훈련되지 않은 군졸은 쇠잔하여 풍토병에 걸리기 일쑤외다. 조그마한 적이라도 쳐들어오면 토담 무너지듯 와르르 무너질 형국이라 하지 않을 수 없소. 머지않아 여진은 힘을 키워 조선을 넘볼 것이외다. 어쩌면 전조(前朝, 고려) 때 원나라에게 당했던 끔찍함을 다시 맛볼 수도 있소."

이순신은 녹둔도 패전을 개인 잘못으로 돌리지 않고 변방을 중시하지 않는 정책 잘못으로 설명하였다. 말갈과 여진, 왜구를 함께 논하는 안목이 만만치 않았다.

"옳습니다. 만약 그 같은 오랑캐 침입이 있다면 그건 누구 잘못이겠습니까?"

"……"

이순신은 이번에도 대답을 늦추고 허균 얼굴을 찬찬히 뜯어보았다. 방비가 허술한 것은 낡은 제도를 고집한 데서 비롯했으며, 책임을 따진다면 그 제도조차 충실히 이행하지 않은 수령과 장수들이 문제일 것이었다. 하지만 이순신은 허균이 묻는 바가 거기에 그치지 않는다는 걸 이미 알고 있었다.

"군졸을 다스리고 장수를 통솔해서 한 나라를 굳세게 하는 자는 오직 임금뿐입니다. 나라가 위기에 빠진다면 그 책임은 응당……"

"임금에게 있다는 말이오?"

이순신 표정이 돌처럼 싸늘해졌다. 전쟁 책임을 임금에게 돌리는 것은 위험한 발상이었다. 책임을 묻는 것은 결국 상벌을 논하는 것인데, 임금에게 어찌 상이나 벌을 내릴 수 있단 말인가.

"군왕은 나라에 의존하고 나라는 백성에 의존한다 했습니다. 무릇 임금이란 하늘이 내는 것이지요. 하늘이란 무엇입니까? 민심이 곧 천심이라고 했듯이 백성이 바라는 바가 곧 하늘이 뜻하는 바입니다. 백성을 도탄에 빠뜨린 걸주와 같은 폭군은 천도(天

道)를 저버렸으므로 당연히 덕이 높은 은나라 탕왕이나 주나라 무왕과 같은 새로운 임금에게 쫓겨나는 것이지요."

"헛, 허어!"

이순신은 저도 모르게 한숨을 내쉬었다.

'서애 대감이 호랑이 새끼를 키우고 계셨군. 하지만 저렇게 입이 가벼워서야 제 목숨 하나 건사할 수 있을까?'

이순신은 유연하고 차분한 성품을 가진 류성룡을 떠올렸다. 류성룡은 날아오는 화살이라도 능히 품을 만큼 넓은 아량을 지녔다. 허균은 아직 류성룡에게서 처세술까지는 배우지 못한 듯이 보였다.

"나라님을 걸주와 비교하는 건 비약이 심하오. 퇴계와 율곡의 가르침을 따라 태평성대를 활짝 연 분이 아니오니까? 설령 왜구나 여진과 싸워서 조선이 패하더라도 나라님 잘못이 아니오. 굳이 책임을 묻는다면 나라님 눈과 귀를 가린 벼슬아치들 잘못이오. 또한 군졸들을 제대로 통솔하지 못한 장수들 책임도 크오이다."

"그렇지 않습니다. 책임을 정승 판서와 장수들에게만 돌린다면 백성들이 용서치 않을 것입니다. 천하에서 가장 두려운 것이 백성들 뜻이지요. 지금은 법을 받들면서 윗사람에게 부림당하는 항민(恒民)이거나 불만을 가슴 깊이 묻고 시름하고 탄식하며 윗사람을 탓하는 원민(怨民)에 머물고 있지만, 언젠가는 세상을 갈아엎기 위해 떨쳐 일어설 호민(豪民)이 나타날 것입니다. 호민들이 앞장서고 원민과 항민이 그 뒤를 따른다면 나라가 망하는 것은 시간문제겠지요."

"호민이 무엇이오?"

"호걸 호(豪), 백성 민(民). 의를 알고 협을 좇는 호걸 같은 백성들입니다. 진나라가 망한 것은 진승(陳勝)과 오광(吳廣) 때문이고, 한나라가 멸망한 것은 황건적에서 비롯했으며, 당나라도 왕선지(王仙芝)와 황소(黃巢)가 난을 일으켜 끝내 망하고 말았습니다. 이는 모두 임금이 백성들 뜻을 살피지 못한 틈을 타서 호민이 일어섰기 때문이지요."

"그만하지 못하겠는가! 나도 젊어 한때는 의롭지 못한 세상을 원망하며 천하를 떠돌았다. 내 눈에 보이는 더럽고 낡고 썩은 것들을 모조리 도려내고 싶었지. 하나 그렇다고 나랏님을 원망하여서 어찌하자는 겐가? 불의를 제하겠답시고 더욱 크나큰 불의에 몸을 담는 것밖에 되지 않는다. 세상을 어지럽혀 백성을 살 수 없게 하는 진승(陳勝)이나 오광(吾廣), 황소(黃巢) 같은 역도가 되겠다는 말인가?"

"아니지요. 우선은 임금이 백성들 뜻을 헤아리도록 최선을 다해야 합니다. 하지만 그래도 임금이 천명을 거역한다면 호민들이 거병하는 걸 막을 수 없다는 뜻입니다."

이순신이 벌떡 자리에서 일어섰다. 그 바람에 주안상이 뒤집혀 허균에게 쏟아졌고, 허균은 온몸에 술과 안주를 뒤집어썼다.

"닥쳐라. 만약 네가 호민을 자처하며 난을 일으킨다면 이 칼이 가만있지 않을 것이야. 지금 당장 그 목을 치고 싶으나 서애 대감을 생각해서 목숨만은 살려 두겠다. 그러니 다시는 패악한 소리를 입 밖에 내지 마라."

허균이 따라 일어서며 이순신 팔을 붙들었다.

"임금에게 돌아갈 책임을 장수가 져야 한다면 언젠가는 장군도 그 족쇄에 걸리고 말 것이오. 필부도 천명을 받으면 임금이 되고 임금도 천명을 잃으면 필부가 되는 이치를 정녕 모르시겠습니까?"

"이노오음, 닥치지 못할까!"

이순신은 당장에 칼을 뽑아 들 기세였다. 허균 역시 한 발자국도 물러서지 않고 오히려 더 큰 소리로 말했다.

"다시 만날 날이 있을 것입니다. 그땐 장군도 생각이 많이 달라질 것이라고 확신합니다. 이번 전쟁이 장군이 품고 있는 애군지정(愛君之情)을 끝자락까지 뒤흔들어 놓을 테니까요."

"에잇!"

이순신은 손을 뿌리치고 마침내 장검을 뽑아 들었다. 뒤로 콰당 하고 자빠진 허균은 얼굴에 싸늘한 미소를 띠었다.

"소생 목이 필요하십니까? 그렇다면 드리지요. 어서 가지고 가십시오. 정여립보다 더한 역적을 잡았다고 나라님께 아뢰고 상을 타십시오."

장검을 든 이순신은 손을 부들부들 떨었다. 허균은 깔깔거리면서 계속 이순신을 비웃었다. 대숲을 뚫고 온 바람이 아기 울음소리를 냈다. 이순신은 숨을 천천히 들이쉬며 뽑아 든 검을 천천히 칼집에 넣었다. 그리고 횡 하니 방문을 열고 마당을 가로질러 어둠 속으로 사라졌다. 날발이 그림자처럼 뒤를 따랐다.

허균은 옷을 털며 엉거주춤 자리에서 일어났다. 시험은 모두 끝났다. 일부러 극단을 내세워 이순신을 떠본 것이다.

'당장 대의를 함께할 순 없지만 침착하고 신중하게 상대 속마음을 파악하는 태도는 참으로 훌륭하군. 앞만 보고 내달리는 장수들과는 근본이 달라. 당장 내 목을 쳐도 할말이 없는 상황에서도 다시 한 걸음 물러선 것도 멋지다. 어떤 치욕을 당해도 맡은 일을 끝까지 할 재목이야. 아직 전쟁이 터지지 않았으니 쉽게 마음을 돌리지는 못하겠으나 전쟁이 터지면 충정도 바뀌리라. 그때 다시 와서 물으리. 누가 이 환란을 책임져야 하느냐고.'

十、 삶의 새싹을 틔울 때까지

신묘년(1591년) 섣달그믐 밤.

용두리(龍頭里) 대숲으로 해풍이 몰려들었다. 대나무들은 덧없이 한 해가 저무는 것을 아쉬워하며 우우우우 몸을 뒤챘다.

식점(食店)은 천 년 묵은 이무기가 승천하는 것처럼 굴뚝으로 흰 연기를 뿜어 올리며 대숲을 등진 채 바다 쪽을 향했다. 주인 아낙이 재작년에 팔자를 고쳐 전주로 나간 후로는 먹이를 구하려고 대숲에서 내려온 들짐승들만이 간간이 이곳을 찾을 따름이었다. 백 년 묵은 여우가 여자로 둔갑해서 길손을 유혹한다는 풍문이 돌면서부터 사람들은 대낮에도 여기 식점을 지나는 것을 꺼렸다. 이름을 알 수 없는 들풀과 거미줄이 식점을 더욱 흉물스럽게 만들었다.

봄부터 식점에 새로 사람이 들었다. 서른 안팎쯤 된 여인이 언무 구이를 곁들여 국밥을 팔며 다시 길손을 맞은 것이다. 빼어난 미모가 입소문으로 퍼지자 짓궂은 뱃사람들이 너나없이 몰려들었다. 그러나 여인 곁에는 옆구리에 뿔피리를 찬 사내가 늘 붙어 다녔다. 여인을 누이라고 부르는 사내는 피리 부는 솜씨만큼이나 쌍칼을 휘두르며 도는 춤이 빠르고 날카로웠다. 그 검무를 한 번이라도 구경한 뱃사람들은 여인을 집적거릴 엄두도 내지 못했다.

사내가 항상 식점에 머무르는 것은 아니었다. 진법 훈련이 있을 때나 좌수영에서 급히 찾을 때는 열흘이나 보름씩 집을 비우기도 했다. 그럴 때면 여인 역시 장사를 쉬었다. 길손들이 아무리 문을 두드리며 요깃거리를 청해도 굳게 잠긴 빗장은 풀리지 않았다.

처음 여인이 용두리로 왔을 때는 몸도 제대로 가누지 못했다. 아침저녁으로 약을 달이는 냄새가 대숲까지 퍼졌다. 어떤 날은 밤새 눈물을 쏟은 듯 눈이 퉁퉁 부어 있었고, 어떤 날은 숨을 헉헉대며 비명을 지르기도 했다. 그러나 늦봄 접어들면서 병색이 차츰 사라지고, 정식으로 밥장사를 시작하면서부터는 울거나 비명을 지르지도 않게 되었다. 그러다가 언제부터인지 환한 미소로 손님들을 맞으며 뱃사람들이 건네는 농에도 보조개를 드러내고 웃게끔까지 되었다.

아직 눈 밑에 깔린 검은 기미가 표정을 어둡게 했지만, 여인은 부엌과 마당을 바삐 오가며 웃고 또 웃었다. 억척 어멈이 따로 없었다. 아침부터 저녁 늦게까지 밥을 짓고 반찬을 만들고 국을 끓였다. 연근 조림과 찻잎 볶음을 곁들인 은행 죽은 별미 중에서도 별미였다. 어떤 날은 샛노란 늙은 호박 국으로 입맛을 돕기도 했다.

바람이 몹시 부는 날에는 툇마루에 걸터앉아 노래를 흥얼거리기도 했다. 타령도 아니고 창도 아닌, 이 땅에서는 일찍이 들어 보지 못한 곡조였다. 가까이 다가앉아 귀를 기울이면 입술을 꼭 붙인 채 콧소리만 냈다. 어떤 이는 귀신이 부르는 노래라고도 했고 어떤 이는 유구(琉球)나 남만에 자주 출현하는 양이들 노래라고도 했다.

짓궂은 사내들이 손목을 쥐어 보려 다가온 적도 많았지만, 여인은 두어 걸음 물러서며 상대를 노려보다가 또 미소를 머금었다. 그 눈빛을 받은 사내들은 이상하게도 오금이 저려 다시 농을 걸 생각이 사라졌다. 꽃 속에 숨은 비수라도 발견한 표정들이었다.

박초희는 방문을 열고 여전히 물기가 배어 있는 눈으로 밤하늘을 올려다보았다. 혼령이 하늘에 올라 이루어진다는 별무리가 유난히 많이 흩뿌려 있었다. 박초희는 소복 차림으로 마당까지 내려섰다. 버드나무 가지가 땅에 드리운 것 같은 유수(柳宿, 버드나무 별자리)를 살피다가 건넌방을 흘깃 쳐다보았다. 그젯밤, 급한 전갈을 받고 좌수영으로 간 날발은 오늘도 돌아오지 않을 모양이었다. 멀리서 컹컹컹 개 짖는 소리가 메아리처럼 들려왔다.

박초희는 통통걸음으로 부엌에 들어가서 아궁이 앞에 앉았다. 장작불이 틱틱 불꽃을 튀기며 타올랐고 솥뚜껑을 열자 더운 김이 얼굴을 확 감쌌다. 바가지로 더운 물을 가득 떠서 헛간으로 옮겼다. 숭숭 뚫린 헛간 지붕 사이로 별들이 보였다. 참나무로 짠 아름드리 욕통에 팔팔 끓는 물과 찬물을 적당히 뒤섞었다.

헛간 문을 안에서 잠그고 소복을 벗었다. 저고리와 치마는 물론 속곳까지 완전히 벗은 다음 욕통으로 들어갔다. 봉긋한 젖가슴 아래까지 물이 차올랐다. 어둠 속에서도 뽀얀 속살이 희미하게 빛을 발했다.

"아아!"

박초희는 탄성을 지르며 고개를 들었다. 뚫린 지붕 사이로 드문드문 낯선 별무리가 눈에 띄었다. 오늘따라 별들이 더욱 가깝게 내려앉았다.

몸을 추스를 만큼 병이 나은 늦봄부터는, 폭우가 쏟아지거나 살을 에는 바람이 불어도, 하루도 빠지지 않고 밤마다 몸을 닦았다. 욕통에 몸을 담근 후 무명천으로 피가 날 만큼 문질러 댔다. 입으로 쉬쉬쉬쉬 거친 숨소리를 뱉어 가며 몸에 붙은 악귀를 모두 씻어 내려는 듯했다. 처음에는 날발이 만류하고 나섰으나 고집을 꺾을 수 없었다.

"아가!"

박초희는 두 손을 하늘 높이 뻗었다. 허공 중 어디쯤에서 죽은 아기가 옹알이를 하고 있었다. 두 눈에서 하염없이 눈물이 흘러내렸다. 갑자기 무명천으로 앞가슴을 문지르기 시작했다. 살갗이 벌겋게 달아올랐는데도 멈출 줄을 몰랐다.

얼마나 시간이 흘렀을까.

고개를 푹 숙인 채 멍하니 앉아 있던 박초희가 욕통에서 일어섰다. 여기저기 검붉은 반점이 생긴 몸에서 물방울이 뚝뚝 떨어졌다. 다시 소복을 입고 헛간을 나와 방으로 들어갔다. 베개 밑에 숨겨 두었던 묵주를 꺼내 가슴에 안고 무릎을 꿇었다. 입에서 기도문이 흘러나왔다.

귀국과 함께 겪었던 온갖 일들이 머릿속을 스쳐 지나갔다.

사화동은 한양으로 압송되어 처형당했고, 같이 온 조선인 백여 명은 각자 고향으로 돌아갔다. 박초희는 시댁과 친정에서 모두 문전박대를 당했고 이 고을 저 고을을 떠돌다가 아기를 낳았다. 그리고 추위와 굶주림을 견디지 못해 스스로 아기를 돌로 쳐 죽였다.

"용서하소서. 주여, 용서하소서."

목소리가 점점 더 높아졌다. 아무리 목욕을 해도 몸에 붙은 죄악은 씻겨 나가지 않았다. 하루에도 수십 번 목숨을 끊고 싶은 충동이 일었다. 그러나 묵주를 손에 쥐기만 하면, 자살은 죄악 중에서도 가장 큰 죄악이라는 산체스 신부님 가르침과 함께 어떻게든 살아남으라는 남편 유언이 생생하게 떠올랐다.

박초희는 어떻게든 죗값을 치르고 싶었다. 정읍 현감 이순신을 자진해서 찾아간 것도 그쯤에서 삶을 정리하고 싶어서였다.

"내가 지켜 주마. 여기서 마음 편히 지내라."

박초희는 이순신이 왜 이렇게 자신에게 호의를 베푸는지 알 수 없었다. 죄인을 빼돌린 사실이 발각되면 이순신 역시 벼슬을 잃고 중벌을 받을 것이다.

"험험!"

마당에서 헛기침 소리가 들렸다.

박초희는 묵주를 베개 밑에 감추고 소리 나지 않게 방문을 열었다. 찬바람이 휘잉 소리를 내며 방 안으로 들이닥쳤다. 박초희는 눈을 움찔하며 턱을 뒤로 뺐다.

사세례(辭歲禮, 한 해를 보내며 술과 음식을 차려 놓고 벌이는 예식)를 마치고 길을 나선 이순신이 융복 차림으로 마당 한가운데 서 있었다. 기도를 끝낼 때까지 오래전부터 거기에 서 있었던 모양이었다.

박초희가 방문을 열고 몸을 옆으로 돌리자 이순신은 다시 헛기침을 하며 방으로 들어서는 아랫목을 손바닥으로 더듬었다. 그러더니 이순신은 아무 말 없이 일어나 휭 하니 부엌으로 가서 마른 장작을 네댓 개 더 아궁이에 밀어 넣고 돌아왔다. 그동안 박초희는 고개를 숙인 채 미동도 하지 않았다. 어색한 침묵이 흘렀다.

내일이면 이순신도 마흔여덟 살이었다. 인생 고감(苦甘)을 모조리 겪고도 남을 나이다. 이순신이 먼저 입을 열었다.

"허튼 생각 품지 마라. 이곳에서 몸과 마음을 추슬러라."

박초희는 시선을 내린 채 입을 열었다.

"장군 호의를 더 이상 받아들일 수 없습니다. 쇤네는 참으로

더럽고 천한 년이에요. 지아비를 둘씩이나 잡아먹은 박복한 년이
지요."

이순신은 손을 휘휘 내저었다.

"네 잘못이 아니다. 자책 마라."

"아니에요. 쉰네는 더 이상 살아 있을 가치가 없습니다. 장군께
누를 끼치고 싶지 않으니 내일이라도 쉰네를 옥에 가두십시오."

"그만!"

박초희는 나카도리 섬에서 남편을 새로 들였다는 것만 말했을
뿐 그 남편이 사화동이라는 것은 밝히지 않았다. 그러나 이순신
이 계속 이렇게 호의를 베푼다면 비밀을 털어놓을 수밖에 없다는
생각이 들었다.

"쉰네를 멀리 내치세요. 쉰네가 나카도리 섬에서 만난 남자
는……"

이순신이 말을 중간에 잘랐다. 사화동 이름이 혀끝까지 올라왔
다가 다시 목구멍으로 넘어갔다.

"명심해라!"

박초희는 천천히 고개를 들어 이순신의 움푹 팬 눈을 들여다보
았다. 박초희는 그런 눈을 가진 사내를 두 명 알고 있었다.

'조창국과 사화동……. 나를 진심으로 사랑해 준 남자들.'

박초희는 천천히 고개를 가로저었다.

'나는 불행을 몰고 다니는 여자가 아닌가. 장군께 화를 입힐
수는 없어.'

"아무리 힘들고 괴롭더라도 삶을 포기해선 아니 된다. 새 삶을

찾을 때까지 지켜 주마."

박초희는 눈을 동그랗게 떴다. 두 눈에서 눈물이 주르륵 흘러 내렸다. 사화동이 잡혀간 후로는 그 누구도 자신에게 새 삶을 권한 적이 없었다.

박초희 눈동자에 지독한 운명과 맞서 싸우느라 지친 사내 얼굴이 하나 가득 맺혔다. 이순신은 자신이 겪어 온 불행한 순간들이 그 눈물과 함께 흘러내리는 걸 보았다. 기묘년에 사약을 마시고 쓰러진 조 정암 선생에서부터 불타는 금오산 가마들과 노량 앞바다에 잠긴 후 떠오르지 않은 박미진까지! 그 쌓인 불행과 울분, 슬픔과 고통의 고리를 끊고 싶었다. 박초희마저 불행한 최후를 맞이하면 더 이상 희망을 꿈꿀 수 없을지도 몰랐다.

멀리서 수탉이 새해를 알리며 구성지게 울었다.

十一、원균, 경상 우수사에 오르다

임진년(1592년) 이월.

원균은 익숙한 손놀림으로 백마 엉덩이를 채찍질하며 숭례문 (崇禮門)을 통과했다. 활을 어깨에 두르고 머리를 검은 두건으로 묶었다. 산겨릅나무 가지로 안장에 엮은 토끼와 꿩이 피를 뚝뚝 흘리며 출렁거렸다.

도성에서는 함부로 말을 달릴 수 없었지만 원균을 막는 군졸은 아무도 없었다. 누구라도 부릅뜬 호랑이 눈과 정면으로 맞닥뜨리는 날에는 오금을 펴지 못했다. 문지기들은 검문 없이 숭례문을 통과시킬 사람들 명부를 몰래 지니고 있었는데, 원균은 이일과 함께 그 명부에서 제일 위 칸을 차지했다.

"형니임! 저 왔습니다."

원균은 대문을 들어서기가 무섭게 고함을 질러 댔다. 하늘색

개불알풀 꽃이 그 발 아래 마구 밟혔다. 이일이 방문을 열며 환한 얼굴로 맞았다.

"조용히 하게. 여기가 어디 두만강가라도 되는 줄 아는가? 허허허."

원균이 지지 않고 너스레를 떨었다.

"아우가 형 집에 와서 큰 소리 좀 쳤기로서니, 그게 죄가 됩니까?"

이일이 몸을 돌리자 한성 판윤 신립이 모습을 드러냈다.

"그럼! 정삼품 경상 우수사 앞을 그 누가 막겠소."

원균은 신립을 보고 잠시 주춤했으나 이내 호방한 웃음을 터뜨렸다.

"하하핫! 그렇지요. 이제 이 원균은 큰 바다를 뛰노는 고래올시다. 아니 그렇습니까, 형님?"

"그럼! 자, 어서 안으로 드세."

주안상을 받은 세 사람은 연거푸 술을 들이켰다. 상석에 앉은 신립은 마흔일곱 살이고, 이일은 쉰다섯, 원균은 이일보다 두 살어린 쉰세 살이었다. 가장 나이가 적은 신립이 상석을 차지한 것은 정이품인 한성 판윤이었을 뿐만 아니라 임금이 총애하는 왕자신성군의 장인이기 때문이다.

작년에 터진 건저 문제로 광해군을 세자로 옹립하는 것이 불투명해진 후, 조정 신료들 사이에선 신성군이 새로운 대안으로 부각되고 있었다. 신성군이 천록(天祿, 임금 자리)을 잇는다면 신립은 일약 임금의 장인이 되는 것이다. 벌써부터 방방곡곡에서 벼슬아치들이 신립 눈에 들기 위해 선물을 갖다 바치는 형편이었다.

"사간원 좀생원들이 또다시 헛소리를 지껄이지는 않겠습니까?"

원균이 어금니를 부드득부드득 갈았다. 작년에 겪었던 악몽이 기억에도 생생했다.

원균은 신묘년(1591년) 이월에 전라 좌수사로 임명되었다. 이일이 탑전에서 직접 임금께 아뢴 결과였다. 짐을 꾸리고 여수로 낙향할 채비를 서두르던 차에 날벼락이 떨어졌다. 사간원에서 원균을 탄핵하는 소를 올린 것이다. 고적(考績, 인사 고과)에서 하(下)를 받은 사람을 반 년도 지나기 전 당상관 반열에 올릴 수는 없다는 게 겉으로 드러난 이유였다.

종성 부사로 있을 때 군졸 다섯을 이유 없이 죽일 만큼 잔인하다는 평이 사간원과 사헌부 내에서 떠돈다는 풍문도 들려왔다. 원균은 군졸들이 군령을 어기고 야인 포로들을 몰래 살려 주었기에 군령에 따라 참했음을 밝혔다. 그러나 사간원에서는 포로들이 대부분 부녀자나 열 살도 안 된 아이들이었음을 강조하면서 원균을 비난했다. 여진 아이들을 살려 주면 오 년도 채 지나지 않아서 아비 원수를 갚기 위해 두만강을 건너올 것이라는 주장을 사간원에 있는 젊은 문신들은 이해하지 못했다. 원균은 부임지에 닿기도 전에 벼슬을 잃었고 그 후 일 년 넘게 사냥과 술로 울분을 달래야만 했다.

젓가락으로 미나리강회를 집어 한 입에 털어 넣은 후 이일이 답했다.

"걱정 마시게. 이번에는 확실하게 그쪽도 입막음을 했으이. 이억기나 이순신까지 수사로 나갔으니 누가 원 장군을 막을 수 있겠는가."

원균은 신립과 이일이 권하는 잔을 사양하지 않고 받아 마셨다. 이 사람들과 함께라면 활화산에라도 뛰어들 수 있을 것 같았다.

"사간원에서 밥을 축내고 있는 좀생이들을 몽땅 육진에 끌어다 놔야 합니다. 하룻밤도 못 지내고 오줌을 질질 흘릴 것들이 함부로 포로를 죽였느니 군졸을 참했느니 헛소리를 하는 꼴이라니. 무릇 포상에는 신의가 있고 처벌에는 예외가 없는 법. 부하들에게 엄하지 않고는 전쟁에서 승리할 수 없지 않습니까?"

이일이 맞장구쳤다.

"허허, 그거 재미있겠구먼. 사간원뿐만 아니라 조정 문신들을 모두 데리고 가는 게 어떻겠는가?"

험험, 신립이 목청을 가다듬었다.

"거제도에 부임하면 꼭 육진에서 했던 것만큼만 해 주오. 보나마나 군기는 엉망이고 군선과 무기도 낡고 녹슬었을 것이외다. 본보기로 몇 놈쯤 목을 베서라도 기강을 바로 세우도록 하오. 십만 명은 능히 태울 배가 필요하오. 이 장군이 충청도와 전라도를 감찰하고 내가 경기도와 황해도를 둘러본 후 함께 전략을 짜도록 합시다."

"전략이라시면?"

"왜놈들을 응징하는 일 말이오. 만에 하나 왜놈들이 경상도와 전라도를 어지럽힌다면 이번에는 그놈들을 내치는 데 그치지만은 않을 것이오. 전하께서 직접 바다를 건너가서 응징할 계획을 세우라고 은밀히 명하셨소."

"왜국을 직접 치신단 말씀이오니까?"

"쉬잇, 목소리를 낮추오. 아직은 우리끼리만 알고 있어야 하오. 어떻소? 예전에 두만강을 건너갔을 때보다 더 멋진 일이지 않소?"

"허허, 이번에도 원균 자네가 앞장서야 하네. 알겠는가?"

"맡겨만 주십시오."

세 사람은 술잔을 높이 들었다. 만주 벌판을 휘몰아치는 바람 소리가 귓전을 울렸다.

원균이 화제를 돌렸다.

"성을 쌓는다고 들었습니다만……."

신립이 코웃음을 쳤다.

"그게 다 칼자루도 쥘 줄 모르는 서애 때문이라오. 하삼도 감사(監司)들을 시켜 미친 듯이 성을 쌓고 있소. 하나 왜놈들을 물리치는 데 성이 무슨 소용이 있단 말인지……. 활을 쏘고 말을 달려 쓸어버리면 그만인 것을. 우리가 언제 성벽에 숨어서 왜놈들과 싸운 적이 단 한 번이라도 있었소?"

이일이 맞장구쳤다.

"옳은 말씀입니다. 중요한 건 군사들 사기가 아니겠습니까? 이번 감찰에서도 그 점에 유념해야겠지요."

"왜국 사신이 가져왔다는 조총은 어떤 것입니까?"

원균은 쓰시마 섬에서 가져온 조총에 관심을 보였다. 신립이 너털웃음을 터뜨렸다.

"허허, 천하제일 용장인 원 장군도 하찮은 조총이 걱정되는 거요? 괜한 왜놈들 허풍에 속아서는 안 되지요. 나는 새를 맞힐 수 있다고 해도 놈들이 총알을 장전하기 전에 쓸어버리면 그만이외다. 조선 궁수들은 그 열 배 몫을 하고도 남음이 있소. 괜한 걱정일랑 접어 두시구려. 자, 내 술 한 잔 받으오, 원 수사."

원균은 그 주장에 일단 수긍했다. 병법에 능하고 사리 판단이 분명하며 군율을 엄격하게 지키기로 소문난 신립이 아닌가. 이일이 거들었다.

"그렇지. 자넨 내려가서 경상, 전라에 있는 여러 수사들을 먼저 휘하에 두도록 하게. 경상 좌수사인 박홍(朴泓)이야 운이 좋아 그 자리에 앉았을 뿐이니 논외로 치고, 전라 우수사 이억기와 전라 좌수사 이순신을 자주 불러 가르치도록 해. 이억기는 함경도에서 함께 야인을 막은 적도 있으니 말이 통할 테고, 문제는 이순신이야. 자네도 알다시피 이순신이 어디 정삼품 수사에 합당한 재목인가? 녹둔도에서 똥오줌도 가리지 못하고 줄행랑을 친 겁쟁이지. 그때 목을 베었더라면 지금처럼 괜한 걱정을 할 필요도 없을 터인데. 서애를 등에 업고 기고만장하다는 소문이니 자네가 단단히 혼내 주게. 타일러보고 정 안 되겠으면 연통을 주게. 썩은 이는 하루라도 빨리 뽑는 게 상책이니까. 알겠는가?"

"하하핫, 형님. 아무 걱정 마시고 절 믿으십시오. 까마득한 후배들인 이억기나 이순신이 어찌 제 말을 거역할 수 있겠습니까?"

만취한 원균은 자정이 넘어서야 건천동 집으로 돌아왔다. 장남 원사웅(元士雄)이 대문 밖까지 나와서 기다리고 있었다. 아버지를 닮아 골격이 굵고 자태가 자못 늠름했다. 사웅은 비틀대며 말에서 내리는 원균을 부축했다.

"아버님, 하례드리옵니다."

벌써 연락을 받은 모양이었다. 원균은 사웅을 힘껏 끌어안았다. 찬 서리 몰아치는 함경도에서 청춘을 보내는 동안 잠시도 자기 곁을 떠나지 않은 믿음직한 아들이었다. 신립과 이일도 장수로서 기개가 엿보인다며 사웅을 여러 번 칭찬했다.

"하하하. 그래. 이제 거제도로 가는 거다. 가서 왜놈들을 쓸어버리자꾸나, 사웅아!"

"예. 아버님."

"여진족 중에는 활로 독수리를 잡는 독수리잡이들이 있지. 언제나 선봉에서 내달리며 적장 눈을 맞히는 용사 중 용사다. 너도 지금부터 이 아비의 검술과 함께 독수리잡이들을 능가하는 궁술을 익히도록 해라. 샐 녘에 출발할 터인즉 채비를 차려라."

"예. 아버님."

원균은 대문을 들어서서 별채가 있는 오른쪽으로 걸음을 돌렸다.

"무옥아! 하하하, 내가 왔다!"

원균은 별채 앞마당에 서서 큰 소리로 외쳤다. 방문이 천천히 열리더니 치마저고리를 단정하게 입고 옥비녀를 꽂은 여인이 나타났다. 키가 크고 이목구비가 뚜렷한 미인이었다.

"드시지요. 주안상을 준비해 두었사옵니다."

"그래? 역시 너뿐이구나."

원균은 성큼성큼 방으로 들어섰다. 벌써 이삿짐을 싸서 윗목에 차곡차곡 재어 놓은 것이 눈에 띄었다. 무옥이 말없이 술을 따랐다.

"무옥아! 우리는 남쪽으로 가느니라. 네 고향과는 이천 리도 더 떨어진 먼 곳이다. 그곳으로 가면 두 번 다시 두만강을 건너지 못할 수도 있다. 그래도 좋으냐?"

여진의 춤추는 보석인 무옥과 원균이 살을 섞은 지도 어언 구년이었다. 무옥은 술을 따르면서 조용히 웅얼거리며 빠르게 흩어지는 여진 말로 무운장구(武運長久)를 비는 주문을 외웠다.

"귀여운 것! 자, 어서 이리 오려무나."

원균이 두 팔을 활짝 벌리자 무옥이 다람쥐처럼 품에 쏙 안겼다. 원균은 지독한 술 냄새를 풍기며 양 볼에 입을 맞추었다. 무옥은 전혀 싫은 내색을 하지 않고 방긋방긋 웃었다.

"너도 기쁘냐?"

원균이 저고리 고름을 서둘러 풀어헤쳤다.

"당신은 하늘이 내신 분이에요."

무옥은 몸을 내맡긴 채 익숙한 조선말로 답했다.

"하늘? 그래, 나는 하늘에서 왔지. 한데 너는 어디서 왔누?"

원균은 오른손으로 치마끈을 쥐고 왼손으로 목덜미를 더듬었다. 성난 멧돼지처럼 콧방귀를 풍풍 내뿜으며 거칠게 무옥을 쓰러뜨렸다. 무옥은 허리를 활처럼 젖히며 능숙하게 원균의 웃옷을 벗겨 냈다. 무옥을 찍어 누르는 원균의 검게 그을린 가슴에는 여기저기 화살과 칼에 맞은 흉터가 남아 있었다.

무옥은 그 흉터 하나하나를 손바닥으로 쓸고 혀로 핥으면서 다시는 이 자리에 흉터가 남지 않기를, 죽음이 이 몸에 영원히 깃들이지 않기를 바라며 주문을 외웠다.

원균은 서둘러 무옥의 몸속으로 돌진했다. 무옥은 엉덩이를 들어올리며 성급함을 다독거릴까 말까 잠시 생각했다. 원균은 항상 무옥의 애무가 끝나기를 기다려 주던 남자였는데 오늘은 술을 다 마시기도 전에 다짜고짜 옷고름을 틀어쥔 것이다.

'당신 기쁨이 하늘에 닿았네요. 큰 승리에서도 결코 마음을 풀지 않던 당신이 이렇게 활짝 내 품에 뛰어들 줄이야! 그래요, 오늘은 당신 뜻대로 하세요. 하늘에 닿은 당신 기쁨을 나누어 주세요.'

무옥은 양팔로 등을 힘껏 감싸며 이슬처럼 흩날리는 땀방울을 핥았다. 두 사람의 사랑은 들판을 질주하는 늑대를 닮았다.

"무옥아! 무옥아! 무옥아!"

원균은 연신 무옥의 이름을 되뇌며 귓불과 목, 젖가슴을 물어뜯었다. 무옥은 양 손바닥으로 원균의 등을 사정없이 후려쳤다.

둘 사이의 사랑은 전쟁보다도 더 지독했다.

十二, 남해 바다에서 다시 만나다

임진년(1592년) 삼월 십일일 새벽.

전라 좌수사 이순신은 놋대야에 얼굴을 담그고 눈을 끔벅끔벅거렸다. 벌겋게 실핏줄이 돋은 흰자위가 바늘로 찌르는 듯이 따끔거렸다. 고개를 들어 주위를 살폈다. 시야가 흐리고 어둑어둑하다. 몇 번 눈두덩을 비빈 후에야 사물을 분간할 수 있었다. 닭울 녘부터 고기잡이를 시작한 어선들이 섬을 돌아 나왔고 장창을 든 초군들이 목석처럼 서 있었다. 하루가 시작됨을 알리는 북소리가 울렸다.

밤을 새워 술을 마시거나 책을 읽은 후에는 통증이 더했다. 처음에는 좁쌀 같은 이물질이 눈알을 굴러다니는 것 같다가 이내 눈을 뜰 수 없을 만큼 쓰리고 아렸다. 약을 써 봤지만 소용없었다.

방으로 들어가서 밤새 읽던 책을 폈다. 정읍에서 자신을 돌보아 주었던 의원 최중화의 말이 떠올랐다.

"이렇게 눈을 혹사하면 맹인이 될 수도 있습니다. 유념하십시오. 밤샘은 금물입니다. 어떻게든지 자시를 넘기지 말고 잠자리에 드십시오."

'내가 만약 농부였다면 최중화 말을 따를 수도 있었으리라. 새벽부터 저녁까지 열심히 밭을 일군 후 지친 육신을 이끌고 집으로 돌아와 펑퍼짐한 아내 엉덩이를 두어 번 토닥거리며 잠자리에 들겠지. 그러나 변방을 지키는 장수에게 깊은 잠은 평생 누리지 못할 호사가 아닌가. 진법 훈련과 군중 회의로 밤을 지새운 날이 몇몇이며 술과 노래와 무용담으로 어슴새벽을 맞은 날이 몇몇인가. 품계가 오를수록 예측하지 못한 일이 밤낮을 가리지 않고 찾아든다. 그러니 시린 눈을 비비며 조각 잠을 잘밖에!'

열흘 전, 선전관 류용주가 「증손전수방략(增損戰守方略)」이라는 류성룡 글을 은밀히 전해 왔다. 방어를 위한 열 가지 전략을 논한 글이었다.

서애가 박학함을 이순신도 모르는 바는 아니었지만 문신이 작성한 병법서인지라 큰 기대는 갖지 않았다. 그러나 전체 목차를 훑은 다음 생각이 바뀌었다. 『무경칠서』를 통독하고 응용한 흔적이 곳곳에서 묻어났던 것이다. 류성룡이 내세운 열 가지 방책은 이렇다.

첫째, 척후(斥候)는 정찰, 수색, 간자 사용법을 논한 것이며, 둘째, 장단(長短)은 아군의 장점을 살펴 적군의 단점을 공격하는 것이다. 셋째, 속오(束伍)는 부대 편성을 포괄적으로 다루었고, 넷째, 약속(約束)은 부대 간 연통을 논한 것이며, 다섯째, 중호(重濠)는 진지 구축 방법을 설명하고 있다. 여섯째, 설책(設柵)은 진지 주위에 목책을 만들어 장애물로 활용하는 법을 밝혔고, 일곱째, 수탄(守灘)은 하천을 방어하는 요령을 자세히 설명하였으며, 여덟째, 수성(守城)은 성을 쌓고 지키는 방법이었다. 아홉째, 질사(迭射)는 화살을 효과적이고도 끊임없이 쏘는 법이며, 마지막 통론 형세(統論形勢)는 지형지물 활용법이었다.

'역시 서애 형님이시다!'

지금까지 적을 공격하는 병법은 자세하게 나왔지만 적이 공격해 올 때 그걸 막는 병법은 드물었다. 왜가 바다를 건너오면 왜군을 공격하는 것보다는 조선 산하와 백성을 지키는 것이 급선무였다.

이순신은 밤을 새워 류성룡이 보낸 방책을 점검하면서 조선 수군이 처한 실상과 경험을 바탕으로 그 방책을 평가하였다. 소략하게 언급한 부분을 찾아 대의를 거스르지 않게 보충하는 방식을 취했다. 실전 경험이 없어서 공론(空論)에 그친 부분도 적지 않았지만 이순신은 열 가지 방책 중에서 장단과 수탄 그리고 통론 형세에 주목했다. 몇 부분은 아예 그 간고(簡古, 시문의 체제가 간결하면서도 고아한 듯이 있음.)한 문장 전체를 암송할 정도였다.

자기를 알고 남을 알면 백 번 싸워서 백 번 이기는 길이고, 자기를 알지 못하고 남을 알지 못하면 백 번 싸워서 백 번 진다.

무릇 적을 만나 중과(衆寡), 강약(强弱)이 현저하게 차이가 날 때에는 반드시 험난한 곳을 점거하여야만 적을 막아낼 수 있다. 이른바 험하다는 것은 높은 산과 큰 바다와 같은, 적군은 전진하기 어렵고 아군은 수비하기 쉬운 곳이 모두 이것이다. 큰 바다의 험난함을 이용하는 것이 높은 산보다 더 낫다.

장책(長策)은 산성을 만들고 목책을 설치하여 반드시 지키겠다는 계획을 삼고 저축된 물자를 다 거두어들이고 들판을 깨끗하게 치우고 기다려서 적으로 하여금 우리에게서 식량을 얻지 못하게 하는 것이다.

이 방책 한가운데 있는 것은 한없는 인내였다.
'아마도 바다를 건너온 왜군은 속전속결을 원할 것이다. 따라서 이에 성급하게 맞서지 말고 바다를 장애물 삼아 군량미가 다 떨어질 때까지 버티는 것이 상책이다. 성을 잃으면 창고와 들판을 불 지른 후 후퇴하고 적이 지친 기색을 보이면 매복과 기습으로 적의 사기를 꺾어야 할 것이다.'
이순신은 이러한 류성룡 의견에 공감 가는 바가 없지 않았다. 오래전부터 권준을 비롯한 예하 장수들과 세워 둔 방책과도 일맥상통하는 것이었다.
'적의 유인책에 말려들지 않으면서 군사들 사기를 끝까지 유지하라. 완전히 승리가 보장되지 않고서는 섣불리 군선을 움직이지 말 것이며 후퇴하는 적을 단숨에 몰아치지 마라. 싸우기를 즐기기보다는 준비하고 기다려라. 끊임없이 적의 약점을 생각하고 주위를 살피고 엄정하게 군졸들을 다스리고 기기묘묘한 장애물을 설치하라.'

이것이 전라 좌수영에서 몇 달을 고심해서 세운 방책이었다.

'우리들 생각이 틀리지 않았구나. 서애 형님도 나와 뜻이 같으니 더욱 힘써 준비를 해야겠다. 왜선이 단 한 척이라도 전라도 바다를 뚫고 가지 못하도록 굳건히 지키고 막으리라.'

이순신은 일기에 끼워 두었던 그림 한 장을 펼쳤다. 지난달에 완성된 거북선 설계도였다. 그동안 거북선 건조 계획은 류성룡에게까지 비밀에 부쳤다. 한양에서 이 사실을 알았다가는 기괴한 배를 함부로 만든다는 질책과 함께 벼슬을 잃을지도 모를 일이었다. 이제 그간 있었던 경과를 류용주 편으로 알릴 때가 왔다.

'기뻐하시겠지.'

이순신은 뿌듯한 마음을 누를 길이 없었다. 무과에 급제한 지 벌써 십육 년. 그동안 줄곧 류성룡은 따스하게 이순신을 보살펴 주었다. 녹둔도 패전으로 백의종군하게 되었을 때도, 남솔 때문에 고초를 겪을 때도 류성룡은 격려를 잊지 않았다.

"여해는 반드시 대기만성할 것이야. 힘을 내게."

눈알이 다시 쓰려 왔다. 흘러내리는 눈물과 땀을 수건으로 닦아 내며 답장을 썼다. 서찰을 읽으며 빙그레 웃을 류성룡을 그려 보았다. 몸은 비록 천 리 밖에 떨어져 있지만 마음은 늘 함께하겠노라고 썼다.

"장군, 방답 첨사께서 드셨습니다."

'이순신(李純信)과 약속한 날이 오늘이었던가.'

지난 일월 방답 첨사로 부임한 동명이인을 만나기 위해 이순신은 진해루로 나갔다. 금창초 꽃잎이 눈앞에 어른거렸다. 방답 첨사는 전라 좌수사와 순천 부사에 이어 좌수영에서 세 번째로 높은 자리였다. 주먹코 어영담과 검은 윤기가 흐르는 수염을 허리까지 늘어뜨린 이순신(李純信)이 허리 숙여 이순신을 맞이했다.

올해 나이 서른아홉, 장창을 자유자재로 쓰며 바위보다도 과묵한 사내였다.

오늘 이순신은 어영담이 그린 해도를 바탕으로 이순신(李純信)과 함께 방어선을 정할 작정이었다. 순천 부사 권준도 참석할 예정이었지만 전라 감영에서 부름을 받고 급히 전주로 가는 바람에 오지 못했다.

이순신(李純信)은 뚫어져라 해도를 쳐다볼 뿐 아무런 말이 없었다. 정월에 부임 인사를 왔을 때도 침묵으로 일관했다. 참다못한 어영담이 농담을 늘어놓았다.

"늙은이를 앞에 두고 눈싸움이라도 하시는 겁니까?"

두 사람은 꿈쩍도 하지 않았다. 어영담은 멋쩍은 표정으로 단청이 곱게 어우러진 천장을 올려다보았다.

이순신(李純信)의 긴 턱수염을 눈으로 훑어 내리며 이순신이 먼저 입을 열었다.

"노량을 막아야겠지?"

이순신(李純信)이 그제야 입을 열었다.

"조정에서 허락만 한다면, 남해 현령(南海縣令)과 합심하여 한산도(閑山島)와 칠천도(漆川島)까지 전진할 수도 있겠지요. 결국 관건은 우리 수군이 쓰시마 섬에서 건너오는 왜 선단을 막을 수 있느냐 하는 것이겠지만…….."

'벌써 거기까지 내다보고 있었는가.'

이순신이 서둘러 말머리를 돌렸다.

"남해 현령 기효근(奇孝謹)은 어떤 사람인가?"

이순신(李純信)이 기다렸다는 듯이 답했다.

"성격이 불같은 용장이라더군요."

"그 사람을 아는가?"

"직접 만난 적은 없지만 예전에 읊은 시구 하나를 외우고 있습니다.

집과 나라 위태로운 오늘	家國危如髮
임금과 어버이 어디로 갈꼬.	君親何所歸
외로운 신하는 눈물만 가득	孤臣淚橫臆
초승달만 하염없이 바라보노라.	新月望依依

나라를 걱정하는 단심(丹心)을 헤아릴 수 있지요."

세 사람은 겸상을 해서 늦은 아침을 먹었다. 쑥 연근전이 제법 달고 맛있었다. 어영담은 아까보다 한결 밝고 장난기 어린 표정으로 이순신(李純信)을 놀렸다.

"거, 수염 한 번 근사합니다그려. 달고 다니는 데 불편한 점은 없으신가?"

"……"

"하루에 몇 번이나 수염을 다듬으시누?"

"……"

이순신(李純信)은 눈길 한 번 주지 않고 밥그릇을 비웠다. 그리고 공손히 인사를 하고 마당으로 나갔다. 노골적으로 농담을 건넨 어영담은 고개를 설레설레 저었다.

"육십 평생 저런 바위는 처음입니다. 찔러도 피 한 방울 나지 않을 인물이외다."

갑자기 군졸들이 내지르는 탄성과 함께 부웅붕 허공을 가르는 소리가 마당에서 들려왔다. 이순신은 어영담과 함께 서둘러 동헌으로 나갔다. 앞마당에서 이순신(李純信)이 장창을 전후좌우로 돌려 대고 있었다. 머리 위에 있던 창끝이 어느새 허리 아래로 움직였고 앞지르기로 상대 심장을 노리던 창끝이 어느새 뒤에서 덤비는 자 배를 갈랐다. 환호성을 지르던 군졸들이 이순신과 어영담을 보고 곧 허리를 숙였다.

"무슨 짓인가?"

이순신이 화난 음성으로 물었다.

"소화를 돕고 있었습니다. 집안 대대로 내려오는 습관이지요."

이순신(李純信)이 답하자 어영담이 너털웃음을 터뜨렸다.

"허허. 식후에 그렇게 몸을 놀려서야 금방 다시 배가 고프지 않겠소?"

이순신(李純信)이 처음으로 어영담 말을 받았다.

"그래서 소장은 하루에 일곱 끼를 먹습니다."

어영담이 배를 잡고 웃었다.

"허허, 세상에 일곱 끼를 먹는 사람이 어디 있소? 첨사가 이 늙은이를 놀리시는 게구려. 어쨌든 창 솜씨는 대단합니다그려. 관운장이 살아 돌아와도 형니임, 하겠어요."

떠버리 어영담은 과묵한 이순신(李純信)이 마음에 드는 모양이었다. 사설이나 타령이라면 누구에게도 뒤지지 않는 어영담이지만 말을 아끼는 재주는 없었다.

전령 하나가 헐레벌떡 뛰어 들어왔다. 경쾌선(輕快船)을 타고 남해 쪽으로 척후를 나갔던 군사였다.

"경상 우수영에서 판옥선 한 척이 곧장 이리로 오고 있사옵니다. 경상 우수사 원균 장군과 전라 우수사 이억기 장군께서 타고 계시다는 전갈이옵니다."

"원 장군과 이 장군이 함께 온단 말이더냐?"

원균이 경상 우수사로 부임한 지도 벌써 한 달이 넘어가고 있었다. 이억기가 두어 번 전령을 띄워 함께 경상 우수영을 방문하자고 청했지만 군무에 바빠 찾아가지 못한 터였다.

원 수사는 육진에서 생사고락을 함께한 전우가 아니오? 이제 각자 영전하여 그 인연을 남쪽 바다에서 이어 가게 되었으니 마땅히 축하해야 할 일이오. 나이로 보나 무과에 급제한 시기로 보나 그동안 거쳐 간 벼슬로 보나 원 수사가 윗사람이니 부르기 전에 먼저 찾아가서 회포를 푸는 것이 도리일 것이오.

이억기는 내심 원균이 경상 우수사로 임명된 것을 반기는 눈치였다. 두 사람은 이순신과 더불어 육진에서 야인들을 정벌하면서 같이 전투를 치른 사이였다. 원균보다 스무 살이나 아래인 이억기는 야인과 전투에서 어려움을 겪을 때 원균에게서 도움을 여러 번 받았다. 원균은 죽음을 두려워하지 않는 용장으로 이름 높았고, 이억기는 그런 원균을 닮고 싶어 했다. 세심하고 성실한 이순신에게도 빠져들었지만, 용맹하고 호쾌한 원균에게 더 마음을 두고 있는 듯했다.

이순신은 갑옷과 투구를 갖추고 서둘러 부두로 나갔다. 이순신(李純信)과 어영담이 뒤를 따랐다. 경상 우수영 깃발을 단 판옥선 한 척이 섬을 돌아 포구로 들어서고 있었다. 이물에 갑옷을 입은 장수들이 여럿 보였다. 고병(鼓兵. 북 치는 병사.)이 환영을 알리는 북을 쳤다. 판옥선에서도 화답하는 나발 소리가 길게 울려 퍼졌다.

"드디어 원 장군을 만나게 되는구먼."

나도밤나무에 기댄 어영담이 혼잣말로 말했다. 주위에 늘어선 장졸들이 하나같이 기대에 가득 찬 표정을 지었다.

"하하하, 이 장군, 이게 얼마 만이오? 경성에서 헤어진 후 꼭 오 년이 지났구려."

원균은 배에서 내리자마자 웃음부터 터뜨렸다. 이순신이 조용히 웃으면서 답했다.

"어서 오십시오, 원 장군님. 소장이 먼저 찾아뵙지 못해 송구합니다. 미리 연통이라도 주셨다면 마중을 나갔을 것입니다만……."

"허, 괜한 수고를 끼쳐서야 쓰나. 우리 사이에 그딴 격식을 따질 필요까진 없지 않겠소? 듣자 하니 군무에 바빠 눈코 뜰 새 없다고 합디다."

경상 우수영으로 직접 찾아오지 않은 것을 비꼬는 것이다. 시전 마을 싸움에서 이순신이 원균을 공박하고 선봉에 서서 공을 세운 후에 두 사람은 사이가 많이 벌어져 있었다. 원균은 이순신이 군중 회의에서 자기 계책을 물리친 것을 커다란 수치로 여기고 이순신을 외면하곤 했다. 게다가 자기가 탄핵을 받아 내준 당상관 자리를 이순신이 차지하자 질투심을 느끼는 듯했다.

"송구합니다. 소장이 부족한 점이 많아서……."

"그렇겠지요. 수사 노릇 하기가 어디 그렇게 쉽겠소? 나나 이억기 장군은 육진에서 부사를 하며 경험을 쌓았지만 이 장군은 이런 큰 자리가 처음이니 어려움이 많을 거요. 언제든지 연통을 주시오, 내 힘껏 도울 테니."

"고맙습니다."

원균이 좌우에 늘어선 군사들에게 손을 흔들자 일제히 함성이 터져 나왔다. 부리부리한 눈과 꺼칠꺼칠한 밤송이 수염, 멧돼지 같은 체구에서 뿜어 나오는 기세가 장졸들을 누르고도 남음이 있었다.

원균은 주위를 삥 둘러보더니 갑자기 성큼성큼 걸어 나갔다. 부두 한쪽에 거북선이 그 위용을 드러낸 채 떠 있었다.

"이거요? 오는 도중에 이억기 장군에게 들었소만, 전라 좌수영에서 이번에 개발한 귀선(龜船)이……."

거북선 안에서 천자총통을 설치하던 나대용과 이언량이 황급히 배에서 내려 원균 일행을 맞이했다. 거북선 앞까지 가자 이순신이 가슴을 펴고 자랑스럽게 말했다.

"돌격선입니다. 지금까지 나온 군선 가운데 가장 강하고 안전합니다."

원균은 들은 체도 안 하고 빠른 걸음으로 귀두에서 선미까지 눈살을 찌푸리며 걸었다. 백돼지 이언량이 거북선에 대해 설명해 주려고 원균에게 바짝 다가섰다. 그러나 원균은 손을 내저으며 말을 막았다. 이언량은 하얀 볼을 상기시킨 채 콧김을 풍풍 내뿜었다. 원균은 말을 하지 않아도 이미 다 안다는 표정이었다. 고개를 돌려 이억기에게 동의를 구했다.

"이 장군, 어떻소? 죽기 싫어 아등바등하는 꼴이지 않소? 개판을 완전히 씌웠으니 화살에 맞아 죽을 염려는 없겠지. 하지만 저래 가지고서야 어찌 전투를 할 수 있단 말이오. 고슴도치처럼 웅크린 채 화살을 쏘아 날다람쥐 같은 왜선들을 맞힐 수 있겠소? 거북선이 소멸했던 이유를 내 이제야 알 것 같소이다."

"이, 이런!"

이언량이 양 볼을 표 나게 실룩거렸다. 피부가 벌겋게 달아오르는 걸 보니 폭발하기 일보 직전이었다. 어영담이 눈을 찡그리며 고개를 저어 이언량을 말렸다. 나대용이 말을 더듬으며 답했다.

"가, 가, 가, 가까이 접근해서 총통을 쏘거나 당파를 하면 능히 왜적을 물리칠 수 있사옵니다."

원균이 기가 막힌 듯 눈살을 찌푸렸다.

"허허, 격군들이 불쌍하군. 반나절도 지나지 않아 몸져눕고 말걸. 보기만 해도 저렇게 무거운데 어찌 왜선 가까이에 접근한단 말인가? 또한 당파라면 판옥선으로도 가능한데 구태여 거북선을 쓸 이유가 없지."

원균은 다시 성큼성큼 진해루 쪽으로 방향을 잡았다. 어영담은 나대용과 이언량의 어깨를 툭툭 두드리며 뒤로 가 있으라고 신호했다. 세 수사가 시야에서 사라지기도 전에 이언량이 분을 참지 못하고 곁에 놓인 화살을 뚝뚝 부러뜨렸다.

"경상 우수사면 다야! 얼마나 공을 들여 가장 강한 돌격선을 만들어 놨는데 칭찬은 못 할망정, 뭐라고, 판옥선으로 충분한데 헛고생을 했다고? 쌍! 거북선이 어떤 위력을 가졌는지는 알지도 못하면서 그저 곁눈으로 주욱 훑고 제멋대로 지껄일 수 있는 거야?"

나대용도 벌겋게 달아오른 얼굴로 화를 냈다.

"모, 몹쓸 사람이야. 자기만 최고고 우리 좌수영 군선은 몽땅 하찮게 여기려는 게지."

어영담이 두 사람을 달랬다.

"참게. 원 수사가 헛된 망언을 한 건 맞네. 그렇다고 달려가서 치받기라도 할 텐가? 저렇게 거북선이 좌수영 앞바다에 버티고 있으니 곧 그 위력을 선보일 날이 있을 걸세. 원 수사 코를 납작하게 해 줄 날 말이야. 그때까지 참게, 자네들이 참아."

나대용은 마른침을 꼴깍 삼키며 쓴 입맛을 다셨다. 그러나 말리던 어영담이 오히려 화가 났는지 아랫입술을 푸푸거리며 계속 울분을 터뜨렸다.

"천하제일 용장이라 해서 얼마나 대단한 장순가 궁금했는데, 어림없지! 거북선이 가진 진가도 알아보지 못하는 장수라면 용기가 있으면 뭣 해? 바다에서는 용기로 싸우는 게 아냐. 아군 군선이 적군 군선보다 뛰어나지 않으면 아무리 용감해도 질 수밖에 없지. 두고 봅시다. 원 수사! 오늘 빚은 꼭 갚아 주겠소."

원균은 이순신에게 수사들끼리만 긴히 의논할 일이 있으니 장졸들을 물리쳐 달라고 했다. 주안상을 사이에 두고 원균과 이억기, 이순신만이 남았다. 세 사람은 우선 탁주 세 동이를 급히 비웠다. 육진 소속 장수들에게는 안주를 집기 전에 거나하게 취할 만큼 술을 마시는 독특한 술버릇이 있었다. 삭풍이 갑옷을 뚫는 북방에서 긴 시간 동안 회의를 하자면 우선 몸을 데워야만 했다. 끼니를 거르며 회의를 할 때는 술 한 잔이 곧 밥 한 공기였다.

술기운이 머리로 뻗치자 이순신은 왼쪽 눈이 쿡쿡 쑤셔 왔다. 수건을 꺼내 눈을 훔치고 싶었다. 진작부터 버린 위장이 울렁거렸고 신물이 목 끝까지 차 올라왔다. 손가락을 목구멍 깊숙이 넣어 먹은 것을 죄다 토하고픈 심정이었다. 하지만 이순신은 이를 악물고 참았다. 다른 수사들에게 약한 모습을 보이기 싫어서였다.

"허허, 이렇게 마주 앉으니 꼭 육진에 다시 온 기분이오."

원균이 분위기를 녹이려는 듯 이순신을 보며 말을 이었다.

"이 장군이 준비를 참 많이 한 것 같소. 군졸들도 사기가 높고 장수들도 쓸 만한 것 같고."

"과찬이십니다."

"이일 장군도 특별히 이 장군 안부를 물으셨소. 옛일은 모두 잊고 명장이 되라는 덕담을 하셨지. 경성에서의 일은 이 장군이 이해하시오. 누구라도 북병사였다면 이일 장군처럼 했을 것이오. 나라도 말이오."

이억기가 말을 받았다.

"원 장군님도 참. 그때 일이야 이 장군이 시전 마을에서 공을 세우면서 모두 끝난 것 아닙니까? 새삼스레 되풀이하여 논할 이유가 없지요. 이 장군도 그 때문에 고초를 겪었고, 이제 능력을 인정받아 수사가 되었으니 앙금도 사라졌을 겁니다. 아니 그렇습니까?"

이순신이 고개를 끄덕였다.

"그렇습니다. 모든 것이 소장 불찰이니 누굴 탓하겠습니까. 그건 그렇고 이일 장군과 신립 장군께서 순변(巡邊, 변방을 둘러봄)을 하신다고 들었습니다만."

"이일 장군이 충청도와 전라도를, 신립 장군이 경기도와 황해
도를 둘러보고 계시오. 평안도와 함경도 군사들이야 이미 강군이
되었지만, 다른 곳은 제대로 훈련이나 했겠소? 이참에 확실히 버
릇을 고쳐 놓겠다고 하셨으니 두고 봅시다. 그건 그렇고 요즘 상
황을 어떻게들 보시오?"

이순신과 이억기가 서로 눈을 맞추었다. 무거운 침묵이 방 안
을 감싸고돌았다. 이억기가 되물었다.

"상황이라시면?"

"왜놈들 말이오. 곧 노략질을 올 것 같지 않소?"

이억기가 목청을 높였다.

"역시 원 장군이십니다. 한양에서 이곳 사정을 이미 파악하시고
계셨다니. 사실 저희들도 그 문제로 골머리를 앓고 있었습니다."

원균이 앞가슴을 쓰윽 내밀었다.

"골머리 앓을 게 뭐 있겠소? 모조리 가라앉혀 버리면 그만인
것을."

이순신은 원균을 똑바로 쳐다보았다.

'저 터무니없는 자신감은 어디서부터 오는 것일까? 경상 우수
사로 부임한 지 겨우 한 달이 지났을 뿐이다. 왜선을 모조리 가
라앉혀 버린다고? 원균 형님은 크게 잘못 판단하고 있다. 이번에
는 왜적이 그저 노략질을 하러 오는 게 아니다. 전란이 일어나는
것이다. 나라와 나라가 맞부딪혀 싸우는 전란!'

원균은 걱정스레 바라보는 이순신의 시선을 맞받으며 이야기

를 계속했다.

"일단 왜적들이 준동하면 전라 좌우 수군들을 모두 이끌고 부산으로 오시오. 그곳에서 연합 함대를 만들어 왜놈들을 박살내고 곧바로 쓰시마 섬으로 건너갑시다."

이억기가 눈을 동그랗게 떴다.

"쓰시마 섬이라고요? 바다를 건넌단 말씀입니까?"

"그렇소, 신립 장군, 이일 장군과도 이미 의논을 끝냈소. 어명이 떨어지기가 무섭게 수군들을 이끌고 쓰시마 섬은 물론 왜국 본토를 치는 것이오. 전하께서도 이미 우리 뜻을 헤아리고 계시다오. 나 원균이 앞장설 터이니 그대들은 보좌해 주기만 하오."

이억기가 고개를 갸우뚱거렸다.

"생각처럼 쉽겠습니까? 사로잡은 왜국 간자들에 따르면 적지 않은 군선과 군사들이 쓰시마 섬에 집결해 있다고 합니다."

원균이 도끼눈을 뜨며 이억기를 몰아세웠다.

"백 마리 토끼가 한 마리 호랑이를 당해 낼 수 있겠소? 강존 마을을 공격하는 것보다도 더 간단한 일이오. 이번에도 이 장군은 전공을 내게 양보하고 구경만 하실 작정이시오?"

원균이 매섭게 추궁하자 이억기는 한 발 물러섰다.

"아, 아닙니다. 소장도 장군과 함께 공을 세우고 싶소이다."

원균이 빙그레 웃으며 이순신 쪽으로 시선을 돌렸다.

"이 장군은 어쩌시겠소?"

원균은 이미 승장이라도 된 듯이 의기양양했다.

'누, 눈이!'

이순신은 고개를 숙이고 급히 눈을 껌벅거렸다. 자신도 모르게 눈물이 주르륵 흘러내렸다. 앞에 앉은 원균이 곰처럼 부풀어 오르면서 두 사람, 세 사람, 네 사람으로 보였다. 대답을 기다리던 원균이 얼굴을 일그러뜨렸다. 이순신이 천천히 고개를 들었다.

"다른 나라로 원정을 가려면 오랜 준비가 필요합니다. 군량미는 물론이고 그곳 기후와 풍토병을 먼저 알아야지요. 간자들을 보내 일 년은 족히 염탐해야 합니다. 현재 조선 군사들로는 왜국까지 무사히 갈 수 있을지도 미지수입니다. 예로부터 왜국은 무서운 폭풍이 자주 부는 땅입니다. 전조(前朝) 때에도 몽고 대군을 실은 전선 수백 척이 큰 바람을 만나 헛되이 바다에 수장된 적이 있지요."

원균이 말허리를 잘랐다.

"알아요. 내 다 알아! 그러니 바람에 잘 놀면서도 재빨리 바다를 건널 수 있는 군선을 만들어야 하오. 전라 좌수영 소속 판옥선이나 거북선은 지나치게 무겁고 느린 것이 큰 문제요. 잘못하다간 바다를 반도 건너지 못하고 폭풍에 휩싸이기 십상이지 않소? 이왕 만든 것은 어쩔 수 없다손 치더라도 앞으로는 좀 더 가볍고 빠른 군선을 만들도록 하시오."

전라 좌수영 소속 판옥선은 경상 우수영 소속 판옥선보다 선체가 두껍고 무게가 많이 나갔다. 근해를 방비하는 데는 별문제가 없었지만 망망대해에서 몸을 놀리기에는 확실히 둔한 구석이 있었다. 전라 좌도를 방어하는 데에만 중점을 둔 이순신에게는 가볍고 빠른 판옥선이 필요하지 않았다. 이순신은 터무니없는 왜국 정벌을 막고 싶어서 원균을 똑바로 노려보며 단호하게 말했다.

"왜국이 곧 조선을 칠 것이라는 풍문을 듣지 못하셨소이까? 방비를 튼튼히 하여 왜국 선단으로부터 남해 바다를 지켜야 하외다. 이러한 때에 바다 건너 왜국으로 정벌을 갈 수는 없소이다."

"이 장군, 그대도 통신사를 수행했던 장졸들 사이에서 흘러나온 헛된 망언을 믿는 게요? 왜구가 하삼도에 몰래 와서 노략질을 한 적은 있지만 왜국이 조선을 친다는 게 말이나 되는 소리요?"

이순신이 곁에 앉은 이억기를 곁눈질한 후 물러서지 않고 답했다.

"망언이 아닙니다. 왜국 간자들이 부쩍 많이 움직이고 있습니다. 단순한 노략질이 아니라 아주 큰 전란이 일어날 조짐입니다. 철저히 대비해야 합니다."

"미꾸라지 몇 마리 꼬물거린다고 겁을 먹어서야 어찌 조선 수군을 책임지는 정삼품 수군 절도사라고 하겠소?"

"장군!"

이순신이 다시 설득하려는 순간, 원균이 자리에서 일어섰다.

"그 얘긴 그만합시다. 안질이나 잘 치료하오. 바다를 건너가려면 무엇보다도 좌수사가 건강해야 하오."

원균은 이순신 안색이 창백한 것을 처음부터 눈치 채고 있었다.

'장수가 병이 들어 자리에 누우면 군사들은 중풍 걸린 사람처럼 사족을 못 쓰는 법, 쯧쯧.'

원균이 속으로 혀를 차고 돌아서자 이억기는 이순신 손을 굳게 잡으며 몸조리 잘하라는 뜻을 전했다.

세 사람은 다시 나란히 좌수영 앞마당으로 나왔다. 원균이 갑자기 양팔을 번쩍 들어 주위에 둘러선 좌수영 군졸들을 향해 소리쳤다.

"내 말을 들으라. 나 원균은 늠름한 너희들 모습과 불타는 눈동자를 믿는다. 나와 함께 저 쥐새끼 같은 왜구들을 쓸어버리자."

"와아!"

장졸들이 환호했지만 이순신은 그러는 원균이 안타까운 듯 입을 굳게 다물고 먼 하늘을 바라보았다.

'아니다. 장졸들을 이렇게 분노로 몰아가서는 아니 된다. 장졸들 용기를 북돋우는 것도 필요하지만 먼저 냉철하게 전황을 살피고 적을 파악해야 한다. 한데 원균 형님은 경상 우수사로 부임한 한 달 동안 왜국을 정벌할 망상에 사로잡혀 있었다. 남해는 육진과 다르다. 그런데도 원균 형님은 적이 바다를 건너 덮쳐 올 때를 대비한 진법 훈련은 전혀 하지 않고 있다. 이러다간 큰 화가 경상 우수영을 덮칠지도 모른다.'

이순신이 냉철하게 생각을 곱씹고 있는 동안 원균은 열광하는 군사들을 거칠게 눈으로 훑었다.

"내 말을 들으라. 나 원균은 여기 이순신 장군, 이억기 장군과 함께 왜구들을 도륙할 것이니라. 너희들은 나를 믿고 목숨을 맡길 수 있는가?"

"와아!"

군졸들 함성이 하늘을 찔렀다. 원균은 그 소리에 만족한 듯 고개를 크게 끄덕였다.

"좋다. 나 원균이 앞장서겠다. 너희들 앞에 있는 부와 명예와 영광이 보이지 않느냐? 하늘도 땅도 조선 수군이 전진하는 걸 막지 못하리라. 진군하자! 가서, 승전기를 나부끼자!"

원균이 목소리를 키워 남해 바다를 쩌렁하게 울리는 동안 이순신의 시름은 점점 더 깊어만 갔다.

十三, 상선商船에 모든 것을 걸고

임진년(1592년) 사월 일일 오시.

"배를 사다니? 압록강을 오가며 비단과 서책을 사고파는 것만 으로도 열 배 장사를 하고 있지 않우? 한데 갑자기 배를 사서 뭘 어쩌겠다는 게요? 혹시 배를 사서 황해를 직접 건너갈 생각이시 라면 당장 관두시우. 해적들이 얼마나 많은지 장사하러 떠난 배 열 척 가운데 두세 척은 큰 화를 입는다우. 재물도 좋지만 목숨 이 제일이지. 형님! 그냥 이렇게 삽시다, 쌍!"

더펄머리(더펄더펄 날리는 더부룩한 머리털을 가진 사람) 천무직은 갑곶나루에 내리자마자 피나무 줄기를 주먹으로 치며 화부터 냈 다. 비단과 서책을 싼값에 융통하던 정월부터 수상한 생각이 들 긴 했다. 임천수가 누구인가. 다섯 배 장사가 아니고는 물건을 꺼내 놓지도 않던 장사꾼이 아닌가. 그런 그가 갑자기 본전에도

195

미치지 못하는 가격으로 귀한 물품들을 내다 팔기 시작한 것이다. 끄레발(단정하지 못하여 텁수룩한 옷차림)로 따라나섰지만 마음이 편치 않았다.

소광통교 가게까지 처분하고 배를 사겠다고 할 줄은 정말 몰랐다. 북삼도에서 다시 한양으로 들어가기가 얼마나 힘겨웠는가. 소광통교에 자리를 잡으면 조선 팔도와 대국과 왜국을 오가는 물품들 사정을 훤히 알 수 있다. 그 노른자위를 포기하겠다는 것이다. 윤 도주가 보낸 자객들이 도성에 나타나기도 했지만 소광통교까지 곧장 쳐들어오지는 못했다. 임천수가 도성 곳곳을 미리 돌면서 손을 쓴 탓이다. 도성 상인들이 광통교를 함부로 어지럽히지 말라고 윤 도주에게 직접 경고했다고 한다. 그러나 도성을 벗어나는 순간 객사 위험이 금방 되살아난다. 더구나 망망대해에서 놈들에게 포위되기라도 하면 꼼짝없이 황천행이었다. 왜국과 거래가 잦은 윤 도주는 크고 단단한 배를 수십 척 가지고 있었다. 이리저리 따지고 또 따져 보아도 손해였다. 천하의 임천수가 손해 볼 짓을 사서 하다니 믿을 수 없었다.

"형님! 지금이라도 늦지 않았우. 돌아갑시다."

임천수는 대답을 않고 잠시 허리를 숙인 채 숨을 골랐다. 속이 메슥거리고 신물이 넘어오면서 어지러웠던 것이다.

'오랜만에 배를 타서 이런 걸까. 앞으로 계속 배에서 살아야 할지도 모르는데 큰일이군.'

햇빛을 가리기 위해 오른손을 펴 눈썹에 대고 마니산(摩尼山)을 우러렀다.

"여기까지 왔으니 참성단(塹城壇)에는 올라가 보아야겠지? 이제 오랫동안 배로 돌아다닐 테니, 풍랑은 잔잔하고 해적들과 만나는 일 없게 해 달라고 빌어야겠다."

천무직이 답답한 듯 주먹으로 제 가슴을 쳐 댔다.

"지금까지 평생 산천만 누비며 살았우. 한데 갑자기 배를 사다니? 난 뱃놈으로 살기 싫소."

임천수가 정색을 하고 물었다.

"내가 선단을 이끌고 장사를 하겠다는데 따르지 않을 테냐? 사냥꾼으로 늙는 게 소원이라면 그렇게 해라. 지금 결정을 내려. 날 따를 게냐 아니면 산과 들판을 뛰어다니며 멧돼지 사냥이나 할 테냐?"

천무직이 머뭇거렸다.

"그거야…… 지옥 끝까지라도 형님을 따라가겠지만…… 너무 갑작스레 가산을 정리하니…… 천재지변이 일어난 것도 아닌데……."

천무직이 말끝을 얼버무리자 임천수가 좋은 말로 달랬다.

"금오산에서도 그랬고 시전 마을에서도 그랬다. 또 한양에서 허 생원을 만나서 천 냥을 얻을 때도 넌 그렇게 가슴을 쳤지. 일일이 설명은 못하겠지만 날 믿고 따라와라. 딴 건 몰라도 어디로 가면 돈을 벌 수 있는지, 또 누구와 손을 잡아야 내 돈을 지킬 수 있는지는 너보다 내가 백 배 더 고민하고 천 배 더 잘 아니까. 알겠느냐?"

"알았우. 한데 몇 가지만 묻겠우."

"뭔가?"

"소광통교 가게를 접은 건 이제 거기가 별로 중요하지 않기 때문이우? 아님 더 중요한 게 생겼기 때문이우?"

"둘 다! 곧 알게 될 게야. 가게에 물건을 쌓아 놓고 지내다가는 한 순간에 모든 걸 잃을 날이 온다. 움직여야 해. 많은 물건을 가지고 한 순간에 옮겨 다니려면 배가 최고다."

천무직은 점점 더 임천수 말을 이해하기 힘들었다.

'한 곳에 쌓아 두면 몽땅 잃을 일이 무언가? 더구나 도성 한가운데 있는 소광통교 가게에 넣어 둔 물품들을 잃어버릴 수 있다?'

천무직은 하늘이 두 쪽 나도 그런 일은 생기지 않을 거라 생각했다. 그렇지만 지금까지 임천수가 예상했던 일들이 절묘하게 맞아떨어졌던 까닭에 입을 다물었다.

"한데 정말 그동안 번 걸로 몽땅 배를 살 생각이우?"

"그래."

"종자돈은 좀 남겨 둬야 하지 않겠우? 우선 허 생원한테 빌린 천 냥부터 갚는 건 어떠우?"

"이놈아! 허 생원한테 빌린 돈은 천 냥이 아니라 만 냥이다."

"만 냥이라니요? 분명 천 냥을 빌리지 않았우?"

"장사를 해서 돈을 벌면 열 배를 갚겠다고 약조를 했다."

"에이, 그거야 돈 빌릴 때 궁해서 허풍 친 것 아니우? 허 생원도 형님한테 만 냥을 받으리라 생각하지는 않을걸."

"허 생원이 어떻게 생각하든 난 만 냥을 갚을 게다. 이건 약조를 지키는 것도 은혜를 갚는 것도 아니다. 내가 보기에 허 생원

그이는 언젠가 이 나라 조정을 손아귀에 쥘 사람이야. 너도 생각해 보아라. 돈 한 푼 없는 꼽추에게 돈 천 냥을 선뜻 주는 사람이 그리 흔하겠느냐? 허 생원은 만 냥, 아니 십만 냥 정도는 가치가 있는 사람이다. 그 사람을 내 편으로 붙잡아 두어야 해. 당장 만 냥을 갚을 수도 있겠지만 아직은 때가 아니다. 지금 만 냥을 주면 약간 놀라기는 하겠지만 감동까지야 하지 않겠지. 나는 허 생원이 정말 어려움에 빠졌을 때 그 목숨을 구해 주고 싶다. 만 냥을 원하면 만 냥을 주고 더 큰 것을 원하면 더 큰 것을 줄 테다. 자, 가자. 송상(松商, 개성 상인)들은 시간 약속을 철저하게 지킨다 들었다. 아직 늦지 않았지만 미리 가서 기다린다고 해될 것도 없겠지."

임천수가 앞서 걷자 천무직은 깽깽이풀 위로 가래침을 탁 뱉은 후 뒤따랐다. 바다가 내려다보이는 객관에는 송상들이 벌써 도착해 있었다. 임천수와 천무직이 방으로 들어서자, 키가 작고 턱살이 아래로 처졌으며 눈매가 날카로운 사내가 일어섰다. 쉰 살이 쪽저쪽으로 보였다.

"소광통교에서 서책을 팔던 임천수라 합니다요."

"천무직입니다."

"조 행수일세."

자리에 앉자마자 행수 조억봉(趙億奉)이 꾀꼬리눈썹(약간 노르스름한 빛을 띠는 눈썹)을 실룩이며 두 사람을 몰아세웠다.

"자네들은 참 겁도 없더군. 송도는 물론이고 평양과 의주까지 관장하는 장 도주께서는 왜관에 계신 윤 도주님과는 친형제보다도 가까운 사이일세. 자네들 서찰이 도착한 다음 날 바로 윤 도주님께 서찰이 왔다네. 자넬 꼭 잡아야겠으니 만나는 일시와 장소를 가르쳐 달라고 말일세. 자네들이 오래전 윤 도주님을 배반하고 거래에 큰 손실을 입혔다는 풍문은 들어서 알고 있네. 지금이라도 자네들을 꽁꽁 묶어 왜관으로 보낼 수 있음이야. 한양을 떠나올 때 그 생각은 못 하였는가?"

천무직은 새삼 놀란 표정을 지었지만, 임천수는 입가에 미소까지 머금으며 차분하게 되물었다.

"만상(灣商, 의주 상인)과 송상(松商), 경상(京商, 한양 상인), 그리고 하삼도 객주들이 서로 긴밀한 관계를 유지하고 있음을 어찌 모르겠습니까?"

"알면서도 그런 짓을 해? 믿는 구석이라도 있나 보지?"

"장 도주님과 윤 도주가 삼십 년 이상 우정을 나누고 있다는 걸 장사꾼치고 모르는 이는 없습니다요. 그러나 두 분 사이 경쟁심 역시 소문난 것입죠. 윤 도주가 사갈시하는 소인 놈을 장 도주께서 자진하여 넘겨주진 않으리라고 보았습니다요. 또 소인 놈 몸값보다 거래해서 얻는 이문이 몇 곱절 많다면 장 도주께서는 윤 도주 청을 거절하시리라 믿기도 했습니다요."

조억봉이 고개를 끄덕였다.

"곰배말 같은 행색과는 달리 제법 머리를 쓸 줄 아는군. 그런 배짱이 있으니 윤 도주님 밑을 박차고 나온 것이겠지만……. 자네들 행적을 좀 살펴보았네. 동에 번쩍 서에 번쩍 손오공이 따로 없더군. 금오산에 나타났다가 잠적한 후 만상들을 만나고, 대국에 들어갔는가 싶었는데 어느 날 보니 소광통교에 가게를 냈더라고. 한데 이번엔 또 배를 사고 싶다? 비단이나 서책을 파는 게 안전할 터인데 왜 구태여 그 일을 접고 배를 사려고 하는가?"

송상답게 역시 거래를 하기 전에 뒷조사를 철저하게 한 것이다. 임천수가 기다렸다는 듯이 답했다.

"선단을 갖는 것은 오랜 꿈이었습니다요. 위험한 일이 많고 이문이 적게 남더라도 더 늦기 전에 배를 사서 장사를 배우고 싶습니다요."

"그뿐인가? 장사꾼은 이문이 남지 않는 일엔 절대로 뛰어들지 않지. 겨우 어릴 때 꿈 운운하며 날 기망하려는가?"

"아, 아닙니다."

임천수는 얼굴에 난처한 기색이 역력했다. 조억봉이 이야기를 이었다.

"내가 자네 마음을 읽어 볼까. 자넨 배를 사서 왜국과 거래를 트려는 게지. 윤 도주와 정면으로 맞서려는 게 아닌가? 물론 자네가 오늘 사려는 배보다 윤 도주는 열 배 아니 스무 배 더 많은 배를 가지고 있네. 하나 벽에 난 작은 금 하나가 결국 담벼락을 무너뜨리듯 자네도 그리하려는 게 아니냐는 말이지. 내가 오늘 이 자리에 나온 건 자네가 바로 그런 뜻을 품고 있으리라 짐작했기 때문일세."

"소인 놈이 윤 도주와 맞서는 사이 장 도주께서 이득을 보시겠다는 것이겠지요."

"윤 도주가 자네와 맞서는 동안 충청도를 지나 경상도와 전라도로 진출하려고 하네. 협공을 하자는 거지."

임천수가 고개를 숙이며 공손히 말했다.

"역시 조 행수님은 못 당하겠습니다요. 어찌 그리도 소인 놈 바람을 꼭 집어 내십니까요?"

조억봉이 웃음을 뚝 그쳤다.

"한 가지 자네가 꼭 명심해 둘 일이 있으이. 왜국과 거래하는 건 알 바 아니나 배를 타고 황해를 건너 대국을 오갈 생각일랑 말게. 그쪽 바닷길은 우리 것일세. 괜히 끼어들지 말게. 자네가 그 길까지 넘보면 아마도 큰 화가 미칠 거야."

"알겠습니다요. 대국을 직접 오가는 일은 없을 겁니다요. 해적들과 상대할 힘도 없습죠. 소인 놈은 그저 깽비리(하잘것 없는 사람)일 뿐입죠. 약조 드리겠습니다요."

"자네가 압록강을 넘나들며 돈을 꽤 모았다는 소문은 들었네만, 배를 열 척이나 사겠다고 나설 줄은 몰랐으이. 자네 나이쯤이면 그냥 하던 일을 하며 늙어 가는 게 낫지 않겠는가? 손자의 손자까지 넉넉히 먹고 살 돈은 될 텐데. 아참, 자넨 아직 안사람이 없다고 했지? 장사가 좋아 장사와 혼인을 했다고? 허허, 그래도 늘그막에 등 긁어 줄 계집 하나는 필요하지 않겠나? 그쪽으로 재주가 없다면 이참에 배와 함께 는실난실 허리 잘 돌리는 계집 하나 넘겨 볼까? 송도 계집들이 아름답고 살림 잘하는 건 자네도 알지?"

조억봉이 다시 미소를 머금으며 분위기를 부드럽게 바꾸려 했다. 임천수가 따라 웃으며 짧게 되물었다.

"소인 놈 같은 꼽추에게 누가 오겠습니까요?"

"허어, 배 열 척을 지닌 부자인데 누구라도 오지. 꼽추가 아니라 앉은뱅이에 봉사에 곰배팔이라도 시집오려고 줄을 설 걸세."

"그건 소인 놈한테 오는 게 아니라 소인 놈 돈한테 오는 것 아닙니까요? 그런 계집은 백 명이 와도 필요 없습죠."

"허허허, 그런가? 사람 냄새를 제대로 맡고 싶다 이 말이지? 하나 지금까지도 찾지 못한 계집이 나타나리라고 보는가?"

천무직이 어금니를 깨물며 끼어들었다.

"재물만 밝히는 계집은 필요 없우. 이 몸이 끝까지 형님을 모실 게요."

조억봉이 허리를 펴며 양손을 비벼 댔다.

"알았네. 자네 둘이 가시버시처럼 평생을 살든 말든 나야 알 바 아니지. 하나 음과 양은 어울려야 하는 법이라네. 자네들처럼 꽉 막혀서야 어디 세상 사는 재미를 보겠는가?"

천무직이 두 눈을 부라리며 한 걸음 나서려는 것을 임천수가 손을 들어 말렸다. 조억봉이 눈짓으로 천무직을 가리키며 말했다.

"하면 흥정을 시작해 볼까. 셋보단 둘이 낫겠지?"

아무래도 덩치 좋은 천무직이 부담스러운 것이다. 임천수가 고개를 돌리지 않고 말했다.

"나가 있게."

천무직이 아쉬움이 남는 얼굴로 일어섰다. 문을 닫고 나간 후에도 한동안 조억봉은 입을 열지 않았다. 임천수가 먼저 운을 뗐다.

"말씀하시지요."

"전에 말한 값에서 배마다 은전 백 냥씩 더 얹어 주게."

"은전 백 냥을 더 얹으면 시중에 거래되는 값보다 갑절은 비쌉니다. 그 값을 내고 소인 놈이 배를 사리라고 보십니까요? 이건 아예 배를 팔지 않겠다는 것과 같습죠. 전에 알려 드린 값도 최대한 올린 겁니다만……."

"물건을 사려는 사람이 최대한이란 말을 쓰면 아니 되지. 우린 흥정하려고 왔네. 배를 팔 생각이 아니었다면 벌써 자네를 붙잡아 윤 도주에게 넘겼겠지."

임천수는 마른침을 삼켰다. 역시 송상은 보통 장사꾼들이 아니었다. 제값보다 이미 절반을 더 얹었는데 오히려 두 배를 내놓으라니! 조금 더 값을 올릴 줄은 알았으나 이렇게 턱없이 부를 줄은 몰랐다. 아쉬운 쪽이 알아서 하라는 식이었다.

"어찌할 텐가?"

이왕 손해를 보기로 했으니 강하고 산뜻하게 나가기로 했다.

"좋습니다요. 하나 한 가지 조건이 있습죠."

"말해 보게."

"배와 함께 배꾼들까지 모두 넘겨주십시오. 노를 젓고 배를 움직이는 이들을 함께 받겠습니다요."

조억봉이 잠시 생각에 잠겼다.

"그건 어렵지 않으이. 어차피 배에는 사람이 있어야 할 터인데, 이왕이면 지금 배에 익숙한 이들을 쓰는 게 좋겠지. 대신 그 사람들 품삯은 올려 줘야 할 걸세. 송상 일을 하면 일 년 내내 먹고살 걱정이 없지만, 자네처럼 혼자 노는 장사꾼 아래에선 당장 내일이 불안타 생각할 거야. 그걸 무마하려면 돈이 꽤 들 걸세."

"알겠습니다요. 불만이 나오지 않게 덤삯(덤으로 주는 품삯)을 후하게 치겠습니다요."

"그래 그럼 열흘 후에 이곳에서 다시 만나세. 그때 상선 열 척을 끌고 오겠네. 자네도 배 값을 잘 준비하여 오게나."

"알겠습니다요. 여러모로 신경 써 주셔서 감사합니다요."

임천수는 끝까지 침착함을 잃지 않았다. 조억봉이 자리에서 일어서서 방문을 열고 나가려다 말고 고개를 돌렸다.

"다음엔…… 속마음을 좀 더 털어놓을 순 없나? 아무래도 자넨 뭔가 숨기고 있는 게 분명해. 자넨 배를 사는 데 전 재산을 쏟아부었네. 그만큼 절실하게 배가 필요하단 것이겠지. 한데 왜 배가 그토록 필요한 걸까? 단지 윤 도주랑 싸우기 위해서였다면 마지막으로 달아날 구멍은 남겨 두었을 터인데, 자넨 모든 걸 다 던졌네. 그 무모함이 부럽기도 하고…… 궁금하기도 해."

조억봉이 일어섰다. 두 사람은 마당에서 짧게 작별 인사를 하고 헤어졌다. 송상 일행이 보이지 않을 즈음 천무직이 물었다.

"흥정은 잘 했우?"

"한 척당 은전 백 냥씩 더 주기로 했어."

천무직이 주먹을 불끈 주어 흔들며 말했다.

"천, 천 냥이나 더 준단 말이우? 백 냥씩 깎아도 손해를 볼 장산데 백 냥씩을 더 주다니 형님 어디 아픈 거 아니우? 달수(獺髓,

수달의 골수로 상처를 치유하는 데 매우 효능이 뛰어남. 여기서는 명약을 가리킴.)로도 고칠 수 없는 죽을병이라도 걸린 게요? 미쳤우?"

임천수가 굽은 허리를 천천히 펴 하늘을 바라보았다. 꼽추가 된 후로는 하늘 보는 일이 거의 없었다. 조금만 턱을 쳐들어도 옆구리가 걸리고 두 발이 딱딱하게 굳었던 탓이다. 그래도 오늘만은 꼭 하늘을 보고 싶었다. 사실 이번 거래는 정말 미친 짓일지도 몰랐다. 왜란이 터지지 않으면 다시 한 번 쫄딱 망할 수밖에 없었다. 그러나 임천수로서는 한 번 더 모험을 걸 수밖에 없었다. 소광통교에서 조금씩 이문을 취하는 것으론 조선 제일 장사꾼이 될 수 없었다. 그렇다면 윤 도주에게 복수하는 것도 헛된 바람으로 남을 것이었다.

'조선 팔도에는 큰 불행이지만 내게는 마지막 기회다. 반드시 이 기회를 꼭 붙잡아야 한다.'

"무직아! 이제 곧 이 세상은 지옥으로 바뀔 게다."

천무직은 휘돌리던 팔을 멈추고는 기막히다는 듯이 임천수를 쳐다보았다.

"하나 우리에겐 극락 문이 열리는 게다. 배 열 척을 타고 가장 빨리 극락 문으로 들어가는 게지. 알겠니? 무슨 일이 있어도 이번엔 실패하면 안 돼. 속아서도 안 되고. 똑똑히 보여 주자고. 나 임천수가 이 지옥을 어떻게 집어삼키는지. 경상, 송상, 윤 도주 모두 내 발 아래 무릎 꿇게 될 거야. 하하하, 하하하하!"

十四、조선 수군의 비밀 병기

임진년(1592년) 사월 십이일.

하늘은 구름 한 점 없이 맑았고, 들에는 노란 번행초와 하얀 쇠별꽃이 어지럽게 피었다. 아침부터 예하 장수들이 좌수영으로 모여들었다.

나대용이 선소에서 만든 거북선을 공식적으로 여러 장수들 앞에 선보이는 날이었다. 이순신은 진해루에서 장수들과 함께 원추리 토장국으로 아침 겸 점심을 먹었지만 나대용과 송희립은 마무리를 위해 식사조차 건너뛰었다. 상을 물리고 작설차 한 잔씩을 마셨다. 선창(船艙)에는 장수들이 타고 온 판옥선들이 늠름하게 줄지어 있었다.

정운이 호랑이 수염을 부르르 떨며 먼저 목소리를 높였다.

"경상 우수사 원균 장군도 말씀하셨지만, 거북선은 왜구와 맞설 때 큰 이득이 없을 듯합니다. 왜구들 배는 날아갈 듯 빠른데 판옥선에 개판까지 씌운 배로 어찌 그들을 쫓을 수 있겠습니까? 잘못하면 쇠 무게에 눌려 침몰할 가능성도 큽니다. 지금이라도 거북선 만드는 일을 그만두시지요. 바람 먹고 구름 똥 싸는 짓입니다."

작은 키에 호리호리한 몸매인 권준이 차분하게 맞섰다.

"이미 논의가 끝난 일이 아닙니까? 배까지 다 만들고 지자총통과 현자총통을 쏘기로 한 마당에 이제 와서 배 만드는 일을 접자는 것이 말이나 됩니까? 우선 오늘 거북선을 띄워 보고 계속 거북선을 만들 것인가 아닌가를 논의해도 늦지 않습니다."

정운이 두 눈을 부라리며 험악한 표정을 지은 채 순천 부사 권준을 몰아세웠다. 장수들 중에서는 권준이 가장 서열이 높았지만, 정운은 문관으로 등과한 권준을 얕잡아 보았다.

"해 보나 마나 쓸모없는 배일 게요. 판옥선으로도 충분하오이다."

"왜인들은 빠르기가 원숭이와 같습니다. 멀리서 총통을 쏘는 데는 판옥선만으로도 충분하지만 가까이 다가가 싸우려면 새로운 배가 반드시 필요합니다."

"그래도 개판까지 씌운 건 너무 수세적이오. 제 놈들이 아무리 검술에 능해도 우리에겐 화살도 있고 장창도 있지 않소? 싸워 보지도 않고 놈들이 갑판에 올라오는 걸 막겠다는 건 비겁하다고 생각지 않소? 왜놈들이 몰려오면 나 정운이 선봉에 서겠소. 왜놈들과 당당히 맞서 싸우겠다 이 말씀이오."

정운이 계속 몰아세웠지만 권준은 표정 하나 바꾸지 않고 조용히 답했다.

"비겁함을 면하기 위해 싸우다 패하느니, 비겁하단 소릴 듣더라도 완벽한 승리를 얻는 편이 낫습니다."

"패하긴 누가 패한다는 게요? 아무려면 내가 왜놈들보다 장검을 못 다룰까."

정운이 발끈했다. 이순신이 웃음 띤 얼굴로 중재에 나섰다.

"정 만호가 용맹하다는 걸 내 어찌 모르겠소. 하나 일단 준비를 했으니 오늘 배를 띄우는 건 강행하도록 하겠소. 실패하더라도 새로운 군선을 만들기 위한 노력은 계속 이어질 것이오."

원복이 부룩송아지처럼 진해루 앞마당으로 뛰어들어 와서 큰소리로 아뢰었다.

"준비가 다 끝났사옵니다."

장수들은 말을 타고 선소로 향했다. 이순신은 권준을 불러 나란히 함께 갔다. 나머지 장수들보다 오십 보쯤 앞선 후 이순신이 입을 열었다.

"권 부사! 정 만호와 맞서지 마오. 칠수록 뜨거워지는 쇳덩이라오."

권준이 말고삐를 가볍게 흔들며 답했다.

"소생이 막지 않으면 좌수사께 그 뜨거움이 닿을 겁니다. 소생에게 맡기십시오."

"내가 책임져야 할 뜨거움이라면 응당 내가 맡아야 하오. 좌수영에서 선봉을 맡을 장수는 정 만호뿐이오. 나는 정 만호가 좋소. 하루라도 빨리 정 만호와 마음을 통하고 싶소. 성미가 좀 급해서 그렇지 거북선이 얼마나 대단한가를 알면 누구보다도 기뻐할 사람이오. 권 부사도 도와주오.”

“알겠습니다.”

권준이 순순히 명에 따랐다.

“오늘 거북선이 성공하리라 보오?”

“성공하면 좋겠으나, 실패하더라도 크게 낙담할 일은 아닙니다.”

“낙담할 일이 아니다?”

“나 군관과 이 군관, 광치, 철식이 힘을 합친다면 곧 실패한 이유를 찾아내어 거북선을 더욱 강하고 빠른 군선으로 만들 테니까요. 오히려 문제는 그 다음부터가 아니겠습니까?”

이순신은 입을 여는 대신 눈빛으로 뒷말을 재촉했다.

“거북선이 성공하면 적선 가까이에서 당파를 하며 돌격하기에는 더없이 좋을 겁니다. 하나 거북선 몇 척으로 바다 싸움 전체를 좌지우지하지는 못합니다. 거북선 때문에 판옥선들 움직임이 자칫 더뎌질 수도 있으니까요. 거북선을 최대한 활용할 수 있도록 진법을 새로 만들고 훈련하는 것이 필요합니다. 미리 적선을 가두어 둘 물길을 살펴 지도를 만드는 것도 아울러 서두르셔야 합니다.”

이순신은 고개를 크게 한 번 끄덕인 후 앞으로 먼저 나아갔다.

‘이제 며칠 남지 않았다. 바다뱀들이 온다. 바다 건너 조선을 삼키기 위해 왜국 정예병들이 온다. 왜군들과 처음으로 맞서 싸우는 것은 경상도 좌우 수군 몫이다. 경상 좌수사 박홍은 군선들을 배치하고 운용하는 데 서툴다. 왜국 대병이 나아오면 틀림없이 겁을 집어먹고 패퇴할 것이다. 경상 우수사인 원균 형님은 죽음을 각오하고 싸우려 들 테지. 적어도 박홍 같은 겁쟁이는 아니니까. 육진에서 적진을 향해 내달려 쾌승하던 기억을 품고 처음엔 왜군들 앞에서 콧방귀를 뀔지도 모른다. 그러나 왜군을 얕잡아 보고 달려들면 작은 승리는 있을지 몰라도 결국에는 패전을 피할 수 없을 것이다. 평중 형님 같은 이른바 맹장들은 치밀한 작전 계획 아래에서 움직이면 그 힘을 제대로 발휘하지만, 마구잡이로 힘만 믿고 싸우려 하면 패배를 불러오기 쉽다. 그렇다면 그 다음엔 나 전라 좌수사 이순신과 전라 좌수군이 남해 바다를 지켜야 한다.

오늘은 그런 의미에서 무척이나 중요하다. 거북선이 위용을 드러내어야 정운을 비롯한 제장들도 내 뜻을 따르리라. 어떤 위기가 닥쳐와도 흔들리지 않으리라. 비록 많은 거북선을 만들지는 못했지만, 장졸들은 거북선을 보며 승전할 수 있으리라는 확신을 얻을 것이다. 성공해야 한다. 꼭!'

선소에는 이미 군졸들과 백성들이 가득 나와 있었다. 거북선은 굴강을 나와 바다 한 가운데 떠 있었다. 흰 꽃이 만개한 국수나무 옆에서 기다리던 나대용이 땀도 닦지 못하고 달려와서 읍했다. 이순신이 물었다.

"준비는 다 되었는가?"

"예!"

이순신이 허리를 약간 뒤로 젖히며 거북선을 살폈다. 나대용이 긴장한 듯 약간 말을 더듬었다.

"가장 빠, 빠르게 노를 저어 나아가다가 지, 지자총통과 현자 총통을 차례로 쏘게 될 겁니다."

어젯밤을 사로잔(염려가 되어 마음을 놓지 못하고 조바심하며 잠) 기색이 역력했다. 이순신이 거북선 위 푸른 하늘을 잠시 바라본 다음 짧게 명령을 내렸다.

"시작하라!"

"시작하랍신다!"

나대용이 복명복창을 하자 깃대를 들고 서 있던 원복이 힘껏 붉은 깃발을 흔들었다. 장졸들은 시선을 일제히 거북선 쪽으로 향했다. 잠시 정적이 흘렀지만 거북선은 꼼짝도 하지 않았다. 원복이 울상을 지으며 나대용 얼굴을 쳐다보았다. 나대용이 오른손을 들어 더 빨리 휘휘 저으라는 신호를 보냈다. 그 순간 이언량이 성큼 달려가서 원복으로부터 깃발을 빼앗았다.

"새끼들! 대체 뭘 하고 있는 거야?"

욕지거리를 하며 미친 듯이 깃발을 흔들었다. 그러나 거북선은 꼼짝도 하지 않았다. 정운이 한 걸음 나서며 말했다.

"저것 보오. 역시 헛된 짓이었소. 지금이라도 당장 개판을 뗍시다. 판옥선이면 충분하오. 왜선이 나타나면 나가서 격침시키면 그만이오."

"좀 더 기다려 보세요."

권준이 막아섰다.

"기다리긴 뭘 기다린단 말이오. 저 쇳덩어리가 움직일 턱이 없소."

나대용은 그 자리에 털썩 주저앉았다. 이언량은 몸을 빙빙 돌리며 깃발을 휘두르고 또 휘둘러 댔다. 이순신이 눈짓을 하자 날발이 길게 뿔피리를 불었다.

"으응! 이게 무슨 소리야?"

거북선 안에서 큰 대 자로 누워 자던 철식이 눈을 떴다. 팔베개를 하고 모로 누워 자던 광치가 배를 긁적거리며 길게 하품을 해 댔다. 좌수사 일행을 기다리다가 밤새 일한 피로가 한꺼번에 밀려와서 깜빡 잠이 들었던 것이다.

"뭔 소리? 파도 소리겠지. 어서 한숨 더 자자고. 군중 회의가 길어지는가 보오."

철식이 배 위에 올라와 있는 광치의 오른발을 밀어내고 일어섰다.

"아니야. 아무래도 이상해."

철식이 양손으로 날카로운 턱을 문지르며 용머리 쪽으로 걸어갔다. 그리고 둥근 창을 통해 육지 쪽을 살폈다.

"저, 저게 뭐야? 붉은 깃발이잖아? 언제부터 저걸 흔든 거야? 독전관(督戰官)은 무얼 하고?"

철식이 선미 쪽으로 고개를 돌렸다. 기다리다 지친 송희립이 큰 북을 감싸 안고 침을 흘리며 잠들어 있었다. 철식이 고함을 치며 그에게 뛰어갔다.

"뭣 하는 겁니까? 돌진 깃발이 펄럭이고 있습니다."

송희립이 게슴츠레 눈을 뜨고 말했다.

"돌진 깃발이라니? 아직 나올 때가 아니오."

그때 날발이 부는 뿔피리 소리가 길게 울려 퍼졌다.

"빨리 북을 울리세요. 빨리!"

철식이 다시 재촉하자 송희립이 황급히 일어나 북채를 잡아 쥐었다.

둥!

북이 울리자 정운과 권준도 설전을 중단했다.

"배가 움직입니다."

이언량이 큰 소리로 외쳤다.

둥 둥 둥 둥.

송희립이 치는 북소리에 맞춰 격군들이 일제히 노를 저었다. 북소리가 점점 빨라지자 노를 저어 가는 횟수도 점점 늘어났다.

"빠르군. 엄청 빨라."

"판옥선도 저렇게 나아가지는 못해."

배홍립과 김완이 동시에 탄성을 내질렀다. 다른 장수들도 같은 심정이었다. 나대용이 설명을 덧붙였다. 이번에는 전혀 말을 더듬거나 눈동자를 빙빙 돌리지 않았다.

"철판을 최대한 얇게 하고 가벼우면서도 단단한 쇠를 만들기 위해 철식을 비롯한 대장장이들이 여러 가지 합금을 해 봤습니

다. 또 좌우 균형을 맞추어 철판을 붙였기에 개판 무게 때문에
속도가 늦어지는 일은 없을 겁니다."

정운이 오른손을 들어 거북선을 가리키며 물었다.

"저렇게 달려 적선에 부딪치면 거북선도 파손되지 않겠소?"

나대용이 더욱 신이 나서 답했다.

"도목수 광치와 그 문제를 가장 오랫동안 논의했습니다. 뱃머
리를 가장 단단한 나무들로 만들고 귀신 상을 붙여 적선과 부딪
히자마자 구멍이 나게 하였습니다. 모형 배를 띄워서 부딪쳐 본
결과 거북선은 거의 부서지지 않았습니다."

정운이 헛기침을 토하며 나대용 말을 잘랐다.

"개판 때문에 아주 답답할 테고 또 저렇듯 빠르게 나아가기까
지 한다면 총통을 제대로 쏠 수 있겠소?"

권준이 나대용을 대신하여 답했다.

"곧 판가름 나겠죠. 자, 이제 총통을 쏘는 것이 어떻겠습니
까?"

이순신이 고개를 끄덕인 후 명령을 내렸다.

"총통을 쏴라."

"총통을 쏘랍신다!"

나대용이 복명복창을 하자 이언량이 좌우로 흔들던 깃발을 올
렸다 내렸다.

펑.

소리와 함께 지자총통이 화약 연기를 뿜으며 일제히 발사되었
다. 높은 물기둥이 치솟았다가 떨어지며 크게 바다를 흔들었다.

놀란 바닷새들이 시끄럽게 울어 대며 사방으로 흩어졌다. 장졸들 속에서 환호가 절로 나왔다. 속도를 늦추지 않고서도 총통이 동시에 불을 뿜은 것이다.

이순신은 나대용의 양손을 굳게 잡았다.

"수고했다."

말썽쟁이 아들을 처음으로 칭찬하는 아버지 같은 표정이었다. 나대용이 두 눈에서 눈물을 글썽거렸다.

'고마우이. 정말 고마워.'

이순신이 뒤돌아서서 장졸들에게 외쳤다.

"오늘 선소에 속한 장졸과 일꾼들은 밤이 새도록 대취하라. 술은 얼마든지 있다. 너희들 덕에 전라 좌수군은 열 배, 아니 백 배는 더 강해졌느니라. 내 어찌 취하지 않고 오늘 밤을 보낼 수 있으리."

환호성이 터져 나왔다. 진해루에서 가져온 술과 안주가 굴강 주위에 가득 쌓였다.

먼 바다를 잠시 달리던 거북선이 무사히 선소로 돌아오자 다시 한 번 큰 함성이 터졌다. 이순신은 나대용과 이언량, 광치와 철식에게 차례차례 술을 부었다. 화도 잘 내지만 울기도 잘하는 광치는 술잔을 받아 놓고 눈물부터 쏟았다. 이언량은 희고 둥근 배를 내밀며 술잔을 연거푸 넉 잔이나 받았다.

좌수사가 직접 술병을 들고 군졸과 목수와 대장장이 들에게 술을 따르자, 모두들 감동하여 큰절을 넙죽넙죽 올렸다. 권준, 신호, 이순신(李純信) 등 여러 장수들도 기쁘게 잔을 들이켰다. 그러나 술이라면 자다가도 벌떡 일어나던 정운은 무엇이 불만인지 아직 술잔을 입에도 대지 않았다. 신호가 정운 곁으로 다가와서 낮은 목소리로 타일렀다.

"정 만호! 표정이 왜 그런가? 자, 어서 한 잔 해. 판옥선에 거북선까지 있으니 전라 좌수군은 열 배는 더 강해질 걸세. 나 군관을 비롯하여 선소 소속 군졸들도 열심히 한 것은 사실이지만 오늘 이 공은 우선 좌수사께 돌아가야 마땅해. 참으로 대단한 집념이 아닌가."

정운이 고개를 푹 숙이며 싫은 소리를 해 댔다.

"형님! 저 거북선이 그렇게 대단한 겁니까? 거북선만 있으면 뭘 합니까? 돌진을 해서 적을 무찌르려면 용기 있는 장졸들이 우선입니다. 목숨을 걸고 선봉을 자처하는 장졸이 없으면 아무 소용없지요. 경상 우수사 원균 장군과 같은 맹장이 우리에게 필요하다 이 말씀입니다."

신호가 혀를 끌끌 차 댔다.

"허어, 자네 아직도 좌수사께 앙금이 남은 게야? 저 장졸들을 보게. 사기가 하늘 끝까지 올라갔네. 지금껏 부임한 좌수사 중에서 누가 장졸들 사기를 저렇듯 끌어올렸는가? 나도 처음엔 불안하고 썩 기분이 좋은 것만은 아니었네. 하나 서애 대감이 탑전에서 적극 추천하였다기에 무엇인가 남다른 면모가 있겠거니 생각했네. 한데 과연 용병술이 탁월하지 않는가?"

"아직 바다 싸움을 한 번도 치르지 않았습니다. 용병술 운운하는 건 너무 성급한 이야기죠."

"아닐세. 하나를 보면 열을 알 수 있지. 보통 사람이라면 나 군관에게서 숨은 재능을 발견하지 못했을 걸세. 자네도 보았지만 하루 종일 배 만드는 일에만 빠져 있는 반미치광이 아닌가. 게다가 흥분하면 말까지 더듬지. 하나 좌수사께서는 단점보다는 장점을 중히 여기셨네. 그 탁월한 지인지감이 바로 저 거북선을 낳은 것이고. 아직 선보인 바는 없으나 전투에서도 좌수사는 놀라운 용병술을 보일 걸세. 그러니 자네도 이만 마음을 고쳐먹게나. 자, 내 술 한 잔 받게."

정운은 신호가 부어 주는 술을 받았다. 그러나 입술에 대었다 놓을 뿐 마시지는 않았다. 장졸들 사이를 한 바퀴 돌고 온 이순신이 정운에게 다가왔다. 정운은 고개를 돌려 일부러 모른 체했다. 이순신이 밝은 음성으로 말했다.

"정 만호! 나랑 잠시 걸읍시다. 세검정을 둘러보는 게 어떻겠소?"

신호가 등에 손을 대고 정운을 가만히 떠밀었다. 술병을 든 이순신이 앞장을 서고 정운이 네댓 걸음 뒤에서 말없이 따랐다. 몸이 아파 세검정에 남은 군졸들까지 모두 잔치판에 끼어드는 바람에 오히려 세검정 앞마당은 조용했다. 바다를 보며 두 사람은 나란히 섰다. 이순신이 먼저 술병을 정운에게 내밀었다.

"한잔 드시오."

"좌수사께서 먼저 드십시오."

이순신이 사양 않고 병목에 입을 대고 탁주 세 모금을 들이켰다. 정운도 병을 건네받자 딱 그만큼만 마셨다. 이순신이 고갯짓으로 떠들썩한 굴강 근처를 가리키며 말했다.

"아마도 쉽지 않은 싸움이 될 게요. 거북선을 만들고 총통을 다듬고 진법을 새로 짜더라도 장졸들이 군령을 엄히 지키지 않으면 헛수고라오. 정 만호! 수고스럽겠지만 부디 정 만호가 책임지고 장졸들이 흐트러지지 않도록 기강을 바로잡아 주시오."

정운이 눈을 크게 떴다. 예상치 못한 제안이었던 것이다.

"장군! 어찌 소장에게……."

"정 만호만이 그 일을 할 수 있소. 장졸들이 날 어찌 보고 있는지 잘 아오. 아직 장졸들에게 완벽한 믿음을 주지 못한다는 것도. 정 만호는 경상 우수사 원균 장군에게 버금갈 만한 수군 최고 맹장이 아니오? 그런 정 만호가 앞에 서서 기강을 세운다면 장졸들이 기꺼이 따르리라 보오. 전투가 시작되면 정 만호에게 선봉을 부탁할까 하오. 정 만호와 같이 죽음을 두려워하지 않는 장수가 투지 있게 장졸들을 이끌지 않는다면 설령 거북선 백 척이 있다 해도 어디에 쓰겠소. 정 만호 뜻은 어떠시오?"

정운은 눈에 띄게 얼굴빛이 밝아졌다.

"감사합니다. 장군! 선봉을 맡겨만 주시면 이 목숨 다할 때까지 싸우고 또 싸우겠습니다. 장군 말씀대로 왜놈들이 급습해 온다면, 단숨에 쓸어버리고 원 장군을 도와 쓰시마 섬으로 건너갔으면 합니다."

이순신은 잠시 시선을 내린 채 침묵했다.

"좋소. 저 거북선에 생명을 불어넣을 장수는 정 만호뿐이오. 앞으로 정 만호를 중심으로 진법을 구사하겠으니 부디 날 도와 주오.”

　이순신이 다시 술병을 내밀었다. 정운이 이번에는 거절하지 않
고 받았다.

　“믿어 주십시오. 단번에 왜선을 박살내겠습니다.”

　정운이 벌컥벌컥 탁주를 들이키는 동안 이순신은 그윽한 눈으
로 바다를 쳐다보았다. 방금 전까지 거북선이 돌진하던 곳을 눈
으로 대충 그려 보는 듯했다.

　전쟁이 코앞에 다가와 있었다.

十五. 선조의 야망, 왜국 정벌

임진년(1592년) 사월 십삼일 아침.

류성룡은 혈허증(血虛症)으로 꼬박 열흘을 누워 있었다. 훈(暈, 어지러움)이 워낙 심해서 뜰을 산책하기도 힘들 정도였다. 선조는 직접 내의원에 명하여 병을 살피게 하였다. 진단 결과 격무에 시달려 기가 많이 쇠하였을 뿐 큰 병은 발견되지 않았다. 고향으로 돌아가서 노모를 모시고 싶다는 상소는 끝내 받아들여지지 않았다.

지루한 봄비가 닷새를 꼬박 내려 순백색 은난초 꽃잎을 모두 떨어뜨렸다.

급히 입궐하라는 어명을 받고 주섬주섬 입은 관복이 그렇게 무거울 수 없었다. 사모를 쓴 이마에 땀방울이 송골송골 맺혔고 관대를 하니 몸이 자꾸 젖혀졌다.

'목화가 천근이겠구나.'

쌍학흉배(雙鶴胸背)를 물끄러미 내려다보았다. 칭병하고 입궐하지 않을 수도 있으나 그런 여유를 부릴 때가 아니었다.

어젯밤 다녀간 허균은 보름 안에 전쟁이 터진다고 했다.

"스승님, 저잣거리를 활보하던 왜국 간자들이 감쪽같이 사라졌습니다. 바야흐로 때가 닥친 것이지요."

허균은 피란 채비를 이미 다 마쳤으니 함께 난을 피하자고 권했다. 풍이 세긴 하지만 그런 일로 농담을 할 위인은 아니었다.

"대감마님, 우찬성(右贊成) 정탁(鄭琢) 대감과 대제학(大提學) 이덕형(李德馨) 대감께서 오셨사옵니다."

"뫼시어라!"

일흔 살에 가까운 정탁과 이제 갓 서른 살을 넘긴 이덕형이 나란히 들어왔다. 두 사람 모두 입궐하던 길이었기에 관복 차림이다.

"어허, 벌써 입궐하시게요?"

정탁이 놀란 눈으로 관복을 입은 류성룡을 살폈다. 같은 퇴계 문하였지만 이십 년 가까운 나이 차이 때문에 서먹서먹함을 감추기 어려웠으나, 작년에 함께 축성 계획을 짜면서 급속히 가까워졌다. 정탁이 정여립 당으로 몰려 작년에 억울하게 죽은 정언신에 버금갈 만큼 병법에 조예가 깊었으며, 두 차례나 명나라에 다녀온 덕분에 명나라와 왜국 실정에 밝다는 점을 류성룡은 높이 평가했다. 또한 정탁은 이순신, 권율(權慄), 김시민(金時敏) 등 신진 장수들을 천거함으로써 왜란을 대비하려는 류성룡에게 큰 힘이 되었다.

"어명이 내렸습니다."

"저런……, 괜찮겠습니까?"

"괜찮습니다. 그나저나 신립, 이일 두 장군이 순변을 마치고 돌아왔다고 들었습니다만."

"전하께서 두 장군만 따로 부르셨기에 사정은 자세히 모릅니다만 심상찮은 기운이 느껴지긴 합니다."

"심상찮은 기운이라면?"

류성룡은 그때까지 침묵을 지키던 이덕형 쪽으로 눈길을 돌렸다. 서른 살 젊은 나이로 당상관인 대제학에 오른 이덕형은 매사에 신중하고 말을 아끼는 위인이었다. 도승지 이항복과 함께 장난꾸러기로 온 장안을 떠들썩하게 했던 어린 시절 풍문이 믿기지 않을 정도였다. 하지만 이덕형은 너무 이른 나이에 정이품 대제학에 오른 탓에 사소한 실수에도 곧장 입방아에 올랐다. 그래서인지 류성룡이나 정탁처럼 연배가 한참 위인 대신들 앞에서는 더욱 말조심을 했다.

"진작 찾아뵙지 못해 송구하옵니다."

이덕형이 먼저 예의를 차렸다. 류성룡은 모든 걸 이해한다며 고개를 끄덕였다. 선조는 훤칠한 키에 잘생긴 얼굴, 능숙한 언변을 지닌 류성룡과 이덕형에게 외교를 거의 일임하고 있었다. 류성룡이 병석에 누웠으니 외교를 총괄하는 것은 당연히 이덕형 몫이다. 류성룡이 이덕형에게 물었다.

"신립 장군이 많은 군졸들을 붙잡아 곤장을 치고 하옥했다 들었습니다. 모두 몇이나 된답니까?"

이덕형이 차분하게 답했다.

"스무 명입니다. 명령 불복종이 열, 군량미 유용이 여섯, 군역 도피가 넷이라더군요."

"허어참, 군량미 유용이나 군역 도피는 그렇다 쳐도 명령 불복종이 뭡니까? 자기 말을 안 듣는다고 곤장을 마구 쳤단 말입니까?"

류성룡이 혀를 끌끌 찼다. 이덕형이 표정 하나 바꾸지 않고 대답했다.

"모두 군율에 따라서 벌을 내린 겁니다. 장수가 내린 명을 어긴 자는 참할 수도 있으니 곤장 정도는 가벼운 벌이지요."

정탁이 말을 중간에 잘랐다.

"누가 그걸 모릅니까? 하나 신립 장군과 이일 장군은 매번 그럽니다. 일단 곤장을 때려 놓고 시작한다 이 말입니다."

이덕형이 이의를 달았다.

"신립, 이일은 조선 제일 명장입니다. 육진을 철통같이 지켜 낸 용장이지요. 장수가 현인(賢人)처럼 인자하고 자애로우면 더할 나위 없겠지만, 때론 잔인하다는 평을 들을 만큼 군율을 엄격히 적용할 때도 있어야 한다고 봅니다. 자애롭게 병사들을 감싸다가 전투에서 패하는 것보다는 몇 명을 본보기로 처형하더라도 전투에서 승리하는 것이 더 중요하겠지요. 군졸들은 장수를 어느 정도는 두려워해야 하며, 신립 장군이나 이일 장군은 그 두려움을 이용해 승리를 이끌어 내는 장수들입니다."

"그래서? 지금 그이들이 잘했다고 두둔하는 게요?"

정탁이 언성을 높였다. 류성룡은 신립과 이일을 편드는 이덕형을 똑바로 쳐다보았다. 이덕형은 이순신을 전라 좌수사로 임명하는 것도 반대했다. 아무런 전공도 없는 사람을 정삼품 수사에 올려놓을 수는 없다는 것이었다. 그때 류성룡은 이덕형을 따로 불러서 비대발괄(간절히 청하여 빎)하다시피 부탁했다.

"이순신은 곧 내 분신일세. 만약 이순신이 제대로 수사 노릇을 못하면 내가 물러나지. 제발 내 지인지감을 믿어 주시게."

"아니, 정읍 현감 이순신이 어찌하여 대감 분신이 된단 말씀입니까? 이 현감이 남솔 때문에 지탄을 받고 있음을 대감께서도 아시지 않습니까? 풍문대로 이 현감이 어려서부터 대감과 같은 마을에서 자랐기 때문입니까? 대감이 지니신 탁월한 지인지감을 의심하는 건 아니지만 그래도 이순신 한 사람만을 지나치게 두둔하는 건 곤란하지 않겠습니까?"

류성룡이 정색을 하고 물었다.

"자네가 가장 존경하는 분이 정암 선생이라 들었네. 그러한가?"

"갑자기 왜 그것을……"

"나 역시 정암 선생을 가장 존경한다네. 정암 선생이 아니었다면 지금처럼 사림이 조정 공론을 주도할 수도 없었겠지. 서로 의견이 달라 다투기도 하지만 크게 보면 우린 모두 정암 선생이란 큰 줄기로부터 뻗어 나온 가지들일세."

"그렇습니다."

선조가 왕위에 오른 시기를 전후하여 조정으로 진출한 사림들

중에 정암 조광조를 흠모하지 않는 이는 없었다.

"이 현감은 다른 장수들과는 다르다네."

"무엇이 다르단 말씀이십니까?"

"매일『소학』을 읽는다네."

"『소학』이라고요!"

"그렇다네. 장수들 중에 과연 이 현감처럼 날마다 정암 선생을
본받으려고 애쓰는 이가 있겠는가?『소학』은 사도(斯道)를 지키는
데 근본이 되는 서책일세. 피비린내 나는『무경칠서』를 앞세우는
것보다 날마다『소학』을 뒤적이면서 먼저 공맹의 도를 따져 보는
장수가 한 사람쯤은 조선에 있어야 하지 않겠나. 활을 든 사림
(士林)이 말일세."

"활을 든 사림……이라 하셨습니까?"

"그래. 이제 왜 내가 이 현감을 내 분신 같은 사람이라 하는지
알겠지. 이 현감이나 나나 자네는 같은 줄기에서 나온 가지일세.
알겠는가?"

이덕형은 그래도 이순신이 썩 마음에 드는 것은 아니었다. 매
일『소학』을 읽으며 정암 선생을 생각하고, 공맹의 도를 따르려
고 부단히 애쓴다는 류성룡 말을 믿을 수도 없었거니와, 또 아무
리 정암 선생을 따른다 해도 장수는 장수로서 제 역할을 해야 한
다는 생각이 들었던 것이다. 그러나 그 은밀한 대화에서 이덕형
은 적어도 류성룡이 지연(地緣) 때문에 이순신을 감싸고도는 게
아니라는 것만은 확실히 알게 되었다. 활을 든 사림! 과연 무신
들 중에서 사림의 사상과 문장을 배우고 익히려는 이는 이순신뿐

인 듯도 했다.

류성룡과 이덕형은 사람을 대하는 방식이 극과 극이었다. 류성룡이 상황에 따라 적절하게 말과 표정을 바꾸는 임기응변에 능하다면, 이덕형은 먼저 원칙을 제시하여 상대 기를 꺾고 대세를 장악하는 수순을 밟았다. 위기에서 빠져나오기 위해 말을 아끼는 기회주의자가 아니라 최후까지 승기가 오기를 기다리다가 단칼에 승부를 내는 검객인 것이다. 류성룡은 어색해진 분위기를 바꾸려고 노력했다.

"허허, 병문안 오신 분들이 환자에게 덕담 한마디 없으십니까? 몸에 좋은 선약이나 양기를 보충할 기방이라도 일러 주십시오. 조정 일은 입궐해서 잘잘못을 가리면 되겠지요. 전하께서 부르시는 것도 아마 이번 순변과 연관이 있을 겁니다. 자, 어서들 일어나시지요."

봄비가 거쳐 간 뒤여서인지 열흘 만에 찾은 대궐은 청아하고 화사했다. 여기저기 피어난 봄꽃들이 시심을 절로 불러일으켰다.

류성룡은 대청에서 잠시 숨을 고르며 대신들과 인사를 나누었다. 열흘 동안 조정을 비웠지만 별다른 일은 없는 듯했다. 영의정 이산해와 한성 판윤 신립이 보이지 않았다. 이미 어전회의가 시작된 모양이었다.

류성룡은 서둘러 선정전으로 향했다.

"그래, 몸은 좀 어떤가?"

"다 나았사옵니다. 보잘것없는 몸을 추스르지 못해 성심에 누를 끼친 죄가 크옵니다. 벌하여 주시옵소서."

류성룡은 머리를 조아리며 좌우를 슬쩍 훔쳐보았다. 영의정 이산해와 병조 판서(兵曹判書) 홍여순(洪汝諄), 신립, 이일이 나란히 앉아 있었다.

"그만하니 다행이야. 이제부턴 대제학 이덕형과 일을 나누어서 하도록 하라. 좌상이 없으니 답답해서 견딜 수가 없구나. 이제 다시는 과인 곁을 떠나지 마라. 알겠느냐?"

"우로(雨露)와 같은 성은이 망극하옵니다."

조정에는 어심을 미리 헤아려 대처하는 신하가 드물었다. 아무리 총명한 이덕형이라도 법 위에 서고픈 어심을 조목조목 살필 만큼 노련하지는 못했다. 류성룡은 어좌 앞에 펼쳐진 지도를 보았다. 제목도 없고 네 모서리가 낡아서 너덜너덜해진 지도에 그려진 땅은 왜국이었다.

"좌상. 이 지도를 보라. 범옹(泛翁, 신숙주의 자) 문집에서 우연히 찾은 『왜국 전도(倭國全圖)』이니라. 농사를 짓고 가축을 키울 만큼 크고 비옥한 땅이 아닌가?"

"그, 그렇사옵니다."

"왜가 이렇게 큰 땅이라는 사실을 진작 알았더라면 세월을 허송하지 않았을 것이다. 아니 그렇소, 신 장군?"

선조는 신립에게 동의를 구했다. 신립이 큰 소리로 대답했다.

"전하, 아직도 늦지 않았사옵니다. 일 년만 말미를 주십시오.

대장군 이일과 함께 왜국 정벌의 선봉에 서겠습니다. 신을 믿어
주시옵소서."

'왜국 정벌이라고!'

류성룡은 두 귀를 의심했다.

'대마도에서 전쟁 준비를 마친 왜군이 곧 몰려온다지 않는가.
방비책을 마련해야 할 판에 정벌을 논하는 것은 어불성설이 아
닌가.'

"신 장군이 선봉에 서겠다니 과인 마음이 든든하오. 한데 왜국
을 치려면 바다를 건너야 할 것이 아니오?"

신립이 짙은 눈썹을 추켜세우며 거침없이 답했다.

"이런 일이 있을 줄 알고 신이 미리 경상 우수사 원균에게 언
질을 주었사옵니다. 언제든지 왜를 칠 수 있도록 군선을 준비하
라 일렀으니, 겨울이 오기 전에 채비가 끝날 것이옵니다."

"잘했소. 역시 신 장군은 선견지명이 있으시오. 한데 원균은
어떤 장수인가?"

이일이 대답했다.

"원균은 신과 생사고락을 함께했던 용장이옵니다. 일찍부터 북
삼도에서 여진족과 싸워 많은 전공을 세웠습니다."

선조가 날카로운 눈매로 쏘아보았다.

"하나 종성 부사로 있으면서 군졸을 다섯이나 죄 없이 참했다
던데?"

선조가 갑자기 역공을 퍼붓자 이일은 쭈뼛쭈뼛 대답을 못했다.
따사롭던 분위기가 갑자기 싸늘해졌다. 상소문 수백 장을 줄줄

외워 대는 선조에게 기습을 당한 것이다. 신립이 이일을 도왔다.

"전하. 장수는 군율에 따라 엄하게 군사들을 다스려야 하옵니다. 젊은 서생들은 육진에서 장수들이 호의호식하며 야인들과 활쏘기 시합이나 한다고 여기는지 모르지만, 실상은 하루에도 열두 번씩 사경을 넘나들고 있사옵니다. 그곳에서 군령을 어기는 것은 곧 죽음입니다. 군령을 어기고도 살아남는 군졸이 있다면 화살이 빗발치는 적진으로 아무도 돌진하지 않을 것이옵니다. 원균이 죽인 군졸 다섯은 돌진하라는 명을 어기고 비겁하게 뒷걸음질쳤을 뿐만 아니라 야인 포로를 마음대로 석방한 자들이옵니다. 참형이 당연하지요."

"하면 원균에겐 죄가 없다?"

"그렇사옵니다. 그런 군졸들은 백이면 백 모조리 참수해야 하옵니다. 또한 그런 군졸을 불쌍히 여기는 서생들 역시 버릇을 고쳐 놓아야지요."

"버릇을 고친다?"

"소를 올린 자들을 일 년만 육진으로 보내시옵소서. 장수들이 겪는 간난신고(艱難辛苦)를 직접 체험하게 한 후에 복직시키시옵소서."

"호오, 백문이 불여일견이라! 좌상 생각은 어떤가?"

선조는 칼날을 류성룡에게 돌렸다. 류성룡이 동의하면 당장이라도 홍문관 학사들을 육진으로 보낼 기세였다. 류성룡은 떨리는 목소리로 입을 열었다.

"일단 육진에 속한 장수들을 위해 술과 음식을 보내시옵소서.

문신들을 변방으로 보내는 것은 고금에 없는 일인 바 대청에서 논의한 후 다시 아뢰겠사옵니다."

류성룡은 일단 발을 뺐다. 선조는 능숙하게 빠져나가는 그 수완이 녹슬지 않았음에 흡족한 표정을 지으며 다시 이일 쪽으로 시선을 옮겼다.

"전라도는 어떻던가?"

이일은 눈에 띄게 허둥댔다.

"벼, 별다른 일 없었사옵니다."

선조는 곤룡포로 가리고 있던 상소문 하나를 꺼내 들었다.

"이게 뭔지 아는가?"

"모르옵니다."

"정여립 잔당들이 황해안과 남해안에 숨어 살고 있음을 알리는 상소이니라. 한데 너는 전라도를 순변하면서 해안까지는 가지 않았다던데, 사실이냐?"

"......"

선조 입에서 정여립 이름이 거론되는 순간 이일은 얼굴이 백짓장처럼 하얗게 질렸다. 역도들이 숨어 있는 곳을 암행하지 않은 죄는 하늘에 닿고도 남음이 있었다.

"그렇사옵니다. 경기도와 황해도를 순변하러 떠난 신 장군과 한양에서 만나기로 약조한 날짜를 맞추기 위해 남해안 고을 몇 군데는 둘러보지 못했나이다."

이일은 물귀신처럼 신립을 끌어들였다. 하지만 선조는 질책을 멈추지 않았다.

"전라 우수사 이억기와 전라 좌수사 이순신은 한때 네 부하였다지?"

"그렇사옵니다. 신이 함경 북병사로 있을 때 휘하에 거느렸사옵니다."

"이억기와 이순신은 어떤가? 너를 도와 반역을 도모할 만한 장수들인가?"

'반역이라니?'

순식간에 사색이 된 이일이 헛바람을 삼키면서 코를 박고 울부짖었다.

"바, 반역이라니요? 천부당만부당하시옵니다. 저언하아! 신 이일. 전하를 위해 평생토록 목숨 바쳐 싸웠사옵니다. 전하께서 죽으라시면 차라리 혀를 깨물고 죽겠사옵니다. 반역이라니요? 당치 않사옵니다. 통촉하시옵소서."

선조는 익선관(翼善冠)이 흔들릴 만큼 분노하고 있었다.

"그렇다면 정여립 잔당들이 이순신과 이억기 휘하로 숨어들어 수군이 된 까닭이 무엇인가? 그리고 네가 그곳을 둘러보지도 않은 건 무슨 이유인가? 이실직고하렷다. 너희들 역적모의를 과인이 모를 줄 알았더냐?"

이일은 피가 날 만큼 이마를 바닥에 쾅쾅 찧으며 소리쳤다.

"억울하옵니다. 전하. 차라리 신을 죽여 주시옵소서."

선조는 얼굴에 피와 눈물이 뒤범벅된 이일을 오랫동안 응시했다. 신립도 이번에는 도울 수가 없었다. 자칫 잘못하다가는 함께 역적으로 몰릴 상황이었다. 이일이 울음을 그치기를 기다렸다가 선조가 짧게 명령했다.

"물러가라. 그동안 당동벌이(黨同伐異, 시비와 곡직을 가리지 않고 자기편에는 무조건 동조하고 상대편은 덮어놓고 공격하여 배척함)한 죄를 낱낱이 적어 올리도록 하라."

이일이 뒤뚱대며 편전에서 물러났다. 선조는 그 이마에 피멍이 맺힌 것을 보면서 흡족해 하는 표정을 떠올렸다. 정여립이 난을 책동한 후부터 선조는 그 누구도 믿지 않았다.

'정언신을 비롯하여 충성을 맹세했던 그 많은 신하들이 정여립과 내통하지 않았던가. 군졸과 무기만 있으면 언제라도 왕위를 노릴 위인들이었다.'

선조는 군졸들을 직접 거느리고 있는 장수들을 한 자리에 이 년 이상 머물지 못하게 했으며 한양에 있는 동안에는 수시로 충성심을 시험했다. 이름 높은 장수일수록 더욱 혹독하게 다루었다.

'이일처럼 팔도에 이름난 장수가 반역을 모의한다면 큰일이 아닐 수 없지. 의리를 앞세우며 편 가르기를 즐기는 것은 칼을 찬 장수들이라면 삼황오제 때부터 지금까지 변하지 않는 속성이 아닌가. 원균, 이억기, 이순신이 모두 이일 휘하에 있었던 장수들이었다면 일단 이일을 위협해 버릇을 고쳐 놓을 필요가 있지. 인간이란 본래 은혜를 쉽게 망각하고 변덕이 심하며 염치를 모르는 동물이 아닌가.'

"신 장군, 군사는 어느 정도면 되겠소? 며칠이면 왜국을 점령할 수 있겠소?"

한결 부드러워진 성음을 듣고 신립은 표정이 밝아졌다. 이일을 당장 벌하지는 않을 듯했다. 신립은 지도를 쓰윽 훑은 후 자신 있게 대답했다.

"만 명이면 충분하옵니다. 경상, 전라 양도에 속한 군졸들만 모아도 족히 됩니다. 소장에게 한 달만 주시옵소서. 왜왕 머리를 전하께 바치겠나이다."

"만 명에 한 달이라······. 과인도 그리 생각하고 있었소. 좋소, 이 일은 신 장군이 책임지고 추진하도록 하시오."

"알겠사옵니다. 전하!"

"영상!"

선조가 이산해를 찾았다.

"예, 전하."

"신 장군이 왜왕 머리를 베고 나면 조선은 그 땅을 어떻게 통치하는 것이 좋겠는가?"

선조는 벌써 왜국을 점령한 것처럼 들떠 있었다.

"전하께서 직접 다스릴 수도 있사옵고 제후국으로 다스릴 수도 있사옵니다."

이산해는 여러 가지 가능성을 열어 두며 몸을 사렸다. 선조가 얼굴을 찌푸렸다. 만족할 만한 답이 아니었던 것이다. 류성룡이 대답할 차례였다.

"전하께서는 한양을 떠나시면 아니 되옵니다. 한 차례 둘러보시는 것은 고려할 수 있사오나 그곳에서 통치하실 수는 없는 일이옵니다. 왜인으로 제후를 삼아서도 아니 되옵니다. 말과 풍습이 비슷한 춘추 시대에도 황실 명을 어기는 반란이 일어났는데,

하물며 말과 풍습이 다른 저들에게 힘을 준다면 반란이 끊이지 않을 것이옵니다."

"그렇다면 어떻게 한단 말인가?"

"왕자들로 하여금 그 땅을 다스리게 하시옵소서. 그곳에 분조(分朝, 또 하나의 조정)를 두어 모든 힘과 권위를 왕실에 귀속시키고, 일 년에 두어 번 왕자들을 한양으로 불러 공과를 가리시면 될 것이옵니다."

그 말을 듣자 선조는 금방 얼굴이 밝아졌다.

"역시 좌상은 과인 마음을 헤아리는도다. 장성한 왕자들이 음풍농월로 세월만 보내고 있으니 왕자들을 보내면 될 것이야. 신립 장군이 왜국을 정벌할 때 왕자들을 종군시키는 것이 좋겠군. 어차피 다스려야 할 땅이라면 미리 살펴보는 것도 나쁘진 않지. 임해와 광해가 전쟁터로 나갈 만큼 나이를 먹었으니 우선 선발대에 포함시키도록 하겠다. 좌상 생각은 어떤가?"

임해군과 광해군을 멀리하겠다는 뜻을 공개적으로 밝힌 것이다. 류성룡은 손을 잡고 또렷한 눈동자로 도움을 구하던 광해군이 머릿속에 떠올랐다. 광해군이 세자 지위에 오르지 못한다면 또 다른 피바람이 밀려올 것이었다. 태종 대왕이나 세조 대왕 때 있었던 잘못을 반복해서는 아니 되었다.

"왕자들을 선발대에 포함시키는 것은 차후에 논의하시옵소서. 신립 장군이 승전보를 몇 차례 전한 후에 왕실에서 움직이는 것이 좋을 듯하옵니다. 원나라에게도 끝까지 항거한 왜인들인지라 저항이 만만치 않을 것이옵니다."

신립이 류성룡을 향해 히죽 웃었다.

"짐승만도 못한 놈들이옵니다. 머리를 쓰다듬으며 일단 달랜 후 그래도 말을 듣지 않으면 모조리 베어 버릴 따름이옵니다."

선조가 용수(龍鬚)를 쓸어내리며 신립 편을 들었다.

"역시 신 장군이시오. 함경도나 평안도 군사들에 비해 전라도와 경상도 군사들은 허약하다고 들었는데, 정벌을 시작하기 전에 육진 군사들처럼 강하게 만들 자신이 있소?"

류성룡은 혀끝에 침을 발라 바싹 마른 입술을 적셨다.

'기회는 뜻하지 않은 순간에 찾아든다고 했던가.'

선조는 정여립 난을 겪은 후 군사 양성에 과민 반응을 보여 왔다. 축성은 군사 양성을 직접 아뢰지 못해 부득불 택한 우회로였다. 한데 왜국 정벌을 거론하면서 자연스럽게 군사를 기르는 문제가 제기된 것이다. 류성룡은 이 기회를 틀어쥐었다.

"지당하신 분부이시옵니다. 강병을 육성하는 것과 아울러 제승방략을 진관법(鎭管法)으로 바꾸는 것이 어떻겠사옵니까? 일찍이 김종서가 육진을 개척하면서 만든 제승방략은 장졸들이 약속된 장소로 물러난 후 조정에서 파견한 장수가 지휘하면서 적을 물리치는 방어 체계이옵니다. 몇몇 고을로 몰려와서 노략질만 하고 물러가는 오랑캐라면 능히 제승방략으로 물리칠 수 있겠으나, 많은 군사가 쉼 없이 치고 올라온다면 장수가 도착하기도 전에 군졸들을 모두 잃을 위험이 크옵니다. 단 한 번만 패배해도 모든 것을 잃을 수도 있사옵니다. 차라리 각 진관에 있는 장수들에게 지휘권을 부여한 후 그 고을 지형과 특색을 살려 적과 맞서게 한다면 훨씬 싸우기가 용이할 것이옵니다. 경상도를 예로 든다면 김해(金海), 대구(大邱), 상주(尙州), 경주(慶州), 안동(安東), 진주(晉州) 등 여섯 고을을 진관으로 삼으면 될 것이옵니다. 한 진에서 비록 패하더라도 다른 진이 군사를 엄중히 단속하여 굳건히 지킨다면 한꺼번에 허물어지는 낭패를 면할 수 있사옵니다."

선조는 아무 말 없이 신립에게 시선을 옮겼다.

작년 겨울에 이미 여진이나 왜를 막는 데는 제승방략만으로도 충분하다는 결론을 내린 바 있었다. 그때도 류성룡은 국가와 국가 사이에 전쟁이 났을 때 제승방략이 어떤 단점이 있는가를 정확하게 지적한 바 있었다. 전투에서 가장 중요한 것은 장졸들 사기인데, 제승방략은 패배를 자인하며 계속 뒤로 후퇴하는 전법을 쓸 수밖에 없다는 것이다. 약속된 후방에 군사들이 모이면 다행이지만, 잇따른 패배로 전의를 상실한 군사들이 달아나거나 조정에서 파견한 장수가 늦게 내려온다면 소 잃고 외양간 고치는 격이었다. 처음부터 적은 군사로라도 결사 항전하는 진관법이 더 나은 방비책일지도 몰랐다.

신립은 작년처럼 코웃음만 칠 따름이었다.

"전하, 신은 제승방략으로 육진을 지켰사옵니다. 녹둔도를 비롯한 몇몇 고을에서 있었던 패전은 진관법이 지닌 한계를 여실히 보여 주었사옵니다. 선불리 성문을 닫아걸고 지키다가는 몰살당하기 십상이옵니다. 신이 축성을 반대한 것도 군사들이 성에 의지해서 목숨을 지키려는 나약한 마음을 먹을까 염려하기 때문이옵니다. 왜구가 노략질하러 오면 피해를 최소화해서 한 걸음 물러셨다가 질풍처럼 공격하면 그만이옵니다. 신을 믿으시옵소서."

평소라면 이쯤에서 논의를 그쳤을 것이었다. 류성룡은 결코 어심을 어지럽히는 정도까지 나아가지 않았다. 과유불급(過猶不及)은 류성룡이 평생 처세에서 화두로 삼아 온 것이었다. 그러나 오늘은 달랐다. 열흘 동안 자리보전한 탓에 아직 미열이 남아 있는데다 피란을 떠나면서 안타깝다는 듯 돌아본 허균이 자꾸 눈에 밟혔다. 종묘사직을 지키고 만백성들 목숨을 구할 마지막 기회를 놓칠 수는 없었다.

결심을 굳힌 류성룡이 떨리는 음성으로 아뢰었다.

"전하, 대마도에 수많은 왜군들이 집결해 있다 하옵니다. 곧 경상도와 전라도에 왜국 정병들이 쳐들어올 것이며, 그러고 나면 제승방략은 무용지물이 될 것이옵니다. 속히 영을 내리시어 작년에 쌓은 성을 중심으로 군사들을 모으고 진을 튼튼히 지키도록 하시옵소서."

"불윤(不允, 허락할 수 없다.)!"

목소리에 짜증이 배어 있었다. 왜국 정벌을 논의하는 마당에 왜구들 노략질에 대비하자는 주장이 귀에 들어올 리 없었다.

"좌상은 점점 율곡을 닮아 가는구나. 예전에 율곡이 양병을 주장할 때는 앞장서서 비난하더니 이제 와서 마음이 바뀐 것이냐? 왜구들 노략질이 어제오늘 일도 아니고, 설령 왜구가 바다를 건너온다손 치더라도 선례에 따라 막으면 된다. 더군다나 좌상이 올린 계책대로 새롭게 축성도 했고 신 장군이 순변까지 마쳤는데 걱정할 것이 무엇이냐? 꼬리조팝나무처럼 움츠러들려고만 하는구나."

"전하, 이 나라 종묘사직을 위해 올리는 말씀이옵니다. 통촉하시옵소서."

"듣기 싫다. 병석에 있는 동안 못된 생각만 늘었구나. 오늘은 좌상이 꼭 사서(社鼠, 사(社)에 사는 쥐를 잡기 위해 연기를 피우자니 사가 탈까 두려워 못한다는 데서 연유한 말. 임금 측근에 있는 간신을 비유한 말.) 같구나."

류성룡은 자기도 모르게 눈물을 뚝뚝 흘렸다. 불호령을 내리던 선조도 류성룡이 눈물을 흘리자 말을 끊었다. 선조는 여태껏 류성룡이 어전에서 눈물 흘리는 걸 본 적이 없었다. 류성룡은 언제나 역사와 공맹에 기대어 부드럽고도 의연하게 우불(吁咈, 임금과 신하가 정사를 논하면서 기탄없이 의견을 개진함)을 드러내던 신하였던 것이다.

"이게 무슨 일인가? 어서 눈물을 거두시게."

이산해가 황망히 류성룡을 질책했다.

류성룡은 손바닥으로 눈물을 훔치며 감히 얼굴을 들지 못했다.

'이제 감정을 추스르지도 못할 나이가 되었는가.'

류성룡은 새삼 자기 몰골이 한심스러웠다.

"전하, 신을 벌하여 주시옵소서. 본디 신은 공부가 얕고 됨됨이가 간교하여 정승 자리에 오를 위인이 아니었나이다. 성은을 입어 지금까지 자리를 지켰으나 몸은 병들고 정신도 혼미하여 더 이상 국가 대사를 논할 수 없사옵니다. 또한 신에게는 늙고 병든 노모가 있사옵니다. 못다 한 효를 할 수 있도록 널리 살펴 주시옵소서."

"불윤(不允)!"

류성룡이 하는 말이 옳을 수도 있었다. 하나 지금으로서는 그 말을 받아들일 이유가 없었다. 선조는 잠시 생각에 빠져들었다.

정치는 옳고 그름을 가리는 자리가 아니다. 조정에는 언제나 두 가지 상반된 입장이 있게 마련이며, 군왕은 그중 하나를 선택해야 한다. 그럴 때 군왕이 늘 옳고 그름을 정확히 가릴 수 있는 것은 아니다. 군왕은 다만 신하들 말을 듣고 그 책임을 물을 따름이다. 훗날 신립이 주장한 게 틀렸다면 류성룡을 칭찬하면 되고 신립이 옳았다면 류성룡을 벌하면 그만이다.

그러므로 군왕은 신의를 지킬 필요가 없다. 억지로 신의를 지킴으로써 잘못을 인정하는 일은 피해야 한다. 군왕은 신의를 지키지 않더라도 얼마든지 자기 행동을 정당화할 수 있다. 법을 고치거나 신하들을 내치면 그만이다.

물론 군왕이 드러내 놓고 신의를 어길 수는 없다. 폭군이 아니라면 군왕은 끝까지 도(道)와 예(禮)를 강조하며 하늘이 내린 가르침을 따라야 한다. 그게 힘들다면 적어도 그걸 따르는 척은 해야 한다. 넓디넓은 세상에서 어심을 헤아리는 사람이 몇이나 될까. 백성들은 단지 소문으로만 군왕을 논할 뿐이다. 그런 백성들을 속이는 건 아주 쉬운 일이다. 사서삼경에 적힌 대로 몇 차례 요순 흉내를 내면 소문은 삽시간에 방방곡곡으로 퍼져 나가는 것이다.

군왕은 그 누구도 믿어서는 아니 되며 고독을 두려워해서도 아니 된다. 군왕을 속이거나 농락할 수 없음을 신하들에게 똑똑히 가르쳐야 한다. 그러기 위해서는 신하들을 수시로 시험할 필요가 있다. 옛 군왕들이 때때로 법을 어기거나 예절을 무너뜨린 것은 다 이런 이유에서였다. 백성들에게 가혹한 형벌을 내리고, 미색을 탐하며, 멀리까지 군사를 일으킴으로써 신하들 태도를 살피는 것이다. 이때 법이나 예절보다 군왕을 위하는 신하는 끝까지 살아남지만, 군왕보다 나라를 걱정하는 신하들은 반 이상 죽음을 당하며, 군왕을 비난하는 신하는 죽음을 면치 못한다. 군왕을 두려워하지 않는 신하를 참형에 처해야만 신하들이 법보다 군왕을 더 두려워하게 된다. 군왕을 사랑하는 것은 백성들 뜻이지만 군왕을 두려워하게 만드는 것은 군왕이 뜻을 세우기만 하면 가능하다.

때때로 군왕이 넓은 아량을 베푸는 것은 두려움에 떠는 신하들을 다독거리기 위함이다. 원망하는 마음이 하나로 뭉치기 전에 흩어 버려야만 하는 것이다. 사돈인 신립에게 자주 뜻을 묻거나 나이 어린 이덕형에게 가끔씩 어주(御酒)를 내리는 것도 그 때문이다.

군왕의 길, 얼마나 힘들고 어려운 길인가.

선조는 어전 회의를 끝마친 후 모처럼 후원 산책에 나섰다. 십년 전까지만 해도 신하들과 함께 시도 짓고 술도 마시느라 자주 드나들던 곳이다. 율곡이 죽고 사림이 동서로 나뉜 후로는 후원 출입을 자제했다. 어심을 드러내도 좋을 노신들은 대부분 세상을 떠났고 그 제자들은 스승보다 그릇이 작았다. 정여립의 난 후에는 쉴 새 없이 신하들을 몰아치느라 한가로이 꽃구경, 연못 구경을 다닐 여유가 없었다. 그러나 오늘만은 봄꽃들을 두루 살피며 그동안 시름을 잊고 싶었다.

선조는 희정당을 둘러보고 내의원 동쪽 담장을 따라서 북로로 향했다. 왼쪽 문으로 들어서니 창경궁과 창덕궁 담장 사이로 야트막한 언덕길이 나왔다. 그 길을 따라 고갯마루로 올라서니 후원 정경이 한눈에 들어왔다. 선조는 잠시 걸음을 멈추고 숨을 고르며 경치를 둘러보았다. 색색 가지 꽃들이 후원을 가득 뒤덮고 있었다. 부용지(芙蓉池) 앞에서 뒤따르던 내시와 궁녀들을 물리쳤다.

"번거롭게 따를 필요 없다. 너희들은 여기서 기다려라. 윤 내관! 목이 마르구나. 옥정(玉井) 물맛은 여전하겠지?"

종이품 상선(尙膳)으로 내시부에서 가장 윗자리에 있는 대전 내관(大殿內官) 윤환시(尹桓示)가 앞장섰다.

옥정은 부용지 왼편에 있는 우물로 세종대왕 시절에 판 것이다. 그곳에는 마니(摩尼)·파리(坡璃), 유리(琉璃)·옥정(玉井) 등 우물 두 쌍이 있는데, 그중에서 옥정이 물맛으로 으뜸이었다. 윤환시는 옥정에서 정성껏 물을 길어 선조에게 바쳤다. 언덕을 넘어오느라 목이 말랐던 선조는 단숨에 물 한 잔을 들이켰다.

"좋구나. 오장육부가 다 시원하다. 너도 한 잔 하려느냐?"

"아니옵니다, 전하"

선조는 입맛을 다시며 은잔을 윤환시에게 돌려주었다. 이미 예순을 넘긴 윤환시는 공손하게 은잔을 받았다. 선조가 목소리를 낮추어 물었다.

"천(天), 지(地), 풍(風), 해(海)는 돌아왔겠지?"

감찰을 나간 내관들 행방이 궁금했던 것이다. 윤환시는 부용지 앞에 서서 별운검을 든 화(火), 뇌(雷), 운(雲)을 잠시 살폈다. 선조는 무예가 뛰어난 젊은 내관 일곱 명에게 각각 별명을 지어 주었다. 그 일곱은 선조가 거느리고 있는 보이지 않는 수족이었다. 별운검들이 궁 밖에서 은밀히 움직인다는 사실을 아는 자는 선조와 대전 내관 윤환시 둘뿐이었다.

"천, 지, 풍은 어제, 해는 오늘 아침에 돌아왔사옵니다. 몇 가지 석연찮은 점이 있사온데……"

윤환시가 족제비 같은 눈을 더 가늘게 떴다.

"무엇인가?"

"해의 말을 들으니 전라 좌수사 이순신이 거북선을 만들었다 하옵니다."

"거북선이 무엇인가?"

"태종 대왕 때 왜구들 노략질을 막기 위해 만든 배이옵니다. 과선을 변형시켜 상갑판을 완전히 덮은 모양이 거북이를 닮았다고 하여 붙인 이름이옵니다."

"한데 왜 거북선을 만들었는고? 병조에 보고는 하였는가?"

"아니옵니다. 거북선뿐만 아니라 이순신은 판옥선을 크게 늘리고 무기들을 점검할 뿐만 아니라 수시로 진법 훈련을 한다 하옵니다. 또한 좌의정 류성룡과 계속 연락을 취할 뿐만 아니라 전라 우수사 이억기와도 여러 번 서찰을 주고받은 모양이옵니다.”

선조는 신경을 곤두세웠다. 무언가 심상치 않다고 여긴 듯하였다.

“역모 조짐은? 정여립 잔당들은 확인했는가?”

“아직까지 자세한 증거는 없사옵고 정여립 잔당으로 확인된 자도 없사옵니다. 하오나 군사들과 무기, 군선을 확충하는 움직임은 경계해야 하옵니다. 적당한 때를 봐서 내치시옵소서.”

“지도(知道, 알았다.)!”

윤환시는 숨을 돌린 후 얼굴을 한껏 일그러뜨린 선조를 살피며 조심스레 말했다.

“한성 판윤 신립, 대장군 이일과 경상 우수사 원균의 내왕도 눈에 띄게 늘고 있사옵니다. 천에 따르면 그자들은 정철, 윤두수, 윤근수 등 건저 문제로 삭탈관직을 당한 자들을 복직시키려고 애쓰고 있다 하옵니다. 군사와 무기들을 확보하려는 움직임은 보이지 않사옵니다.”

“대장군 이일을 좀 더 유념하여 살피도록 하라. 임해와 광해는?”

“지에 따르면, 임해군께서는 행적이 날로 기괴해지고 있다 하옵니다. 지난달에는 제대로 수청을 들지 않았다 하여 기생 둘을 칼로 찔렀을 뿐만 아니라 이를 꾸짖는 성균관 유생들과 저잣거리에서 말다툼까지 벌였다 하옵니다.”

“저런!”

선조는 당장이라도 임해군을 불러 엄히 꾸짖고 싶었다. 그러나

자멸할 때까지 기다리기로 마음을 고쳐먹었다. 이제 임해는 절대로 세자가 될 수 없었다.

"풍이 살핀 바로 광해군께서는 별다른 움직임 없이 독서에 전념하고 있다 하옵니다. 사냥이나 기방 출입도 일체 없고 내왕하는 사람도 없다 하옵니다."

역시 광해는 때를 기다리는 호랑이였다. 불만에 가득 차 있으면서도 정치에 관여하지 않는 자세가 늘 마음에 걸렸다. 한동안 세상을 잘못 만난 답답함을 풀려는 듯 자주 사냥에 나서더니만 이제는 그마저 끊고 두문불출하고 있었다.

'광해는 돌처럼 차고 단단하다. 늘 원칙과 법을 앞세워서 위엄을 찾으려 한다. 광해! 네 눈에는 신하들을 수시로 불러들이고 내치는 이 아비가 조삼모사 하는 것처럼 보이겠지? 하지만 광해야! 너는 아느냐? 군왕이란 항상 거대해야 한다는 것을, 깊고 넓고 끝 간 데 없어야 한다는 것을! 군왕이 무엇인가에 얽매이고 의지하는 순간부터, 한계를 솔직히 드러내는 순간부터 신하들은 역심을 품는 법이다. 그러므로 이 아비는 광풍처럼 이 옥좌를 지킬 것이다. 군왕인 나 자신조차도 어떤 용단을 내릴지 모르게 할 것이다. 광해야, 너는 아느냐? 평화로운 호시절에는 누구나 군왕을 위해 목숨을 바칠 것처럼 교언(巧言)을 남발하지만 정말 필요할 때에는 아무도 군왕 곁에 머무르지 않는다. 군신유의나 부자유친을 논하지 마라. 군왕에게는 의리도 정도 헛될 뿐이다. 광해야, 알겠느냐?'

"화, 뇌, 운을 보내 정여립 잔당을 찾아라. 마지막 한 놈까지 샅샅이 찾아. 류성룡에게 연줄을 대고 있는 이순신에 대한 감시도 소홀히 말고. 알겠느냐?"

"분부대로 거행하겠사옵니다."

선조는 옥정에서 길어 올린 물을 한 잔 더 마신 후 후원을 벗어났다.

윤환시는 선조 눈치를 보면서 중전 박 씨가 머무르고 있는 대조전이 아니라 별궁 쪽으로 방향을 틀었다. 작년부터 선조는 인빈 김 씨와 신성군을 부쩍 가까이 대했다. 신성군에게 세자 지위가 내려질 것이라는 소문이 파다하게 퍼졌고 선조도 구태여 그소문을 문제 삼지 않았다.

윤환시는 선조 마음을 읽고 있었다.

난잡한 임해군이나 강직한 광해군보다는 감정이 풍부하고 시서에 능한 신성군이 더 끌리는 것이다. 더구나 신성군은 그 이목구비가 빼다 박은 것처럼 선조를 닮았다. 별궁에 이르렀을 때 선조는 윤환시에게 명을 내렸다.

"이곳에 머무르겠다."

내일 아침까지 더 이상 국사를 보지 않겠다는 뜻이었다.

윤환시는 전하께서 오후에 편전으로 드시지 않는다는 소식을 대청에 전한 후 화, 뇌, 운을 이끌고 별궁 뒤뜰로 갔다. 화는 왕방울만 한 눈이 인상적이었고, 뇌는 떡 벌어진 어깨에 목이 짧고굵었다. 운은 키가 크고 얼굴이 검었다. 윤환시는 소매에서 노잣돈을 꺼내 내밀었다. 세 사람은 익숙한 몸놀림으로 돈을 몸속에감추었다. 윤환시가 찢어진 눈매를 추켜올리면서 말했다.

"오늘 당장 전라도로 가라. 화와 뇌, 너희들은 이 잡듯이 고을을 뒤져서 정여립과 연관된 역적들을 찾아. 운, 너는 여수로 가서 전라 좌수사 동정을 살펴라. 석 달 말미를 주마. 이번에도 빈손이면 너희들은 궁에 남지 못한다. 알겠느냐?"

세 사람은 바람처럼 숲속으로 사라졌다. 선조와 인빈 김 씨의 웃음소리가 뒤뜰까지 흘러나왔다. 윤환시는 어젯밤 인빈 김 씨에게서 받은 금부채를 소맷자락에서 꺼냈다. 인빈은 선조가 별궁을 찾을 때마다 윤환시에게 선물을 주겠노라고 했고, 신성군이 세자가 되면 그 공을 결코 잊지 않겠다고도 했다. 윤환시는 허리를 주욱 펴고 하늘을 우러렀다.

'예순을 넘긴 나이에 뒤늦게 광영이 찾아오고 있군그래.

이제 서서히 광해를 목 조르고, 광해와 내통하고 있는 류성룡을 내치는 일만 남았군. 아울러 류성룡이 쫓겨나면 어떤 일을 저지를지 모르는 이순신도 제거해야지. 젊은 시절부터 대나무처럼 뻣뻣하여 여러 번 윗사람들과 충돌했던 자가 아닌가. 혹여 류성룡이 귀양이라도 가게 되면, 의를 내세워 무슨 짓을 저지를지 몰라. 그런 자에게 장졸들을 수천 명이나 맡기는 것은 아주 위험한 일이지.

첫술에 배부를 수 없으니 천천히, 아주 천천히 주상 마음을 움직여야지. 신성군이 왕위에 오르면 세상은 나 윤환시 것이 되는 거야.'

윤환시는 웃음소리가 들려오는 쪽으로 고개를 돌렸다.

'사미(四美, 좋은 시절, 아름다운 경치, 구경하고 즐기는 마음, 유쾌한

일 등 네 가지 좋은 일.)가 펼쳐져 있으니 이곳이 곧 무릉도원이옵
니다. 마음껏 웃으시옵소서, 전하. 마음껏 즐기시옵소서, 전하.'

十六. 칠년 전쟁의 시작

　임진년(1592년) 사월 십삼일.

　쓰시마 섬을 떠날 때부터 흩뿌리던 빗방울이 물안개를 몰고 왔
다. 바람 방향이 시시때때로 변하여 돛을 펴기는 적절치 않았다.
급히 움직이는 노를 따라 전선 칠백여 척이 높은 파도를 가로질
렀다. 작고 빠른 비선(飛船)도 있었고 갑판 위에 가옥까지 얹은
안택선(安宅船)도 있었다. 안택선은 이물에서 고물까지는 두꺼운
나무를 이어 붙여 상갑판을 보호하는 동시에 곳곳에 구멍을 뚫어
전후좌우에서 총이나 활을 쏠 수 있었다.

　갈매기들이 어지러이 먹구름 가득 낀 허공을 날았다.

　중앙에서 선단을 이끌고 있는 안택선 이물에는 고니시 유키나
가(小西行長)가 턱을 치켜들고 하늘을 우러르고 있었다. 고니시는
갈매기들이 움직이는 걸 말없이 살피다가 눈을 감고 가슴속에서

십자가 목걸이를 꺼내 입을 맞추었다. 투구 앞꽂이가 눌리지 않게 가만히 투구 끈을 풀고, 벗은 투구를 다리 갑옷에 한 번 툭친 다음 발아래 내려놓았다. 오늘따라 어깨갑이 무겁고 꽉 조이는 느낌이었다. 고니시는 두 손을 앞으로 모으고 고개를 숙였다. 바닷바람이 등을 치고 지나쳤지만 움직일 줄을 몰랐다.

"제가 기도를 방해했나 봅니다. 죄송합니다, 장인어른!"

갑옷을 입은 쓰시마 도주 소 요시토시가 허리 숙여 사죄했다. 인기척 때문에 두 눈을 뜬 고니시가 웃으며 뒤돌아섰다.

"아닐세. 이제 거의 마쳤다네. 이리 오게."

요시토시가 발걸음을 조심하며 고니시 왼편에 섰다. 고니시는 1군에서 9군까지 편성된 조선 정벌군 중에서 선봉대인 제1군 대장이었다. 도요토미 히데요시가 내린 명령에 따라 제2군 대장인 가토 기요마사(加藤淸正)와 함께 선봉장 역할을 나눠 맡고 있었다.

고니시와 가토는 물과 기름처럼 어울리기 힘든 사이였다. 두 사람 모두 소년 시절부터 히데요시를 모셔 온 가신이었지만, 고니시가 상인 계급 출신으로 신중하고 손익 계산에 밝다면 가토는 아명을 도라노스케(虎之助)라 했을 만큼 성미가 급한 맹장이었다. 고니시가 천주교도인 반면 가토는 독실한 일련종(日蓮宗, 불교의 한 종파) 신도였다. 가토 쪽에서는 늘 고니시를 제 힘으로 승리 한 번 거두지 못한 장사꾼이라 업신여겼고, 고니시 쪽에서는 가토를 지략이 없이 피만 좋아하는 난폭한 자로 경원시하였다. 사년 전, 도요토미 히데요시는 반란을 진압한 공으로 히고노쿠니(肥後國)을 양분하여 남쪽은 고니시, 북쪽은 가토에게 맡겼다. 이

번 전쟁 길에 두 장수를 경쟁하듯 선봉에 세운 데에는 두 사람 간 경쟁심을 이용하려는 히데요시의 심모원려가 깃들어 있었다. 하지만 조선 정벌을 위한 전진 기지인 쓰시마 섬의 도주 소 요시토시가 고니시 사위였기 때문에 정벌군 내에서는 고니시가 영향력이 약간 더 강했다.

"자네가 고생이 많았네. 한두 명도 아니고 장졸들 수만 명을 먹이고 입혔으니……. 이번 전쟁에서 승리하면 자네 공이 가장 크네."

"별 말씀을 다 하십니다. 저야 응당 할 일을 한 게고 마리아가 잠도 제대로 못 자고 고생을 했지요. 본토에서 생각보다 양곡이 많이 왔습니다."

고니시는 잠시 요시토시와 결혼한 딸 마리아의 둥글고 하얀 얼굴을 떠올렸다. 눈에 넣어도 아프지 않은 딸이었다.

"나고야(조선 정벌군을 총지휘하는 대본영을 나고야에 두었음)에서 쌀만 온다고 문제가 해결되지는 않네. 군량미를 장졸들이 고루 먹을 수 있게 배분하는 것이 훨씬 더 중요하지. 게다가 부족한 군선을 만들기 위해 자네가 밤낮을 설쳐 가며 일했음을 잘 알고 있어. 가토도 자네가 세운 공에 대해서만큼은 딴 소리를 않을 거야."

실핏줄이 수십 갈래로 뻗은 눈과 살이 쏙 빠진 볼, 갈라 터진 입술이 그동안 소 요시토시가 해 온 고생을 고스란히 드러내고 있었다. 요시토시는 기도하듯 눈을 감았다.

쓰시마 섬이 생긴 이래 가장 많은 사람이 한꺼번에 몰아닥쳤다. 조선과 전쟁이 시작되면 쓰시마 섬이 전진 기지로 쓰이리라고는 이미 예상하고 있었다. 그러나 정벌군 규모가 삼십만 명을 헤아린다는 풍문을 듣고 놀라지 않을 수 없었다. 만 명만 건너와도 벅찬데 삼십만 명을 뒷수발하는 건 가능하지 않았다. 더군다나 본토 장졸들은 쓰시마 섬이 조선에 빌붙어 지낸다며 흰 눈을 뜨고 보고 있었다.

그러나 피할 수 없는 폭우였기에 쓰시마 도주인 요시토시로서는 최선을 다할 수밖에 없었다. 쓰시마 섬 백성들에게도 불편한 마음을 숨기며 참고 또 참으라고 신신당부했지만, 크고 작은 마찰과 사고가 생겨 벌써 스무 명이나 목숨을 잃고 그보다 훨씬 많은 사람이 다쳤다. 앞으로 또 얼마나 많은 백성이 억울하게 희생될지 몰랐다.

본토에서 건너오는 장졸들은 금방 끝날 전쟁이라고 너나없이 큰소리를 쳤다. 요시토시도 그 바람대로 여름이 오기 전에 이 전쟁이 끝나기를 원했다. 그러나 늘 조선과 왕래해 온 쓰시마 섬 사람들은 그 말을 믿지 않았다. 태합(太閤, 도요토미 히데요시의 칭호)이 거느린 대군이 막강하다고는 하지만, 바다 건너 낯선 땅에 가서도 과연 싸워서 수월하게 이길 수 있을지를 확신할 수 없었다. 설사 그렇다 하더라도 전쟁이 끝난 다음에 말과 풍속이 전혀 다른 조선 사람들을 쉽게 지배할 수 있을 것 같지 않았다. 어떠한 경우가 되든 전쟁이 길어진다면 죽어나는 것은 쓰시마 섬 백성들뿐이었다.

'전쟁을 막기 위해 그토록 노력했건만……'

요시토시는 생각할수록 입맛이 씁쓸했다.

"무슨 기도를 올렸는가?"

"화평을 간구했습니다."

고니시가 고개를 끄덕였다.

"화평이라……. 전쟁이 빨리 마무리되어야 쓰시마 섬도 괴로운 나날에서 벗어나겠지. 하나 화평은 참으로 어려운 바람 중 하나라네. 전쟁이 끝나더라도 화평은 한참이나 지나서 오기도 하고 또 아예 오지 않고 또 다른 전쟁으로 이어지기도 하니까. 먼 옛날 예루살렘에서도 화평을 간구하는 기도 소리가 높았지. 하나 끝내 십자가는 세워졌고 도시는 슬픔으로 가득 찼다네. 예수께서 약속하신 대로 부활이 실제로 이루어진 후에도 화평은 없었지. 사도 바오로가 했던 힘겨운 전도 여행을 자네도 알고 있겠지? 사도들이 죽은 후에도 순교는 더욱더 줄을 이었지. 그러한 박해는 비단 서국(西國, 서양)뿐만 아니라 일본에서도 일어났어. 참으로 화평이 필요하지만 그 꿈이 이루어지기는 힘들어."

고니시는 정확하게 속내를 읽고 있었다. 고니시는 그렇게 생각이 깊고 어딘가 어두운 그림자가 드리운 사람이었다. 앞뒤 숫자가 딱딱 들어맞는 이야기로부터 시작하더라도 인생무상을 논하는 말로 이야기가 끝나곤 했다. 그래서 종교에 귀의하게 되었는지도 몰랐다. 요시토시가 놀란 기색을 감추며 물었다.

"장인어른은 무슨 기도를 올리셨는지 감히 여쭈어도 될는지요?"

고니시가 입가에 옅은 웃음을 지으며 답했다.

"화평까지 욕심은 내지 않았네. 다만 이 전쟁이 의로운 전쟁이 되게 해 달라고 빌었어."

'의로운 전쟁!'

요시토시는 그 두 마디를 안으로 씹어 삼켰다.

"주님 뜻에 어긋나지 않는 전쟁이 되게 해 달라고 기도했어."

요시토시가 주위를 살피며 목소리를 낮추었다.

"이번 전쟁에 주님의 뜻이 깃들어 있다고 보십니까? 여호수아가 주님 명령에 따라 여리고 성을 치는 것도 아니지 않습니까? 이번 전쟁은 오로지……"

고니시가 급히 말허리를 잘랐다.

"오로지! 그 '오로지'에 관한 생각들은 이제 지워 버리게. 첫 시작은 그 '오로지'에서부터 왔는지 모르나 이 전쟁이 그 이유 하나 때문에 이루어지는 건 아니야. 지금까진 주님 뜻이 함께하지 않았다 하더라도 일본군이 조선에 발을 딛는 그 순간부터 주님 뜻이 항상 함께하기를 기원할 수도 있지 않은가? 어차피 전쟁을 막는 것이 불가능하다면, 이 전쟁이 주님 뜻에 따라 되도록이면 적은 피를 흘리고 짧게 끝나기를 기도해야겠지."

요시토시가 쉽게 받아들이기 어렵다는 듯 미간을 찡그리며 물었다.

"조선과 전쟁이 쉽게 끝난다 하더라도, 거기서 전쟁이 모두 끝나는 건 아니지 않습니까? 태합께서는 명나라까지 손에 쥐시겠다고 이미 말씀하시지 않으셨습니까? 명나라는 대국입니다. 명나라와 싸워 이기려면 십 년, 아니 백 년이 걸릴지도 모릅니다. 그

긴 기간 동안 많은 이들이 죽거나 다칠 겁니다. 고아와 과부가 하루에도 수백 명씩 생길 겁니다. 명나라와 싸울 때에도 전쟁에도 천주님 뜻이 함께하시기를 기원하시겠습니까?"

고니시가 고개를 돌려 한참 동안 사위 얼굴을 쳐다보았다. 총명하고 열정 넘치는 젊은이였지만 세상을 유연하게 살피는 시선은 아직 부족했다.

"주님 뜻이 있고 없음을 밝히는 일은 내 능력 밖일세. 나는 다만 주님의 크신 사랑이 내 병사들과 또 내 병사들과 싸우는 적병들에게까지 고루 전해지기를 바랄 뿐이지. 물론 자네 말이 틀린 건 아닐세. 명나라는 참으로 큰 나라지. 태합께서도 그 사실을 모르실 리 없다네. 조선 정도라면 승산이 많지만 명나라와 싸워서는 그 누구도 승리를 장담할 수 없지. 하지만 그렇다고 조선하고만 싸우고 명나라와는 싸우지 않겠다고 밝히는 것 또한 어리석은 일이지. 삼십만 대군이 바다를 건너 벌이는 전쟁일세. 나중에 말을 바꾸더라도, 처음엔 이번 전쟁에서 얻을 수 있는 가장 큰 것을 내세우는 게 옳지 않겠나. 얻는 것이 충분해야 싸울 맛도 나지 않겠는가?"

사카이(堺)에서 약재를 팔던 상인 집안 출신답게 고니시는 태합인 히데요시가 명나라 정벌까지 장담한 것도 손익 계산에 따라 설명했다. 그제야 요시토시도 장인의 마음을 읽었다.

"그렇겠군요. 나누어 먹을 떡이 크고 두꺼워야 장수들도 안심을 하겠지요. 하나 조선과 전쟁이 길어지면 명나라가 참전할 가능성도 매우 큽니다. 전투에서 패하면 조선 조정이 명나라에 원

병을 청할 것은 불을 보듯 확실합니다. 명나라 역시 의리를 생각해서 많든 적든 장졸을 보내겠지요. 명나라 장졸과 맞서 싸운다면 전쟁은 삼국 간 다툼으로 확산될 것입니다."

"그래, 자네 말이 옳네. 그래서 우리는 조선 조정으로부터 빨리 항복을 받아 내는 게 필요하지. 전쟁이 길어지더라도 명나라와 직접 부딪치는 건 삼가야 할 테고. 가토가 전공을 탐내어 조선 팔도를 넘어 북진하려 한다면 그땐 내가 나서서 막겠네. 일단 상륙하면 최대한 빨리 한양까지 올라가야 하네. 조선 국왕부터 사로잡는 거야. 그리되면 전쟁은 의외로 쉽게 끝날지도 모르네. 조총을 들고 바람처럼 뛰는 걸세."

"저항이 만만치 않을 겁니다. 조선 조정에도 류성룡, 이덕형 같은 명신과 신립, 이일 같은 용장들이 있습니다."

요시토시는 자신도 모르게 목소리가 커졌다. 그때 갑자기 두 사람 귀에 냉혹하면서도 자신감 넘치는 목소리가 들려왔다.

"그깟 버러지들은 조총 소리만 들어도 기겁을 하고 놀라 자빠질 것이오. 용하변이(用夏變夷, 중국 삼대 시절의 예의를 가지고 사방에 있는 미개한 오랑캐를 변화시키는 것)하겠다는 자만심에 가득 찬 한심한 놈들일 뿐이오."

와키자카 야스하루(脇坂安治)가 쌍별 표창을 갑옷 토시에 닦으며 다가왔다. 고니시보다도 네 살이 더 위인 와키자카는 일찍부터 히데요시를 따라 수많은 전투에 참가했고, 특히 칠본창(七本槍, 1583년 시즈가타케 전투에서 큰 공을 세운 히데요시의 일곱 부하. 임진전쟁에 참전했던 가토 기요마사, 가토 요시아키(加藤嘉明) 등이 이에 속한다.)으로 이름이 높았다. 이마에서 볼까지 깊게 패인 흉터가 선명했는데, 들리는 소문으론 젊은 시절 조선에 갔다가 멀리 백 보 밖에서 날린 화살에 스친 자국이라고 했다.

요시토시는 어깨에 힘을 잔뜩 넣고 승리만을 장담하는 와키자카가 마음에 들지 않았다. 저런 자가 어떻게 센노리큐 선사와 가까이 지냈는지 믿을 수 없을 정도였다. 와키자카가 다가서자 요시토시는 왼편으로 서너 걸음 물러섰다. 말다툼을 벌이기가 싫었던 것이다. 그러나 와키자카가 닭을 몰듯 먼저 왼편으로 삥 돌아 다가오는 바람에 다시 제자리로 돌아갈 수밖에 없었다. 요시토시는 와키자카와 맞서기로 마음을 고쳐먹었다.

"류성룡이나 신립, 이일을 만나 보지도 않고 어찌 버러지라고 하십니까? 류성룡은 리큐 선사께서도 칭찬하신 바 있는 조선 제일 유학자인 퇴계 이황 선생이 특별히 아낀 제자입니다. 신립과 이일은 함경도에서 여진족들과 맞서 단 한 번도 패하지 않은 명장들입니다. 세 사람이 손을 잡고 일본군과 맞선다면 승패를 장담하기 힘듭니다."

와키자카가 코웃음을 쳤다.

"류성룡이 아무리 똑똑해도 서책에 묻혀 시문이나 논하는 일개 서생이 아닌가? 이(理)와 기(氣)를 제아무리 잘 논하여도 전쟁터에서는 아무런 쓸모가 없지. 신립과 이일, 그 이름은 들어본 적이 있으나, 그자들이 싸워 이긴 여진족들은 두만강 근처에서 노니는 한낱 좀도둑에 지나지 않아. 그러니 조총을 든 정예병을 어찌 그자들이 맞상대를 할 수 있겠어? 듣자 하니 조선 팔도 장졸들을 모두 합해도 채 이만 명도 안 된다고 하더군. 백전백승할 날들이 눈앞에 펼쳐질 것인데 왜 그리 겁쟁이처럼 실없는 소리를 하는 거야?"

"뭐라고요. 겁쟁이? 지금 겁쟁이라고 하였습니까?"

요시토시가 주먹을 불끈 쥐며 한 걸음 다가섰다. 와키자카도 쌍별 표창을 어깨 위까지 들어 올리며 호랑이 눈을 떴다.

"그만들 두지 못해. 조심해서 나쁠 건 없지만 우리 일본군이 조선군에게 패한다는 말은 지나쳤어. 우린 충분히 준비했고 조선은 방비가 허술하기 짝이 없단 걸 소 도주도 잘 알고 있잖나. 장기전이라면 몰라도 단기전 승부에선 우리가 훨씬 유리하네."

와키자카 야스하루와 소 요시토시, 두 사람은 마지못해 분노로 이글이글 타는 시선을 거두었다. 그러나 가슴속엔 등걸불이 여전히 타오르고 있었다. 요시토시는 격군들을 보고 오겠다며 갑판 아래로 사라졌다. 와키자카는 방금 전까지 요시토시가 섰던 쟈리에 서서 고개를 뻣뻣이 든 채 고니시에게 따지듯 말했다.

"소 도주 같은 겁쟁이들이 어떻게 생각하든 간에 우리는 이 전쟁에서 반드시 승리할 것이며, 불패를 자랑하시는 태합님 이름을 더더욱 높이게 될 것이오. 그렇지 않소?"

고니시는 요시토시를 바라보던 안타까운 시선으로 와키자카를 아래위로 훑었다.

"작년 이월 리큐 선사가 자결하였을 때 많은 풍문이 떠돌았소."

고니시가 갑자기 센노리큐를 거명하자 와키자카는 눈을 크게 떴다.

"왜 그 일을 상기시키는 것이오?"

"리큐 선사는 태합님 뜻을 어긴 적이 없소. 그런데 갑자기 뚜 렷한 이유 없이 자결했소. 다실(茶室)에서 생긴 일이라 자세한 사 정은 모르나 조선 출병을 반대했다는 풍문이 있소. 선사가 일찍 부터 조선 문물을 아꼈고 조선에서 나는 다완을 완상하며 밤을 지새우는 날이 많았음을 와키자카 당신도 알 것이오."

센노리큐는 고니시와 마찬가지로 사카이 상인의 아들로 태어 났다. 어려서부터 장사를 배웠고 특히 조선을 오가며 이문을 취 하는 이들을 많이 만났다. 센노리큐가 조선 문물을 누구보다도 빨리 받아들이고 아낀 것도 어려서부터 그 풍습에 익숙했던 탓이 었다. 고니시는 센노리큐를 존경했고 서로 말이 통한다고 느꼈 다. 검과 차로 갈라져 서로 겉모습은 달랐지만 두 사람 모두 조 선 사정에 밝았고 피비린내 나는 전장보다 자유롭게 물건을 사고 팔 수 있는 평화를 원했다.

"태합께서 정벌을 명하셨는데 선사가 반대하였다면, 배를 가르 고도 남을 일이오."

센노리큐가 자결하자 와키자카는 큰 충격을 받았다. 와키자카 에게 센노리큐는 말이 잘 통하지는 않았지만 마음을 열고 고민을 털어놓을 몇 안 되는 사람이었기 때문이었다. 하지만 이쯤에서 물러설 생각이 없었기에 와키자카는 강한 어조를 지켰다.

고니시가 부드럽게 말머리를 돌렸다.

"리큐 선사는 죽을 줄 알면서도 무슨 이유로 출병을 막으려고 했던 걸까요? 태합께 다도를 가르치는 선생 노릇만 해도 평생 편히 살 수 있었을 텐데. 게다가 조선을 정벌하면 더 많은 다완을 거저 가져올 수도 있고, 경상도와 전라도에 있는 사기장을 무더기로 데려올 수도 있소. 선사로서는 막을 이유가 없었는데 왜 반대했다고 보시오?"

"......"

와키자카는 입을 닫았다.

태합은 조선을 깨고, 나아가 명나라를 정벌하여 천하의 주인이 되리라고 호언했지만 그 말을 진심으로 받아들이는 영주들은 많지 않았다. 오랜 전란이 막 끝난 후에 쉬지도 못하고 또다시 피 흘리는 전쟁터에 나가야 하는 거라서 뒤에서는 수군거리는 소리도 적지 않았다. 하지만 전쟁터에서 나고 자란 와키자카로서는 굳은 뼈를 풀고 짜릿한 긴장을 되살릴 좋은 기회인 데다가, 다시 한 번 영지 백성들에게 위엄을 보이고 무용을 자랑할 기회였기에 굳이 전쟁에 반대하여 겁쟁이라고 놀림 당할 이유가 없었다. 게다가 태합을 조금이라도 거스르면 어찌되는지 잘 알고 있었기에 출전 명령이 내리자마자 서둘러 병사를 징발하여 무장을 꾸리고 군량을 조달했던 것이었다.

어렴풋하게나마 와키자카도 이 전쟁이 반드시 승리만을 목적으로 하는 것이 아님을 느끼고 있었다. 설사 조선군이나 명군에게 패하더라도 외국과 전쟁을 함으로써 다시 찢길 수도 있는 일본 전국을 봉합했으니 그걸로 충분하다는 태합의 뜻이 담겨 있는 듯도 했다. 당장 다음을 노리고 웅크리고 있는 도쿠가와 이에야스(德川家康) 등이 목소리를 줄이고 있었으며, 태합의 마음을 읽고 공공연히 전쟁을 선동하는 영주들도 있었다. 하지만 센노리큐는 그와 반대로 내달렸다. 센노리큐는 수십만 병사들을 죽음으로 밀어 넣을 전쟁을 어떻게든 막고자 했고, 그 의견을 태합 앞에서 과감히 고했다가 자결을 명받았던 것이었다.

찻잔을 든 채 미소를 머금은 센노리큐의 얼굴이 머릿속을 스쳐 지나갔지만 와키자카는 이를 악물고 냉혹하게 말했다.

"무장이 명을 받아 일단 전쟁터에 나온 이상 오직 승리를 위해 매진할 뿐 다른 것은 굳이 알 필요가 없소. 말씀 잘 들었소, 그럼 이만."

와키자카와 만날 때면 가토 기요마사는 고니시를 검도 제대로 못 쥐는 장사꾼으로 헐뜯곤 했다. 그것은 사실일지도 몰랐다. 고니시는 무예가 변변치 못해 단 한 번도 시원한 승리를 거둔 적이 없을 정도였다. 그러나 그럼에도 역시 만만한 사내는 아니었다. 태합이 내린 명령에 따라 출정하기는 했지만 센노리큐 선사를 빌려서 교묘하게 불만을 토로하고 와키자카의 발목을 잡아 버린 것이다.

나고야에서 출병 준비를 하고 쓰시마 섬에서 장비를 점검하면서 출정 시기를 기다리는 동안, 가토는 와키자카에게 고니시 따위 신경 쓰지 말고 둘이서 압록강까지 단숨에 진격한 후에 중원으로 넘어가자고 했다. 고니시는 굼뜨고 겁이 많으며, 쓰시마 도주인 소 요시토시와 함께 조선을 상대로 의심스러운 수작을 해 왔으니 믿을 수 없다는 것이었다.

"와키자카 님."

고니시는 돌아서는 와키자카를 불러 세운 후 그 속마음을 헤아리기라도 하듯 이야기했다.

"내 사위 소 도주를 특별히 부탁드리고 싶소. 우리가 이렇게 날짜를 맞추어 출병할 수 있었던 건 그래도 소 도주가 미리 잘 챙겼기 때문이 아니겠소."

"소 도주 능력은 나도 잘 알고 있소. 본토에 있는 젊은 장수들과 비교해도 손색이 없소이다. 다만 너무 조선 사정에 밝은 것이 오히려 편견을 낳는 듯하오. 은연중에 조선 편을 드는 경우도 종종 있고……."

"아무려면 소 도주가 조선 편을 들겠소? 쓰시마 섬이 조선과 교류가 잦기는 하나 어쨌든 일본에 속한 땅이오. 팔은 안으로 굽기 마련이오. 이번에 부산포에서 한양까지 한달음에 내달릴 계책을 세운 것도 쓰시마 조정에서 미리 조선 팔도 길목을 세밀히 살펴 두었기에 가능했소. 쓰시마 백성들이 길라잡이를 하지 않는다면 우린 조선에 들어가 눈뜬장님이 되오. 소 도주가 찾은 지름길로 그대가 기마 부대를 이끌고 달려가는 거요. 사보(四輔, 도성을 보위하는 네 군데 성)를 단숨에 뚫고 한양으로 들어가야 한다 이 말이오. 그대가 이끄는 기병들을 다른 병사들보다 배불리 먹인 것도 소 도주가 각별히 배려한 것임을 알고 있지 않소."

"잘 알고 있소. 그 문제는 앞으로 좀 더 대화를 나눠 보도록 합시다."

"선봉에 서서 한양까지 진격하고 싶다는 그대 뜻을 일단 받아들이기는 했지만 일이 여의치 않을 때는 지체 않고 다시 이곳 바다로 돌아와야 하오. 한양에서 조선 국왕을 사로잡아 전쟁을 끝마치지 못한다면 장기전으로 들어갈 수도 있소. 그때 그대가 수군을 이끌고 하삼도에 진을 치고 있는 조선 수군을 괴멸시킨 후 곧바로 황해도나 평안도까지 뱃길로 우리 장졸들을 실어 나르도록 해야 하오."

"조선이 장기전을 치를 만큼 역량이 있겠소이까? 한양으로 우리가 입성하는 순간 전쟁은 끝이 날 것이오."

"속단하지 마시오. 조선 수군에 대해서는 좀 알아보았소? 경상 좌수사 박홍, 경상 우수사 원균 등이 주로 쓰는 병법 등은 살폈소이까?"

와키자카가 가슴을 쑥 내밀며 큰소리를 쳤다.

"그깟 놈들이야 한 번 밀어붙이면 끝이오. 알아보고 자시고 할 것도 없소."

와키자카는 소리 내어 웃었지만 고니시는 긴장된 얼굴로 다시 한 번 강조했다.

"태합께서 단 한 번도 지지 않고 백전백승하신 비결을 아시오?"

도요토미 히데요시 이야기를 꺼내자 와키자카도 얼굴에서 웃음을 거두어들였다. 오랜 세월 같이 태합을 보좌했으면서도 고니시는 꼭 먼저 알은척을 했다.

"전신(戰神)이시니까. 승전을 거두는 모든 방법을 아시는 분이오."

고니시가 천천히 고개를 끄덕였다.

"그래, 그 말도 옳소. 하나 전신이라 하여 아무런 준비도 없이 전장에 나아가지는 않소. 오히려 더욱 철저하게 적을 살피고 아군이 가진 장단점을 거듭 점검하는 법이오. 쓰시마 도주에게 듣자 하니 조선 수군은 주력이 판옥선이라고 하오. 사카이 상인들도 그 배가 참 좋다는 칭찬을 많이들 하고 있소. 크고 단단하여 능히 포를 연이어 쏠 수 있다던데, 잘 알고 있소?"

"판옥선! 들은 적이 있소이다. 크고 단단한 만큼 느려 터졌소. 그런 느림보 배로는 비선을 당하지 못하오. 눈 깜짝할 사이에 에워싸고 갑판으로 날아올라 조총을 쏘거나 장검을 휘두르면 그만이오. 너무 걱정 마시오. 한데 부산진성에는 군사가 얼마나 있소?"

"육칠백 명이라 하오. 열흘 전 첩보이니 확실할 게요."

"고작 육칠백!"

와키자카가 믿기 힘들다는 듯 코웃음을 쳤다.

"부산 첨사 정발(鄭撥)은 죽음을 두려워하지 않는 맹장이라던데……"

고니시는 부러 말끝을 흐렸다.

"맹장이든 뭐든 만 팔천 명이 일제히 달려들면 순식간에 수급 칠백을 모조리 거둘 수 있소. 한심하군. 쓰시마 섬과 가장 가까운 곳에 겨우 군사 육칠백 명을 배치해 두다니. 오늘 밤에 당장 치도록 합시다. 내가 선봉을 맡겠소."

고니시가 어렴풋이 보이는 육지를 살피며 답했다.

"아니오. 밤엔 잠시 쉬도록 합시다."

"그러다 경상 좌수군이 공격하면 어쩌려고? 좌수영이 부산포

가까이 있지 않소?"

고니시가 바닥에 내려 두었던 투구를 다시 집어 썼다.

"좌수영 쪽으로도 벌써 군선을 보냈소. 소 도주 말에 따르면, 경상 우수사 원균은 신립, 이일에 버금가는 용맹한 장수지만 경상 좌수사 박홍은 천하의 겁쟁이라 하오. 군선들이 따로 좌수영 앞바다로 갔으니 아마도 혼비백산하여 달아날 게요. 내일 새벽 묘시(5~7시)에 부산진성을 칩시다."

"성을 함락한 후 아침을 먹읍시다. 그럼 이만."

와키자카가 물러간 후 홀로 남은 고니시는 가슴을 쫙 펴고 깊게 심호흡을 했다.

'이제 저 땅에 발을 딛는 순간부터 매일매일 전투를 이어가야 한다. 최소한 한양을 빼앗고 평양에 닿을 때까지는 안심할 수 없겠지. 한양에서 조선 국왕을 사로잡는 것이 최선이고 평양에 닿기 전에는 반드시 생포해야 한다. 그 길이 희생을 가장 적게 남기고 전쟁을 끝내는 길이다. 만약 명나라가 끼어들어 전쟁이 길어지면 무고한 생명들이 수없이 목숨을 잃는 일이 벌어질 것이다. 그 길만은 피해야 한다.

주여! 살피소서. 이 불쌍한 백성들이 지옥 불에 떨어지지 않도록 굽어 살피소서. 길을 잃고 헤매는 불쌍한 이들을 목자 되신 주님께서 바른 길로 인도하소서. 조선을 주님 복음으로 가득 채울 수 있도록 도우소서. 제게 힘을 주소서. 주여!'

저물 무렵, 고니시가 이끄는 제1군은 아무 저항도 받지 않고 부산포 건너편 해안에 닿았다. 전쟁이 시작된 것이다.

十七. 이영남, 원군을 청하다

임진년(1592년) 사월 십오일 저물 무렵.

율포 만호(栗浦萬戶) 이영남(李英男)은 잔뜩 화가 난 얼굴로 진해루 앞마당에 서 있었다.

"왜군이 쳐들어왔다는데, 왜 이리 늦장을 피우는 것이오?"

목청을 돋웠지만 아무도 대답하지 않았다. 좌수영 장졸들은 이미 모든 것을 알고 있는 사람들처럼 왜군이 쳐들어왔다는 말에도 전혀 동요하지 않았다. 힘으로 밀고 들어가려 했지만 소용없는 일이었다.

이영남은 원균이 보낸 서찰을 당직 군관에게 맡기고 돌아갈까 생각도 해 보았으나, 이순신이 그 서찰을 읽고 혹여 겁이라도 먹지 않을까 염려되어 마음을 돌이켰다. 당직 군관인 나대용이 옆문을 통해 나왔는데, 검은 눈동자를 굴리며 계속 왼발을 떨고 있었다. 당장 그릇이라도 깨어지는 소리가 들릴 것만 같았다.

"좌수사께서 찾으시오. 따르시오."

이영남은 가래침을 퉤엣 뱉은 후 나대용 뒤를 쫓았다. 이순신은 큰 창옷을 말끔하게 입고 정자관을 쓴 채 무엇인가를 쓰고 있었다. 염주괴불주머니 꽃처럼 누렇게 뜬 피부와 깡마른 볼이 신경질적으로 보였다. 이영남은 예의를 갖춘 후 소매에서 서찰을 꺼내 탁자 위에 놓았다.

"전황은 어떠한가?"

"십삼일 낮부터 경상 좌도에 왜선이 밀려들어왔습니다. 곧 경상 우도 바다로도 움직일 것 같습니다. 속히 출정하여 힘을 합쳐 왜군과 맞서야 합니다."

이순신이 침착한 표정으로 차갑게 말했다.

"하면 아직 경상 우수영이 있는 거제도 가배량까진 왜선이 다가오지 않았다는 말이군."

"하나 곧 올 겁니다."

이순신은 그 얼굴을 찬찬히 뜯어보았다.

"율포 만호라고 했던가? 올해 몇이지?"

"스물일곱입니다."

"스물일곱에 만호라……. 빠르군. 난 스물일곱에 등과도 못했다네. 둘째아들을 보았을 따름이야. 몇 살에 등과했는가?"

"열아홉입니다."

"나는 서른둘에 겨우 벼슬길로 나아갔지. 늦어도 한참 늦은 나이였어. 자네가 장수가 되어 변방을 전전하던 시기와 같은 나이에는 의를 앞세우고 협을 내세우면서 시정을 한없이 방황했다네. 그 방황이 내 지금 모습을 만들었기에 결단코 후회하지는 않지만……."

"장군!"

이영남이 더 이상 참지 못하고 목청을 높였다. 이순신은 무표정한 얼굴로 시선을 맞추었다.

"한시가 급합니다. 전쟁, 전쟁이 터졌습니다! 왜군들이 동래에 상륙했소이다. 당령(當領, 번을 서는 선군(船軍)), 하령(下領, 번을 마친 선군) 모두 합쳐 당장 출정해야 합니다."

이순신이 이영남을 잠시 노려본 후 이야기를 이었다.

"등과 후 하삼도에서 북삼도까지 이곳저곳을 십오 년을 떠돌았다네. 달피(獺皮, 담비 또는 수달의 가죽)를 입고 함경도와 전라도와 한양을 쉴 새 없이 오르락내리락……. 몸은 점점 늙고 병들었지. 후내년이면 내 나이도 쉰이네그려. 담화인음(痰火引飮, 가래로 나는 열 때문에 자꾸 물을 켜는 병) 때문에 자꾸 목만 마르고."

"장군!"

이영남이 대들 듯이 턱을 치켜들었다. 그제야 이순신은 원균이 보낸 서찰을 손바닥으로 탁탁 두드리며 물었다.

"자네는 천명을 아는가? 하늘과 땅과 바다가 한 인간에게 주는 명령 말일세. 난 천명을 따르기 위해 최선을 다한다네. 인내를 배우는 거야. 경상 우수군과 함께 출정하자는 제안을 하러 왔겠지? 하지만 나아가지 않고 때를 기다려야 했어. 사흘 동안 똑같은 괘를 뽑았다네. '강하게 앞으로 나아간다. 가서 이기지 못한다. 해(害)를 입는다.'"

"경상 우수군이…… 패한다는 말씀입니까? 장군은 점괘 따위를 믿으십니까?"

이영남이 따져 물었다. 이순신은 대답을 피하고 어제 아침에 일어난 일을 들려주었다.

"내 말이 우스운가? 우습기도 할 테지. 하나 진정 우스운 것은 천도(天道)를 살피지 않고 작은 능력을 과신하는 거라네. 성공과 실패, 삶과 죽음, 승리와 패배는 지극히 작은 차이에서부터 비롯되는 거야. 아무리 노력해도 항상 불길한 기운이 조금씩은 깃들게 마련이지. 하지만 노력하면 천의(天意, 하늘의 뜻)를 살필 수 있게 되네. 적어도 휘하 장졸들을 물귀신으로 만들 바다로 배를 몰아가지는 않게 된단 말일세. 깃털처럼 많은 날들 중에서 하루를 고르는 일이야. 소홀함이 있어서는 아니 된다네. 우부동치(愚婦童稚, 어리석은 아낙과 철없는 어린아이)도 제 몸은 소중히 챙기는 법일세."

나대용이 문밖에서 가늘고 긴 목소리로 아뢰었다.

"경상도 관찰사 김수 대감께서 공문을 보내왔사옵니다."

"기다리고 있었네. 어서 가지고 들어오게."

이영남을 불안한 시선으로 흘끔흘끔 훔쳐보는 나대용으로부터 서찰을 넘겨받은 이순신은 이영남이 준 서찰과 함께 나란히 펼쳤다. 이순신은 서찰 두 장을 훑어 내린 후 담담한 어조로 이영남에게 물었다.

"원 장군은 내해로 갈 것 같은가, 외해로 갈 것 같은가?"

"팔관 십육포에서 군선이 모두 모이면 외해로 질러갈 예정이라 하셨소이다."

이순신은 가만히 눈을 감았다. 무엇인가를 골똘히 생각하는 눈치였다.

"김수 대감 서찰에 따르면 경상 좌도에 들어온 왜선 숫자가 헤아릴 수 없을 정도라는군. 적은 수로 많은 적을 넓은 곳에서 맞이하는 것은 병법에 어긋나는 일일세. 큰 세력에서는 밀리더라도 좁은 곳에서는 우위에 설 수 있는 법. 많은 배가 들어와서 움직이기 힘든 좁은 목으로 끌어들여 기습으로 적을 공격해야 할 것이네. 한데 대선단과 외해에서 마주치는 작전을 짜다니, 자칫하면 패하지나 않을까 걱정이 되는군."

이영남이 불쾌하다는 얼굴로 자리에서 벌떡 일어섰다.

"수사 말씀도 일리가 없지는 않으나 승패는 싸워 보기 전에는 모르는 법입니다. 용장 밑에 약졸이 없으니 죽기를 각오하고 싸우면 십 배나 적이 많더라도 결코 패하지 않을 것입니다. 경상 우수군은 패배를 모르는 강병이외다."

이순신이 고개를 약간 들고 천천히 말했다.

"자네 마음은 충분히 이해하지만 어서 내 말을 원 수사에게 전하게. 지금 외해로 선단을 빼는 것은 병법에 어긋나며 패배를 자초하는 일이라고. 장수가 함부로 군사를 움직일 수는 없는 법이니 어명이 내리기 전엔 마음대로 전라 좌수영을 벗어나 경상 우수영으로 들어갈 순 없으이. 일단 전황을 장계로 올린 후 출전 준비에 만전을 기하다가 어명이 내리면 경상 우수영으로 가서 힘껏 같이 싸우겠네."

이영남은 이순신에게서 원했던 답을 듣자 횡 하니 마당으로 내려선 후 쇠박달나무 숲을 지나 해안으로 사라졌다.

이순신은 전라 우수사 이억기, 전라도 순찰사 이광, 전라 병마사(全羅兵馬使) 최원(崔遠)에게 전황을 알리는 공문을 쓰는 동시에 나대용에게 군령을 내렸다.

"지금 당장 오관 오포에 전령을 띄워. 이틀 후에 진해루에 모여서 진법 훈련을 한다고 말이야."

"추, 출정이 아니고 훈련이옵니까?"

"무슨 말이 그렇게 많으냐!"

이순신이 냉정한 눈으로 나대용을 보았다. 목소리는 낮았지만 단단했다. 파도처럼 천천히 밀려와도 나대용을 움찔하게 만들기는 충분했다. 나대용은 급히 자리에서 물러 나왔다.

가슴 한구석에서 이글대던 불덩이가 저도 모르게 치솟았다. 변방을 전전하는 동안 생긴 나쁜 습관이었다. 이순신은 이 불덩이가 어디에서 비롯했는가를 잘 알고 있었다. 그건 삶을 향한 끝없는 의지에서 온 것이었다. 고치려고 몇 번이나 애썼지만 뼛속까지 박혀 있는 불덩이는 좀처럼 사그라질 줄 몰랐다.

전투나 훈련을 앞두고 있을 때마다 이순신은 금오산에서 있었던 학살과 녹둔도에서 겪었던 패전을 떠올렸고, 그 때문에 필요 이상으로 냉정해지거나 흥분하곤 했다.

'다시는 눈앞에서 갈가리 찢긴 시체로 널브러져 있는 백성들을 보지 않으리라. 다시는 덧없이 장졸들을 잃고 패전 책임을 뒤집어쓰지 않으리라. 다시는 불의가 의를 누르도록 방관하지 않고, 또 다른 사람에게 내 운명을 맡기지 않으리라.'

이 마음을 품고 있는 한 이순신은 영원히 멈출 순 있어도 한순간도 쉴 수 없었다. 여유를 보인다는 것, 늙은 곰 겨울잠 자듯 마음을 푼다는 것은 곧 삶에 대한 의지를 포기하는 것이었다.

이순신은 며칠째 같은 괘를 뽑고 있었다. 길을 나섰다간 반드시 화를 당하니 조용한 곳에 칩거하여 바른 도를 지키는 것이 좋다는 점괘였다.

전쟁이 터졌고 원균은 벌써 군선과 함께 전쟁터로 달려갔다. 하나 이순신은 쉽게 군사를 움직여서는 안 된다는 걸 알았다. 적선이 수백 척이라면 단숨에 끝날 전쟁이 아니었다. 그렇다면 신중하게 때를 기다려 완벽하게 이기는 싸움을 해야 했다.

'평중 형님이 용맹한 것은 천하 사람이 다 아는 일이지만 도의를 아는 조선군이 어찌 오랑캐인 왜군에게 패할 수 있느냐면서 무턱대고 돌진하는 것은 무모하다. 힘과 힘이 정면으로 맞서 피와 살이 튀는 전쟁터에서 오랑캐냐 아니냐를 따지면서 싸울 순 없는 법이다. 왜군들 전략이 무엇인지, 어떤 무기를 사용하는지를 잘 알 수 없는 지금으로서는 무조건 참아야 한다. 왜군들이 온전히 모습을 드러낼 때까지, 강점과 약점을 보일 때까지 자중하고 또 자중하면서 기다려야 한다. 선봉에 서는 것이 중요한 게 아니라 전투에서 승리하는 게 중요하다. 적을 알고 나를 알며 천명을 알 때까지 전라 좌수영을 벗어나서는 안 된다. 결코 패배하지 않을 계책이 설 때까지, 아무도 죽지 않고 살아남으리라는 확신이 설 때까지.'

　이순신은 융복으로 갈아입고 활터로 향했다. 동쪽 하늘로부터 검은 먹구름이 밀려왔다. 피비린내가 물씬 풍기는 폭풍이었다. 그 폭풍의 심장을 화살로 겨누었다. 금오산에서 겪었던 비극을 왜군들에게 되돌려 줄 때가 되었다. 녹둔도에서 잃어버린 명예와 견디기 어려웠던 치욕을 되갚을 때가 왔다. 이순신은 지금까지 지고 온 분노와 슬픔, 오욕과 고통을 시위에 실어 힘차게 쏘았다.

十八、끌려가는 하얀 달

어둠이 해당화가 곱게 핀 가덕도(加德島) 뒤에서부터 서서히 걷히고 있었다. 평소라면 부산하게 나고들 배들이 오늘은 한 척도 떠 있지 않았다. 왜국 군사들을 가득 실은 전선 수백 척이 부산포에 상륙했다는 풍문이 일제히 돌았던 것이다. 처음에는 봄을 맞아 찾아든 왜구들이겠거니 여겼는데, 경상 좌수사 박홍이 달아났다는 소식을 접한 후로는 웅천 어부들도 표정이 달라졌다. 일찌감치 식솔을 거느리고 경상 우수영이 있는 거제로 옮긴 이도 적지 않았고 피란 보따리를 들고 진주까지 물러난 사람도 있었다.

"먼저 가 있구려. 가마내기만 마치면 곧 따라가리다."

소은우는 아내와 두 아들을 먼저 진주 처가로 보냈다. 곧 따라가겠다고 했지만, 아내 남 씨는 소은우가 절대로 가마를 떠나지 않을 것임을 알았다. 이십 년 동안 지키며 가꾼 가마터였다. 광에 쌓아 둔 도자기들을 그냥 두고 목숨이나 구하자고 피란할 위인이 아니었다. 두 아들만 아니라면 남 씨도 웅천에 남고 싶었다. 그러나 아직 어린 두 아이만 진주로 보낼 수는 없었다.

"그럼 꼭 오셔야 해요. 왜선이 나타나면 바로 피하시겠다고 약조를 하세요."

"알겠소. 그리하리다."

천남성 피어난 언덕까지 아내와 두 아들을 배웅한 후 지난밤을 꼬박 가마 앞에서 지새웠다. 안질개(물레질을 할 대 앉는 의자)를 꺼내 와서 허리를 잔뜩 숙이고 앉아 예새(그릇 굽을 떼어내기 위해서 쓰는 쇠)로 땅바닥을 긁어 댔다. 동그라미도 그리고 세모도 그리고 네모도 만들어 보았다. 그러다가 점점 그 원 안에 있는 크고 작은 도형들이 눈이 되고 코가 되고 입이 되고 귀로 변했다. 불꽃에 일렁이는 소은우 눈동자가 점점 커졌다.

"미진 낭자!"

이십 년 동안 매일 가슴에 품고 또 품었던 얼굴이었다. 그 얼굴을 향해 이름을 불러 보는 것은 참으로 오랜만이었다. 손끝이 떨려 왔다. 금오산 가마에 있을 때 소은우는 박미진을 볼 때마다 이렇게 손이 떨렸다. 양손을 등 뒤로 감추고 어깨를 웅크린 채 서 있으면 박미진은 눈을 동그랗게 뜨고 하얀 송곳니를 보이며 웃었다. 그리고 성큼 다가와서 어제 구운 사발을 보여 달라고 했다. 그때마다 소은우는 다음에, 다음에 정말 멋진 걸 보여 주겠다며 고개를 저었다. 소은우는 사발 따위를 선물하고 싶지 않았다. 누가 보든지 감탄할 수밖에 없는 멋진 작품을 만들고 싶었다. 그러나 남궁두는 계속 사발만 만들라고 했다.

예새로 그린 얼굴은 틀림없이 박미진을 닮아 있었다. 큰 눈과 짙은 눈썹, 약간 뾰족한 턱과 도톰한 입술까지.

소은우는 금오산 가마가 불탄 후 웅천에 정착했다. 남궁두도 천무직도 이순신도 모두 뿔뿔이 흩어져 제 갈 길을 갔다. 소은우는 이십 년 동안 꼬박 도자기를 만들었다. 깎은선비 같은 외모처럼 섬세하고 부드러운 솜씨 때문에 곧 하삼도에 널리 이름이 알려졌고, 멀리 쓰시마 섬이나 일본 본토에서도 도자기를 사기 위해 사람들이 왔다. 돈을 모으고 인연이 닿는 여자와 결혼을 하고 두 아들 규태(圭泰)와 규성(圭星)을 얻었다. 아내는 정이 많고 느긋한 성품에 무엇보다도 소은우가 만드는 도자기를 좋아했다. 도자기를 만드는 동안에는 아무 간섭도 하지 않았다. 겉으로 보기엔 지극히 행복하고 평안한 나날이었다.

그러나 도자기를 만들면 만들수록 마음 한구석으로 황소바람이 불어왔다. 박미진을 지키지 못하고 혼자만 살겠다고 가마에 숨었다는 자책이 하루에도 서너 번씩 뒤통수를 때렸다. 칼날 앞에 서면 누구라도 우선 제 한 목숨부터 구하려고 애썼을 것이라는 위안도 소용없었다. 이순신은 해안으로 쫓아가서 적장을 향해 화살까지 날렸다. 그런데 소은우는 가마에 웅크리고 앉아 벌벌 떨고만 있었다. 죽음 앞에서는 사랑하는 여인도 소용이 없었다. 박미진을 죽인 것은 왜구가 아니라 바로 소은우 자신이었다.

소은우는 한 달에도 서너 번씩 바다에 빠져 죽는 꿈을 꾸었다. 양팔을 힘껏 휘저어도 아래로 아래로만 내려갔다. 코와 입으로 짠물이 밀려들어 오고 기침이 소나기처럼 쏟아졌다. 머리까지 완전히 물에 잠기면 귀부터 웅웅웅 울리기 시작했다. 가슴이 꽉 조이듯 답답했다. 숨을 들이쉬니 다시 짠물이 왈칵 목구멍을 넘어왔다. 죽음이 자신을 집어삼킨 것이다. 끝이구나 하고 느끼면서 양손에 힘을 뺐다. 갑자기 맑은 바람이 코로 쑤욱 밀려들어왔다. 눈을 뜨고 주변을 살폈다. 어느새 소은우는 모래사장에 앉아 있었다. 그리고 먼발치에 한 사람이 누워 있었다. 물에 빠져 죽은 시신이었다. 소은우는 고개를 돌리려다 말고 자리에서 일어섰다. 그쪽으로 다가섰다. 미진 낭자였다.

그날 이후로 소은우는 더 이상 사발을 굽지 않았다. 왜인들은 계속 거칠고 소박한 다완을 원했지만 소은우는 사발 따윈 다시 만들지 않겠노라 잘라 말했다. 대신에 소은우는 흰색과 푸른색을 살려 도자기를 구워 냈다. 흰 바탕에 여의주를 문 푸른 용과 구름이 어우러진 병을 즐겨 만들었다. 긴 수염을 휘날리며 발가락 세 개로 허공을 휘저으면서 고개를 빳빳하게 들고 정면을 응시하는 용을 그려 넣었다. 그럴 때면 잠시 웃음 짓곤 했다.

'이제 해가 중천에 뜨면 백자청화운룡문병(白瓷靑畵雲龍紋瓶)을 두 개 더 만들 수 있으리라. 이번에는 더욱 눈이 크고 몸통이 굵은 용을 넣어야겠다. 구름도 더 날렵하게 넣고, 용 비늘은 손으로 떼어내고 싶도록 자세하게 그려야지. 다음에는 용 세 마리를 도자기 하나에 담아 보자. 뒤엉킨 몸과 다리를 그리는 것이 쉽진 않겠지만 도자기 하나에 용 한 마리씩 그리는 건 재미가 없어.'

그때 갑자기 왕대 지팡이가 어깻죽지를 내려쳤다. 소은우는 안질개에서 벌떡 일어섰다.

"이놈아! 그런다고 날 이길 것 같아?"

낡은 도포 차림을 한 사내 얼굴을 살피던 소은우가 깜짝 놀라며 말했다.

"스, 스승님!"

마흔 살을 갓 넘겨 보이는 사내는 분명 남궁두였다. 소은우가 형이라고 해도 곧이들을 만큼 남궁두는 이십 년 전보다 오히려 젊고 활기찼다.

"웅천에 터를 잡고 일가를 이루었다기에 혹시나 싶어 왔더니 역시 넌 길도 아닌 길로 가느라 이십 년 세월을 허송하였구나."

"허송이라니요? 스승님! 이걸 보십시오. 아름답지 않습니까?"

소은우가 옆에 있던 백자청화운룡문병을 들어 보였다. 남궁두가 들고 있던 왕대 지팡이가 바람 소리를 가르며 날아든 것은 순식간이었다. 피할 겨를도 없이 병은 지팡이에 맞아 산산조각이 났다. 황급히 뒤로 물러난 소은우가 따지듯 물었다.

"아니, 왜 이러시는 겁니까? 이게 얼마나……"

"비싼 거라 이거지? 이놈아! 비싼 병을 깼다고 관아에 고변이라도 할 테냐? 언제부터 값을 따져 가마내기를 한 게냐? 내가 널 잘못 보았다. 헛가르쳤구나, 헛가르쳤어."

소은우는 한 걸음 나서며 남궁두를 뚫어져라 쳐다보았다. 지난 이십 년 동안 가마를 지키며 오늘을 기다렸는지도 몰랐다.

'이제 스승님과 내 길이 어떻게 다른가를 분명히하리라. 그리고 내 세계를 인정받으리라.'

"스승님!"

"어허, 아직도 할 말이 남은 게야? 어디서 눈을 똑바로 치뜨는 게냐? 지팡이 맛을 더 보고 싶은가?"

"때리시면 얼마든지 맞겠습니다. 하나 소생을 장사꾼으로 몰지는 말아 주십시오. 가장 좋은 도자기를 만들기 위해 이십 년을 노력해 왔습니다. 스승님께서 사발로 경지를 이루셨다면 전 이 백자청화운룡문병에서 경지를 이루고 싶습니다."

남궁두가 계속 혀를 차 댔다.

"호오. 그러니까 네 경지랑 내 경지랑 맞먹게 되었으니 함부로 대하지 마라 이 말이로구나. 이거 내가 큰 실례를 했군."

"스승님! 우선 안으로 드시지요. 약주라도 하시면서 천천히……"

"이놈아! 내가 술이나 얻어먹자고 온 줄 아느냐? 세상 물정 모르는 제자 목숨이라도 구할까 싶어 왔느니라. 살아날 궁리는 않고 어디서 경지 타령이냐."

"살아날 궁리라뇨? 혹시 부산포에 들어온 왜구 때문에 오신 겁니까?"

"왜구라니? 대선단을 이끌고 온 왜구도 있더냐? 잘 새겨들어라. 네가 목숨을 연명할 방법은 단 한 가지뿐이다. 지금 당장 광에 들어가서 아무렇게나 구석에 처박아 둔 사발들을 마당에 꺼내 놓아라."

"싫습니다. 전 곧 백자청화운룡문병을 완성하는 작업을 해야합니다. 한데 갑자기 사발들을 꺼내 놓으라니요? 작업에 방해만

될 뿐입니다."

왕대 지팡이가 더욱 세게 소은우 머리를 때렸다.

"이놈아! 넌 정말 사발이 형편없다고 생각하는 게냐? 왜인들이 왜 유독 금오산 사발들을 아끼고 비싼 값에 사들였다고 보느냐?"

"그야 진짜 좋은 도자기를 보지 못해서……."

"아니다. 왜인들은 네가 만든 저 도자기들보다 몇 배나 화려한 대국 도자기를 가지고 있느니라. 하나 그 크고 화려한 도자기 대신 사발을 택했느니라. 그 이유가 무엇일까?"

"……."

소은우는 즉답을 못했다.

'안목이 낮아서 사발을 사들인 것이 아니라고? 그렇다면 왜 볼품없는 사발을 사들였단 말인가?'

"이놈아! 아직 그 쉬운 물음에도 답을 찾지 못했으니 내가 이렇게 화를 내는 게다. 이십 년 동안 가마만 지키면 뭐하누? 도자기를 보는 눈이 전혀 자라지 못했는데. 하여튼 지금은 긴말할 겨를이 없다. 어서 광으로 들어가거라. 새끼로 아무렇게나 묶어 둔 사발을 찾아야 한다. 그게 네 목숨을 구할 유일한 길이야. 어서 일어나라, 어서!"

남궁두가 다시 왕대 지팡이를 치켜들었으므로 소은우는 엉덩방아를 찧으며 뒤로 물러섰다.

"어이쿠!"

그 순간 안질개에서 벗어난 엉덩이가 쿵 소리를 내며 땅바닥에 닿았다. 정신이 번쩍 들었다. 눈을 크게 뜨고 주위를 살폈다. 남궁두는 온데간데없었다. 깜빡 꿈을 꾼 것이다.

'스승님도 참! 아직도 내게 사발을 구우라 하시는구나. 이제 그런 천한 그릇은 다신 가까이 않을 것인데……. 사발이 내 목숨을 구한다? 광에 사발이 있긴 있는가?'

소은우는 오른손으로 엉덩이에 묻은 흙을 털며 일어선 후 광으로 털레털레 걸어 들어갔다. 밭은기침이 나왔다. 부서진 천장 틈으로 가느다란 빛이 새어 들어왔다. 고이 모셔 둔 백자들을 한쪽으로 옮겼다. 소나무와 대나무들을 푸른색으로 표현한 도자기 앞에선 잠시 손길을 멈추고 미소 짓기도 했다.

'이토록 눈부시게 아름다운 작품과 사발을 어찌 비할 수 있다는 말인가. 결코 스승님 길을 답습할 수 없다. 스승이 사발만 빚으신 것은 세상에 대한 울분과 절망을 담기 위해서다. 삶이 슬프고 고통스러운데 도자기만 빛날 수는 없다는 것이다. 그러나 나는 그렇게 생각하지 않는다. 삶이 비루할수록 오히려 도자기들은 아름답고 완벽해야 하지 않을까. 사기장이 보잘것없다 해서 도자기까지 그런 걸 빚는다면 너무 끔찍하다. 슬픔이라면, 분노라면 나 역시 스승만큼이나 크고 깊지 않은가. 서얼이라는 굴레, 배다른 형제들 괄시, 가족 품을 떠나 홀로 지낸 외로움, 서책 대신 흙을 빚고 장작을 패며 흘린 땀과 눈물들. 그 모든 것이 모여 고결한 흰 바탕으로 화려한 푸른빛으로 되살아나는 것이다. 내가옳다. 이 길 외에 다른 길은 없어.'

탕.

고막을 찢는 총성이 들렸다. 아주 가까이에서 비명이 터져 나왔다.

소은우는 왜인들이 웅천까지 들어왔음을 직감했다.

'경상 우수영이 코앞인데 어찌 저토록 순식간에 들이닥친단 말인가.'

소은우는 서둘러 광을 나서서 달아나야겠다고 생각했다. 삐거덕거리는 광문을 반쯤 연 순간 조총을 든 왜군 둘이 마당으로 들이닥쳤다. 소은우는 황급히 문을 닫아걸고 짚단을 쌓아 둔 왼쪽 구석으로 몸을 숨겼다. 엉덩이를 바닥에 대는데 새끼줄로 묶은 사발이 등에 닿았다. 열 개를 한 꾸러미로 묶은 것이다. 이런 사발을 구웠는지 기억에도 가물가물했다. 아내와 두 아들 얼굴이 스치고 지나갔다.

'여보! 규태야, 규성아!'

문짝이 심하게 흔들렸다. 왜군들이 밖에서 광문을 잡아당기고 있는 것이다. 다른 집으로 그냥 갈 것 같지는 않았다. 사기장 집이라면 도자기가 있을 것이고 그 도자기들을 그냥 두고 지나칠 왜인들이 아니었다.

'아! 끝인가.'

소은우는 두 눈에서 눈물이 왈칵 쏟아졌다. 양손을 부들부들 떨며 몸을 일으켰다. 두 다리가 휘청거려 서기도 힘이 들었다. 쥐새끼처럼 웅크리고 있다가 개죽음을 당하느니 서서 싸우다 죽고 싶어졌다. 왜 그런 생각을 했는지 알 수 없었다. 이십 년 전처럼 가마 안에 숨어 목숨을 잇지는 않겠다는 생각도 들었다. 겹겹이 쌓아 둔 도자기 곁으로 가서 양손에 뻗었다. 왼손에는 백자

유개호가 오른손에는 백자 주전자가 들렸다. 광문이 열리고 빛이 쏟아져 들어오자마자 소은우는 힘껏 도자기를 던졌다. 두 도자기가 날아가서 깨어지기도 전에 손엔 또 다른 도자기 두 개가 들려 있었다. 그렇게 열 개도 넘는 도자기를 던지고 퍽 소리를 내며 도자기가 산산조각이 나도 왜인들은 모습이 보이지 않았다. 총을 쏘지도 않았다.

"백월 선생! 진정하십시오."

낯익은 조선말이다. 소은우는 백자청화운룡문병을 머리 위로 치켜든 채 멈춰 섰다. 얼굴이 벌겋게 달아오르며 천만(喘滿, 숨이 차서 가슴이 몹시 벌떡거림)이 났다.

"접니다. 동치!"

'동치라고?'

목이 짧고 키가 작은 뚱뚱보가 고개를 쑥 내밀었다. 웅천에 정착한 후부터 줄곧 소은우가 만든 도자기를 사 가던 장사치였다. 처음 만났을 때는 스무 살 정도 먹은 건장한 청년이었는데, 한 십 년 전부터 몸이 불더니 멧돼지처럼 살이 쪘다.

"자네가 어떻게……?"

동치가 웃으며 앞으로 쑥 나섰다.

'왜구들 앞잡이였는가? 내 도자기를 저놈들에게 팔아 왔던 거야?'

"선생님! 우선 도자기부터 내려놓으시지요."

"닥쳐!"

소은우가 화를 버럭 내며 도자기를 동치에게 던졌다. 동치는 덩치에 어울리지 않을 만큼 잽싸게 오른쪽으로 두 걸음 비켜섰다. 조총을 든 왜군들이 동치 뒤로 슬금슬금 다가섰다. 줄잡아 열 명은 넘어 보였다. 총구는 정확하게 가슴을 겨누었다. 서늘한 총신을 보자 소은우는 마른침을 꿀꺽 삼켰다.

"언제부터 저놈들 길라잡이 노릇을 한 게야?"

동치가 빙그레 웃으며 답했다.

"선생님! 이놈은 원래 쓰시마 섬에서 태어났습니다. 어머니가 조선인이었기 때문에 어려서부터 조선말을 배웠고, 조선에서 도자기를 구해 쓰시마 섬이나 일본 본토에 팔면 이문이 꽤 많이 남기 때문에 이 짓을 이십 년 넘게 하고 있습니다."

"하면 처음부터 쓰시마 섬에서 왔다고 왜 밝히지 않았어?"

동치가 세 겹 턱을 오른손으로 쓸며 말했다.

"조선 사람들은 참 이상합니다. 쓰시마 섬에서 왔든, 대국에서 왔든, 홍정만 잘 붙어 이문만 남기면 되지 않습니까? 한데 꼭 어디서 왔냐고 먼저 묻더라고요. 그래서 그냥 한양에서 태어나긴 했는데 팔도를 떠돌았다고 적당히 둘러댔죠. 자, 이제 그만하시죠."

"그냥 이대로 죽을 순 없어."

"죽다뇨?"

동치가 또 슬쩍 비웃음을 흘렸다.

"백월 선생님을 모셔 가려고 이놈이 직접 온 겁니다."

"모셔 가다니?"

"편안히 도자기를 구울 수 있도록 모시려는 것입죠. 이제 조선 팔도는 전쟁터로 변할 겁니다."

"조선 팔도가 전쟁터로 변한다고 했느냐?"

"소인이 좋은 곳을 봐 뒀습니다. 가시지요."

정월부터 유난히 사변(蛇變. 뱀의 변이. 뱀의 크기나 색깔, 출현 장소 등 여러 변화가 나타나는데 흔히 앞일에 대한 예언으로 받아들여졌다.)이 잦았다. 머리가 둘 달린 놈, 오색 무지개 빛깔을 내는 놈, 고리에 뒷발이 붙어 있는 놈도 있었다. 그 모든 게 전쟁이 일어날 조짐이었던 것이다. 소은우가 백자 주전자 두 개를 집어 들고 물러서며 외쳤다.

"난 아니 간다. 웅천을 떠나지 않아. 여기서 이십 년이나 가마를 지켜 왔다. 가지 않겠어."

소은우가 다시 도자기를 던지자 왜군들이 동치를 젖히고 나섰다. 동치가 그 앞을 막아서려 했지만 이미 왜군들이 빽빽하게 들이찼다.

"어서, 무릎을 꿇고 엎드리세요. 어서요!"

동치가 다급하게 외쳤다. 그러나 소은우는 무릎을 꿇는 대신 사발 꾸러미를 머리 위로 들어올렸다. 그 순간 이상한 일이 벌어졌다. 갑자기 제일 앞에 서 있던 왜장이 총을 내려놓고 양손을 땅바닥에 대며 엎드린 것이다. 그러자 나머지 왜군들도 따라 했다. 동치가 그 틈에 소은우 곁으로 풀쩍 뛰어나왔다.

"아니, 이건 금오산 다완이 아닙니까? 이십 년 전 금오산 일대의 가마가 불에 탄 후 질박하고 은은한 금오산 다완은 사라졌다 들었습니다. 한데 이게 몇 갭니까? 열 개씩이나 가지고 계셨군요. 수십 번 이 집을 드나들었는데 왜 이걸 보여 주지 않으셨나요?"

소은우가 눈을 사발로 돌렸다.

'그러니까 이걸 보고 저 왜군들이 엎드려 절을 하고 있다 이 말이지?'

그 순간 남궁두가 예언처럼 던진 말이 떠올랐다.

'사발이 나를 살린다더니 과연 이것 때문에 목숨을 건지게 된 것인가.'

"물러가라 이르게. 그렇지 않으면 이 사발을 모두 깨어 버리겠다고."

동치가 돌아서서 왜말로 짧게 말하자 왜군들은 서둘러 마당으로 물러났다. 그제야 소은우는 들고 있던 사발 꾸러미를 내려놓고 깊은 숨을 몰아쉬었다.

"사실인가? 왜선 수백 척이 부산포에 상륙한 게?"

"그렇습니다. 이제 곧 조선 팔도가 불바다로 변할 겁니다. 이십만 명 가까운 장졸들이 조선으로 건너올 것이라고 합니다."

'이십만 명!'

소은우는 가슴이 철렁 내려앉았다. 그 절반만 조선에 상륙해도 천지가 지옥으로 변할 것이었다.

'남궁 스승님이 염려하셨던 일이 기어이 터지는가.'

"한데 날 어디로 데려가려는 것인가?"

동치가 머뭇거리며 답했다.

"우선 왜선에 며칠 머물렀다가 부산포로 가게 될 겁니다. 솜씨 좋은 조선 사기장들을 생포하라고 고니시 장군이 밀명을 내렸으니까요. 제발 저분들 비위를 거스르지 말아 주십시오. 이놈이야 선생이 지니신 신묘한 솜씨를 알지만, 저분들은 아무리 엄명을 받았다 해도 성질을 참지 못하고 일을 저지를 겁니다."

"부산포로 가서…… 그 다음엔 어찌 되는가?"

"거기까진 잘 모르겠습니다. 이제 가셔야 합니다. 부산포까진 이놈이 모시겠습니다. 나가시지요."

다른 길이 없었다. 동치보다 먼저 사발 꾸러미를 들고 마당으로 나갔다. 매캐한 냄새와 함께 검은 연기가 하늘을 뒤덮고 여기저기서 비명이 터져 나왔다. 지옥이 따로 없었다.

十九. 몽진을 준비하는 사람들

  눈을 떴다. 어둠이다. 명지바람 위로 운화(雲和, 거문고의 별칭)가 아직 울리는 듯하다. 고개를 돌리니 인빈 김 씨가 코올콜 소리를 내며 깊이 잠들어 있다. 선조는 그 잠든 모습을 보며 빙그레 웃었다.

  '꽃잠(신랑 신부가 처음으로 자는 첫날밤 잠)도 이보다는 못하지.'

  지난밤 선조는 인빈 김 씨 처소인 영화당(映花堂)을 찾았다. 대전 내관 윤환시가 이끌지 않았더라도 요즈음 선조는 관심이 온통 신성군에게 가 있었다.

  '어제는 모처럼 세 번이나 인빈을 즐겁게 해 주었도다. 삼경까지 시달렸으니 피곤할 만도 하지.'

  작년 가을부터 선조는 시도 때도 없이 찾아드는 악몽 때문에 편히 잠을 이루지 못했다. 인빈 김 씨는 옥체를 보존하시라며 보약 먹기를 권했다. 내의(內醫) 허준(許浚)이 지은 보약이 엉뚱한 방향으로 약효를 나타내고 있는 것이다.

'인빈은 마음이 참 고와. 앞으로 십 년만 더 용상에 앉았다가 신성군에게 양위하는 것도 나쁘진 않을 거야. 늙어 죽을 때까지 국정에 시달릴 수는 없지. 인빈이랑 팔도나 유람하며 여생을 보내는 것도 괜찮을 거야. 보위에 오른 지도 어언 스물네 해가 흘렀어.'

열여섯 철부지로 궁에 들어온 뒤 많은 일이 있었다. 첫 십 년 간은 퇴계와 율곡이 가까이서, 멀리서 선조를 도왔다. 두 사람은 군왕의 도와 덕치의 위대함을 쉽게 설명해 주었다.

'요순의 아름다움이여! 한 고조의 인자함이여! 공맹의 올바름이여!'

그들과 함께라면 조선을 삼황오제의 나라로 바꿀 수 있을 것만 같았다.

'하나 군왕의 길이 어디 그렇게 쉬운가.'

퇴계와 율곡이 세상을 뜬 후로는 모든 것이 뒤죽박죽이었다. 동서로 나뉜 신하들은 하루가 멀다 하고 두 사람을 비난하는 상소를 올렸다.

'퇴계와 율곡이 그렇듯 소인배라면 그들로부터 가르침을 받은 과인은 도대체 무엇이란 말인가.'

선조는 역정을 내기도 하고 달래 보기도 했지만 신하들은 막무가내였다. 요순도 공맹도 잊고 당폐(堂陛, 임금과 신하)의 엄격함마저 사라졌다. 급기야 정여립이 도당을 모아 난을 일으켰다. 이씨 왕조를 없애고 정씨 왕조를 세우겠다는 것이었다.

'음모가 미리 발각되지 않았다면 어찌 되었을까. 상상만 해도 끔찍한 일이다. 지금 과인 곁에는 퇴계와 율곡처럼 믿고 의지할 신하가 없다. 당리(黨利)만 챙기려 드는 자들에게 힘을 몰아주는 것은 위험천만이다. 특히 함경도와 전라도의 장수들을 유념하여 조금이라도 항심(抗心)을 품는 자는 단칼에 베어 버리리라.'

지난밤에 꾼 악몽이 생생하게 떠올랐다. 며칠째 같은 꿈이 반복되고 있었다.

첫머리에 산발한 계집이 나타났다. 삼베로 만든 상복을 입고 덩덕새머리에 볏단을 인 채 북망산을 바라보며 한없이 달렸다. 군졸들이 막아섰지만 백 년 묵은 여우처럼 훌쩍훌쩍 공중제비를 돌며 뛰어넘었다. 어느 틈에 대궐 앞에 다다랐다. 그러더니 머리에 인 볏단을 하늘 높이 던지고 나서 입으로 훅 불었다. 볏단이 거대한 불덩이가 되어 대궐을 휩쓸었고 한양은 온통 불바다로 변했다.

어제 아침 좌의정 류성룡을 불러 해몽을 시켰다. 류성룡은 파자점(破字占, 글자를 풀어 치는 점)으로 꿈을 풀었다.

"계집〔女人〕이 볏단〔禾〕을 머리에 이었으니 곧 왜(倭)가 되옵니다. 왜가 일으킬 변란을 유념하라는 뜻이 아닐는지요."

영의정 이산해가 정반대 의견을 내놓았다.

"전하, 자고로 불은 번영을 뜻하는바 길몽이 틀림없사옵니다. 더군다나 대궐과 도성을 태워 버릴 큰 불덩이였으니 아주 큰 복이 찾아들 것이옵니다."

'변란과 번영이라!'

선조는 비단이불을 걷고 앉았다.

'공자는 인간의 일도 다 모르는데 귀신의 일까지 알 필요가 있느냐고 했다. 꿈이란 의당 해괴한 것이며 귀신 놀음에 불과하다. 한 나라 군주가 악몽에 흔들려서야 쓰는가. 하나…… 왜 며칠 동안 그 불덩이가 나를 쥐고 흔드는 것일까.'

"전하!"

인빈이 코맹맹이 소리로 귓전을 간질였다. 어느 틈에 잠을 깬 것이다. 선조는 가만히 인빈 김 씨 쪽으로 몸을 돌렸다. 붉은벌 깨덩굴 같은 얼굴이 사랑스럽다.

"아직 첫닭이 울기 전이오. 좀 더 눈을 붙이도록 하오."

"또 악몽을 꾸셨는지요, 전하. 옥체가 상하실까 두렵사옵니다."

목소리가 촉촉이 젖어 있었다. 선조는 손을 뻗어 그 도톰한 입술과 양 볼을 어루만졌다.

"신성군은 요즘 무슨 공부를 하오?"

"『시경』을 읽는다 하옵니다."

"호오, 기특한지고! 벌써 『시경』을 읽는다 말인가?"

선조가 흡족하게 웃으며 손을 끌어당기자 인빈은 고개를 숙인 채 못이기는 척 끌려왔다. 하룻밤 사이에 네 번씩이나 운우지락을 이루기는 처음이었다.

"전하, 자애하심이 바다와 같사옵니다."

선조는 인빈을 구석구석 어루만졌고, 인빈은 손길이 닿을 때마다 부르르 몸을 떨었다. 선조는 그 감칠맛 나는 몸부림이 좋았다.

창덕궁을 가득 덮은 안개가 살랑대는 간들바람을 따라 천천히 후원으로 움직였다. 차디찬 겨울이 가고 바야흐로 만물이 소생하는 봄이 온 것이다. 바삐 진둥걸음을 옮기는 궁녀들 얼굴에도 봄은 피어났다. 성은을 기다리며 한뉘 늙어 가는 궁녀들도 봄 냄새가 싫지만은 않은 모양이었다.

진시(辰時, 오전 7시)가 갓 넘었을 무렵, 대전 내관 윤환시는 도승지 이항복이 급히 찾는다는 전갈을 받았다. 선정전을 가로질러 승정원(承政院)으로 가는 길에 윤환시는 이항복과 마주쳤다. 이항복이 인사도 건네지 않고 다짜고짜 물었다.

"전하께서는 기침하셨습니까?"

"아직……!"

윤환시는 말꼬리를 흐리며 표정을 살폈다. 지밀상궁이 귀띔한 바에 따르면, 전하께서는 닭 울 녘에 잠깐 깨셨다가 다시 침수에 드셨다고 했다. 그러므로 아마도 오전에는 편전에 납시기 어려울 것이었다. 이항복은 혀를 쯧쯧 차며 하늘을 우러렀다.

"언제쯤 기침하실 것 같습니까?"

"글쎄올습니다……. 요즘엔 사시(巳時, 아침 9시)를 넘기실 때가 많습니다."

"사시라……. 그땐 너무 늦습니다. 지금 당장 가서 아뢰어 주십시오."

"아니 됩니다."

이항복은 쫙 갈라진 쇳소리 같은 그 목소리가 귀에 거슬렸다.

"아니 된다니요? 급한 일이라 하지 않았습니까?"

이항복은 진작부터 대전 내관 윤환시가 마음에 들지 않았다. 간녕(奸佞, 간사하고 아첨을 잘함)한 윤환시가 선조를 인빈 치마폭 속으로 끌어들이고 있음은 공공연한 비밀이었다. 그래서인지 윤환시는 대신들보다 더 자주 천온(天醞, 임금이 내리는 술)을 하사받는 궁궐 내 숨은 실력자였다.

"기침하시기 전까지는 그 누구도 들이지 말라는 엄명이 계셨습니다."

윤환시는 자웅눈(한쪽은 크고 한쪽은 작게 생긴 눈)을 치뜨며 어명을 걸고 넘어졌다.

'어명을 따르겠다는데 누가 막을 것인가. 침수에 든 주상 전하를 깨워서라도 알려야 할 위급한 일이 무엇인가를 알기 전에는 이항복을 영화당으로 들일 수 없다. 급한 일일수록 대전 내관인 나 윤환시가 먼저 알아야 한다.'

"이, 이런!"

이항복이 말을 잇지 못한 채 도끼눈을 뜨고 윤환시를 보았다. 윤환시는 엉거주춤 고개를 숙이면서 분노에 찬 이항복을 못 본 체했다. 그사이 대청에서 신료들 십여 명이 몰려나왔다. 좌의정 류성룡이 앞장을 섰고 영의정 이산해, 대제학 이덕형, 병조 판서 홍여순 등이 뒤따랐다.

"도승지! 무엇 하고 있는 게요? 전하께 아뢰셨소?"

류성룡도 목소리에 여유가 없었다. 이항복이 윤환시를 눈짓으로 가리키며 대답했다.

"아직 기침하지 않으셨다고 하옵니다."

류성룡이 다시 다그쳤다.

"지금 무슨 소릴 하는 거요? 한시가 급하니 당장 전하께 아뢰시오"

대신들 동태를 살피던 윤환시는 심상치 않은 분위기를 감지하고 서둘러 이항복을 영화당으로 안내했다.

"전하, 기침하셨사옵니까?"

윤환시가 유달리 작고 가는 목소리로 아뢰었다.

"……"

대답이 없었다. 이항복이 참지 못하고 큰 소리로 아뢰었다.

"전하! 신 도승지 이항복이옵니다."

작은 인기척이 들렸다. 이항복이 한 걸음 앞으로 나섰다.

"전하! 신 도승지……"

"물러가라!"

짜증이 철철철 묻어나는 목소리였다.

"전하!"

"물러가지 못할까?"

윤환시가 얼굴을 환하게 펴면서 의기양양한 눈길로 이항복을 바라보았다. 이항복은 경상 좌수사 박홍이 올린 장계를 받친 두 손을 아무 말 없이 내려다보았다. 왜군이 부산포에 상륙했음을 알리는 장계였다. 생각 같아서는 당장에 문을 박차고 들어가고 싶지만 지엄한 어명을 거스를 수 없는 노릇이었다.

"전하께서 기침하시거든 대신들이 편전에 모여 기다린다고 아뢰 주시게."

"알겠사옵니다."

천안(天顔, 임금 얼굴)을 뵙지도 못하고 힘없이 물러가는 이항복이 더없이 처량해 보였다. 윤환시는 선조가 편안히 늦잠을 즐길 수 있도록 주위에서 얼쩡거리던 궁녀들까지 멀리 물리쳤다. 선조가 편전에 모습을 드러낸 것은 오시(午時, 낮 11시)가 훨씬 넘어서였다.

도승지 이항복이 지체하지 않고 장계를 올렸다. 대신들은 머리를 조아린 채 진노한 음성이 들려오기를 기다렸다.

전쟁, 전쟁이 시작된 것이다.

그러나 예상과는 달리 옥음(玉音, 임금의 음성)은 그 어느 때보다 맑고 경쾌했다.

"도승지!"

"예, 전하!"

"고작 이 일 때문에 호들갑을 떨었느냐? 왜구 몇 놈이 절영도(絶影島) 앞바다에 나타난 게 어쨌다는 것이냐? 경상 좌수사와 동래 부사가 물리치면 그만 아닌가?"

"저, 전하!"

이항복 얼굴이 흙빛으로 변했다. 선조는 변명을 용납하지 않고 이산해에게 눈길을 주었다.

"영상! 영상도 이 장계 때문에 온 것인가?"

"그, 그게 말씀이옵니다……."

이산해도 제대로 답을 못했다. 맞은편에 앉아 있던 류성룡이 나섰다.

"전하! 절영도 앞바다에 나타난 왜군들 동태가 심상치 않사옵니다. 왜군 숫자가 이만 명에 가깝다는 소문도 있사옵니다. 속히 대책을 세워야 할 것이옵니다."

"그러니까 좌상은 경상 좌수사와 동래 부사가 왜구에게 패할 것이라고 생각하는가?"

"아, 아니옵니다. 신은 다만 만일을 대비하는 것이……."

"만일은 무슨! 설령 경상 좌수사와 동래 부사가 패한다고 하더라도 경상도 병마사가 막으면 된다. 도대체 이까짓 일로 조정을 어지럽힌 자가 누군가? 나서라! 썩 나서지 못할까?"

대신들은 불호령에 꿀 먹은 벙어리가 되었다. 그때 문 밖에 있던 도승지 이항복이 박홍이 보낸 두 번째 장계를 받아 올렸다.

"승전보이리라."

선조는 빙긋 웃으며 장계를 폈다. 그 얼굴은 곧 놀람과 분노로 뒤범벅이 되었다. 용안을 살피던 신하들도 전황이 심상치 않음을 눈치 챘다.

"부산포 첨사 정발이 어떤 놈이냐? 하루도 버티지 못하고 전멸하다니! 에잇, 어찌 이런 일이 있을 수 있단 말인가? 동래 부사 송상현은 또 어떤 위인이야? 도대체 그곳 장수들은 무얼 하고 있었단 말인가? 버러지만도 못한 놈들! 나라 체면을 이렇게 구겨 놓을 수 있는가? 구족(九族)을 멸해도 시원찮을 놈들! 어찌 조선

十九. 몽진을 준비하는 사람들 297

군대가 웅랑호표(熊狼虎豹. 곰, 이리, 호랑이 표범. 곧 사나운 짐승.)만도 못한 오랑캐에게 질 수 있단 말인가?"

부산포 첨사 정발과 동래 부사 송상현의 전사.

신하들 역시 선조만큼이나 놀랐다. 종삼품 동래 부사가 남해안을 기웃거리던 좀도둑 무리에게 목숨을 잃은 것은 치욕이 아닐 수 없었다. 선조는 장계를 올린 경상 좌수사 박홍에게 분노를 쏟아 냈다.

"장계만 올리면 그만인가? 왜선들이 건너오는 동안 경상 좌수사는 어디 있었단 말인가? 한심한 놈! 이런 자가 어찌 장수일 수 있겠는가?"

류성룡이 침착하게 숨을 가다듬은 후 끼어들었다.

"전하! 하루 빨리 방책을 마련해야 하옵니다. 부산포가 뚫렸으니 저들은 대구를 지나 곧장 한양으로 쳐들어올 것이옵니다."

"뭣이? 왜놈들이 이곳까지 온단 말인가?"

선조가 다급한 목소리로 말했다. 지금까지 왜구들은 전라도와 경상도 해안을 침탈했을 뿐 내륙까지 들어온 적은 없었다. 한성 판윤 신립이 류성룡을 힐난하며 나섰다.

"좌상! 도대체 무슨 근거로 저들이 한양까지 쳐들어온다고 하시는 겝니까? 조선에는 장수가 없는 줄 아시오? 하룻강아지 범 무서운 줄 모르고 덤빈다면 저들을 기다리는 건 죽음뿐이외다. 전하! 성심을 편히 하시옵소서. 차라리 잘된 일이옵니다. 저들이 겁도 없이 건너왔으니, 이참에 소장이 부산포로 내려가서 왜놈들을 쓸어버린 후 대마도와 왜국으로 건너가겠사옵니다. 철저히 응징해서 다시는 이따위 헛된 짓을 못하도록 가르친 뒤 전하의 위엄과 덕을 저들 가슴에 똑똑히 새겨 놓겠사옵니다. 삭풍 몰아치는 육진 전투에 비한다면 겁쟁이 왜구를 쫓는 일은 아무것도 아니옵니다. 소장을 보내 주시옵소서."

선조가 표정이 밝아졌다.

"오, 신 장군 역시 신 장군뿐이구려. 경들은 들어라! 우리 조선이 어떤 나라인가. 명나라와 함께 공맹의 도를 실천하는 나라이다. 예의를 아는 우리가 어찌 개백정만도 못한 왜놈들에게 질 수 있겠는가. 부산포와 동래의 패전은 정발과 송상현이 제대로 대처를 못했기 때문이다. 그러니 경상 우병사에게 당장 나가 싸우라는……."

선조가 갑자기 말을 끊었다. 무엇인가 짚이는 것이 있는 듯했다.

경상 우병사!

"좌상, 지금 경상 우병사가 누구인가?"

"김성일이옵니다. 그저께 떠났으니 아직 부임지에 도착하지 못했을 것이옵니다."

"김성일? 김성일이라면 왜군이 쳐들어오지 않는다고 윤똑똑이처럼 호언장담한 장본인이 아닌가? 당장 불러들여! 과인이 친히 국문하겠다."

류성룡은 백짓장처럼 얼굴이 하얘졌다. 김성일이 지금 한양으로 끌려오면 죽음을 면키 어려웠다. 아래로는 백성을 속이고 위로는 임금을 능멸한 죄를 받을 것이었다. 당장 나서서 김성일을 변호하고 싶지만 때가 좋지 않았다.

"대마도로 건너갈 배는 준비되었는가?"

선조는 다른 대신들을 무시하고 신립에게만 눈길을 주었다.

"경상 우수사 원균이 마련한 배가 칠십여 척이옵고 나머지는 왜선을 빼앗아서 충당하면 될 것이옵니다."

"그래, 그러면 되겠군."

신립이 자신감을 피력하자 대신들도 마음이 놓였다. 두만강을 건너가서 야인들을 전멸시킨 신립이라면 능히 왜군을 물리치고도 남을 것이었다. 새벽잠을 설치고 입궐할 필요까지는 없었다. 부산포에서 한양이 천릿길이니 그사이 왜군은 틀림없이 격퇴될 것이었다.

"전하! 개돼지를 잡는 데 명검까지 휘두를 필요는 없사옵니다. 신 장군은 나라의 동량이니 한양에 머무르게 하고 소장을 보내 주시옵소서."

대장군 이일이었다. 이일은 정여립 당여(黨與, 같은 무리에 딸린 사람들)를 색출하지 못해 선조에게 핀잔을 받은 후 침울하게 하루하루를 보내는 중이었다. 왜구를 평정하는 것은 어심을 사로잡을 더없는 기회였다.

이일이 콧김을 푸욱푸욱 내뿜으며 출정을 간청하자 선조와 대신들은 표정이 더욱 밝아졌다. 왜군 같은 오합지졸을 상대하는 데는 이일만으로도 충분할 것이었다. 선조는 잠시 신립 표정을 살폈다. 신립 역시 이일이 나선 것을 내심 반기는 눈치였다. 쓰시마 섬까지 건너가겠다고 큰소리는 쳤지만 아직까지 준비된 것은 하나도 없었다.

"자신 있는가?"

"전하, 소장을 믿으시옵소서."

"신 장군은 어찌 생각하는가?"

신립이 주저하지 않고 대답했다.

"장수들 중에는 손오(孫吳, 손자와 오자) 병법을 읽고 도략(韜略, 육도삼략)을 외워도 그 뜻을 취하지 못하거나 군사들을 부리지 못하는 자가 많사옵니다. 하나 대장군 이일은 일찍부터 여러 웅곤 (雄閫, 넓고 큰 지역의 병영)을 맡았고 병법에도 밝으면서 능히 장졸들을 거느릴 수 있는 양장이옵니다. 이일을 경상도 순변사(慶尚道 巡邊使)로 삼으시어 중도(中道)로 내려가게 하고 성응길(成應吉)을 좌방어사(左防禦使)로 삼아 좌도(左道)로 내려가게 하고 조경(趙儆)을 우방어사(右防禦使)로 삼아 우도(右道)로 내려가게 하시옵소서. 천군만마와 대적하더라도 물리칠 것이옵니다."

"윤(允, 허락한다.)!"

선조는 어전 회의가 끝나자마자 영화당으로 사라졌다. 도승지 이항복에게는 미열 때문에 잠시 휴식을 취하고 오겠다고 했지만 인빈 김 씨의 살 냄새가 못내 그리웠음이 분명했다.

대신들은 선정전 뜰로 나와서 신립과 이일을 삥 둘러쌌다. 샐 녘에 느꼈던 불안과 근심은 사라진 지 오래였고 벌써 승전보라도 받은 듯 파안대소까지 터져 나왔다.

류성룡은 도승지 이항복과 대제학 이덕형을 데리고 선정문을 빠져나와 성정각(誠正閣)으로 들어섰다. 성정각은 동궁(東宮, 세자)

이 학문을 익히는 곳이었으나 아직은 세자가 책봉되지 않았기에 내의들 왕래만 있을 뿐 인적이 드물었다.

오성 이항복과 한음 이덕형.

학문과 처세에 두루 능한 두 사람은 이제 갓 서른을 넘긴 나이였지만 조정 중론을 중심에서 이끌고 있었다. 류성룡은 두 사람을 볼 때마다 이십여 년 전 젊은 날을 회상하곤 했다. 김성일, 허봉과 함께 홍문관에 파묻혀 학문을 익히던 시절, 붕당을 만들려는 서인에게 정면으로 달려들던 시절, 의로움이란 잣대만으로 세상을 살피던 시절이었다. 오십 줄에 들고 보니 의(義)라고 믿었던 것이 불의로 밝혀지기도 하고 불의라고 치를 떨었던 것이 의로 돌아오기도 했다.

류성룡은 율곡을 탄핵하는 소(疏)를 올린 것이 못내 후회스러웠다.

류성룡은 율곡이 동도 없고 서도 없으며 동도 옳고 서도 옳다고 한 말을 미봉책으로만 받아들였다. 어찌 하늘 아래 옳은 것이 동시에 존재할 수 있단 말인가. 그런 주장은 천하를 속이고 군왕을 속이고 자신을 속이는 것이라 여겼다. 탄핵을 당한 율곡이 들려준 말이 귀에 쟁쟁했다.

"무왕과 백이숙제는 둘 다 옳은 것이라네. 주나라 무왕은 은나라 폭군 주(紂)를 쳐서 세상을 평안하게 했으니 옳은 것이고, 백이숙제는 신하가 임금을 죽일 수 없다는 도를 따른 것이니 그 또한 옳지 않겠는가?"

그때는 율곡이 세상을 보는 넓고 부드러운 시선을 따라가지 못

했다. 젊은 혈기 때문이기도 했지만 무엇보다도 세상을 읽는 눈
이 부족했다.

'앞에 앉은 저 두 사람은 무왕과 백이숙제가 동시에 옳다는 궤
변을 이해할 수 있을까. 힘들 것이다. 아직은 저들에게도 의를
따르려는 마음만 가득하겠지. 하나 곧 깨닫게 되리라. 전쟁터에
서 승패란 공맹의 도리로 가리는 것이 아니다. 적을 물리치려면
도가 아닌 길도 가야만 하고 예가 아닌 말도 해야 한다. 일단 전
쟁이 터진 이상 무엇보다도 먼저 오성과 한음, 저 두 젊은 천재
들을 내 사람으로 만들어야 한다. 동이니 서니 남이니 북이니 하
면서 편 가름에 익숙한 대신들과 전쟁을 논할 수 없다. 의와 불
의가 힘의 논리로 바뀐 현실을 사심 없이 받아들이고 탑전에 당
언(讜言, 바른 말)할 신하가 필요하다.'

"아마도 이 장군은 패하기가 쉬울 것이오."

이항복이 놀란 토끼 눈으로 되물었다.

"패하다니요? 천하제일 용장이 아닙니까? 야인과 싸우면서 단
한 차례도 물러선 적이 없는……"

"천하제일 용장? 아마 그 뜬구름 같은 명성과 자만심이 화를
부를 것이오. 이 장군은 용기는 있으되 슬기가 없고, 자기 능력
만 과신하며 주위 조언을 듣지 않는 장수라오. 나아가지 않고 지
형지물을 이용하여 지킨다면 왜군과 대적할 수 있지만 속전속결
로 승리를 재촉한다면 단숨에 무너지고 말 것이오. 우린 아직 왜
군 숫자가 어느 정도인지조차 모르오. 동래가 하루아침에 무너진
걸 보면 왜군들이 만만치 않은 상대임을 알 수 있소. 쉽게 덤비

다가는 큰 낭패를 당할 것이오."

이덕형 역시 류성룡 주장을 선뜻 받아들이지 않았다.

"이 장군은 전쟁터에서 잔뼈가 굵은 장수입니다. 전황에 따라 적절히 대응하겠지요."

"장수가 전투에서 패하는 데는 열 가지 잘못이 있는 법이오. 용기는 있으나 죽음을 가볍게 여기고, 적군을 만나서 허둥대며, 욕심을 앞세워 이로움을 취하고, 마음이 약해 죽여야 할 자를 죽이지 못하며, 지혜는 있으되 두려움을 모르고, 남을 함부로 믿고, 청렴을 내세워 부하를 보살피지 않고, 계책이 있다고 조심하지 않거나, 모든 일을 자기 혼자 꾸려 나가려 하고, 게을러 모든 일을 부하들에게 맡기는 것. 이 중에서 두 가지 잘못만 범해도 전투에서 이길 수 없어요. 한데 이일 장군은 어떻소? 내가 보기엔 적어도 다섯 가지 이상 잘못을 범할 것 같소."

잠시 시선을 내렸던 오성과 한음이 동시에 머리를 끄덕였다.

'용맹하기는 하나 덤벙대는 이일이라면 왜군과 싸워 패할 수도 있을 것이다. 하지만 그 다음엔 한성 판윤 신립이 나서겠지. 신립은 이일과는 달리 침착하고 사려 깊으며 병법에도 밝으니 왜군을 막을 수 있지 않을까.'

류성룡은 그런 생각을 하고 있는 두 사람 마음을 넘겨짚었다.

"신립 장군이 왜군을 막는다면 다행이지만 우리는 그 다음까지 대비해야 하오."

"다음이라시면……?"

류성룡이 칼로 긋듯 단호하게 말했다.

"몽진(蒙塵, 임금이 난리를 피하여 안전한 곳으로 피하는 일)을 준비합시다."

이항복이 화들짝 놀랐다.

"몽진이라니요, 대감? 당치 않으신 말씀이십니다. 왜놈들을 피해 도성을 떠날 수는 없습니다. 싸우다 죽는 한이 있더라도 왜놈들이 숭례문으로 들어오는 것을 막아야지요."

"한 고조 유방은 치욕을 참으며 한중으로 물러났기에 천하를 쥘 수 있었고 초패왕 항우는 자존심을 지키겠다며 오강을 건너지 않았기에 목숨을 잃었소. 살아남지 않는 자에게는 희망도 없는 법. 자존심과 종묘사직을 맞바꿀 수는 없지 않소?"

이덕형은 고개를 들어 잠시 천장을 올려다보았다. 류성룡 말을 처음부터 되새기는 듯했다. 이일이 패하고 신립마저 지면 도성까지 위태롭다.

"대감 말씀처럼 된다면 소생들은 무엇을 해야 하겠습니까?"

류성룡은 그 물음이 나오기만을 기다리고 있었다.

'무엇을 할 것인가.'

아직 드러난 일은 없었다. 다만 질풍노도처럼 밀려오는 왜군들 기세를 꺾어야 하는 것만은 확실했다.

'전쟁이란 시간을 끌수록 방어하는 쪽이 유리한 법. 군대란 원정에 나서는 순간부터 도적 떼가 되지. 몇 년 동안 군량미를 준비하고 치밀한 수송 계획을 세우더라도 낯선 지리와 기후 탓에 배를 주릴 수밖에 없을 거야. 겨울까지만 시간을 끌면 추위와 굶주림에 지친 왜군들 사기가 바닥을 칠 것이다. 그때까지 이 싸움

을 질기게 이어 가야 해.'

그런 생각을 하면서 류성룡은 느릿하게 말을 이었다.

"도승지는 전하의 곁을 그림자처럼 따르시오. 주상 전하께서는 퇴계 선생과 율곡 선생 가르침을 받아 유학에는 조예가 깊으시지만 병법이나 전투에는 밝지 못하시오. 그러니 언제나 마음을 강건하게 지니시도록 각별히 신경을 쓰시오. 대제학은 왜장들을 만나야 할 것이오."

"왜장들을 만나다니요?"

"대제학은 일찍이 선위사로 왜인들을 여러 차례 만난 적이 있지 않소? 듣자니 왜인들 사이에서 대제학이 주자에 비할 정도로 학덕이 높다고 칭송이 자자하답니다."

"터무니없는 헛소문입니다. 소생이 어찌 감히……."

류성룡은 펄쩍 뛰는 이덕형을 보며 빙그레 웃었다.

"허허, 어쨌든 도승지가 전하를 모시고, 대제학이 왜장들을 맡고, 내가 명나라를 오가면 틀림없이 승리할 길이 열릴 게요."

"대감 뜻에 따르겠습니다."

두 사람은 공손히 류성룡에게 예를 표했다.

류성룡은 왜군과 전면전을 예상하며 대비책을 간구한 유일한 신하였다. 예전처럼 변방만 어지럽히다가 돌아가면 다행이지만, 왜군이 경상도, 충청도를 지나 한양으로 들어온다면 류성룡이 세운 계획처럼 발 빠르게 움직여야 했다.

"허허허, 이 사람 뜻을 헤아려 주니 고맙구려. 자, 어떻소? 아무리 급해도 오늘 저녁엔 함께 술이나 한잔 합시다. 울창주(鬱鬯

酒, 울금향을 넣어 빚은 향기 나는 술) 맛이 제법 그윽하고 꾀꼬리처럼 노래를 잘하는 아이도 있다오."

성정각을 나온 세 사람은 봄 풍경을 완상하며 장승걸음을 옮겼다. 색색 가지 꽃과 나무들이 시야를 어지럽혔고 봄꽃 냄새가 마음을 흔들었다. 어디에도 피 냄새는 나지 않았다. 졸졸졸 흘러가는 금천교 밑 냇물이 유난히 맑았다. 전화(戰火)가 이곳까지 미치면 이 평화는 순식간에 사라질 것이다. 설사 다시 평화가 찾아오더라도 어두운 기억 탓에 다시는 이 풍광을 즐길 수 없게 될 것이었다. 세 사람은 전쟁이라는 괴물이 여기까지 찾아오지 않기를 간절히 바랐다. 하나 세상일을 누가 알 수 있으랴. 다만 예측하고 준비할 뿐.

二十, 경상 우수군 완패(完敗)하다

저녁 어스름이었다.

경상 우수사 원균이 내린 군령에 따라 경상 우수영이 있는 거제도 가배량(加背梁) 앞바다에 판옥선과 협선들이 모여들었다. 옥포 만호(玉浦萬戶) 이운룡(李雲龍)이 제일 먼저 도착했고, 영등포 만호(永登浦萬戶) 우치적(禹致績)과 율포 만호 이영남이 그 뒤를 따랐다.

막사로 들어서는 장수들 눈빛이 쇳덩이라도 녹일 만큼 뜨거웠다. 상석에 앉은 경상 우수사 원균 뒤에는 아직 앳된 얼굴에 이마엔 여드름이 더덕더덕 난 원사웅이 칼을 찬 채 서 있었다. 아버지를 닮아 어깨가 떡 벌어지고 눈이 날카로웠다.

"아직도 다 오지 않았는가?"

가배량으로 모이라는 군령을 내린 지 닷새나 지났지만, 군선을 이끌고 온 것은 옥포, 율포, 영등포뿐이었다.

경상 우수영에 속한 팔관 십육포 중 여덟 관 열세 포에서 장수들이 도착하지 않은 것이다. 원균은 계속해서 울화통이 터지는 보고를 받고 있었다. 왜선들 수가 기백 척을 넘는다는 풍문을 접하자마자, 배를 버리거나 가라앉히고 육지로 달아난 장수들이 적지 않다는 것이었다. 경상 우수군을 일사 분란하게 통솔해야 하는 경상 우수사로서는 치욕이 아닐 수 없었다.

부임한 지 채 두 달이 되지 않았기에 경상 우수군을 정비할 시간이 부족했다는 건 핑계에 불과했다. 전라 좌수사 이순신처럼 틈나는 대로 장졸들을 모두 불러 모아 진법 훈련을 하면서 서로 믿음을 쌓고 고충을 나누어야 했다. 그러나 원균은 이렇듯 빨리 전란이 터질 줄은 몰랐다. 정삼품 당상관에 오른 기쁨과 함경도 시절처럼 오랑캐를 단숨에 쓸어버릴 수 있다는 자신감으로 대언장담(大言壯談)만 계속 늘어놓았던 것이다.

원균이 부임해 오던 이월, 가배량에 모였던 팔관 십육포 장수들은 큰 소리로 목숨을 다해 군령을 따르겠다고 맹세하였지만, 정작 목숨이 위태롭게 되자 각자 살 궁리를 찾기 시작한 것이다.

외해로 나가서는 안 된다는 전언을 품고 가배량으로 돌아온 이영남은 매우 놀랐다. 이순신 앞에서 경상 우수군이 무적임을 자랑하고 온 게 쑥스러울 정도였다. 판옥선이 겨우 세 척, 협선과 포작선을 합쳐도 열 척이 되지 않았다. 팔관 십육포에 소속된 판옥선이 모두 모인다면 사십 척이 넘을 것인데, 한심한 일이 아닐 수 없었다.

원균은 부들부들 떨며 고함을 내질렀다.

"두고 보자, 이놈들! 군령을 어긴 놈은 지위 고하를 막론하고 참형에 처하겠다. 남해로부터는 소식이 없는가?"

원균은 남해 현령 기효근이 어찌 되었는가가 몹시 궁금했다. 다른 장수들은 다 도망간다고 해도 기효근만은 달려와 주리라 믿었던 것이다. 이영남이 힘주어 답했다.

"늦어도 내일까지 도착하겠노라는 연통이 왔습니다."

원균이 고개를 끄덕이며 지도를 폈다. 장수들을 더 기다리다간 왜적을 공격할 기회를 놓칠 것이었다.

"한시가 급해. 남해 현령은 빼고 회의를 시작하지. 알고들 있겠지만 왜군은 이미 부산에 상륙하여 북상 중이오. 경상 좌수사 박홍 장군에 따르자면 왜군은 그 수가 이만에 이른다 하오."

이만 명!

장수들 얼굴에 동요가 가득했다. 선발대가 이만이라면 본진은 대체 얼마나 될지 짐작할 수조차 없었다. 단순한 노략질이 아니라 전면전이었다. 왜놈들이 조선과 명나라를 상대로 전쟁을 시작한 것이었다.

"경상 좌수사는 왜놈들이 부산포에 내리는 걸 보고만 있었단 말입니까?"

영등포 만호 우치적이 코를 실룩이며 물었다. 맨손으로 황소를 때려잡을 만큼 담이 크고 힘이 셌으며, 놋쇠 솥뚜껑을 주먹으로 쳐서 박살냈다는 소문까지 돌았다. 원균이 우치적보다 더 큰 목소리로 답했다.

"공문에 쓰지는 않았지만 경상 좌수군은 번번이 싸우지도 못한 듯하오. 겁을 집어먹었던 게지. 지금쯤 경상 좌수영 소속 군선들은 사방으로 흩어졌을 것이오."

"에잇! 싸워 보지도 않고 도망부터 치다니. 병신 같은 놈들!"

우치적이 이를 갈았다. 원균이 두 주먹을 치켜들고 또 호언장담을 했다.

"당장 부산포로 가서 부산 첨사 정발과 동래 부사 송상현(宋象賢)의 복수를 해야 하오. 가서 왜놈들을 싸그리 쳐 죽입시다."

이운룡과 이영남을 비롯한 장수들이 너나없이 그러자고 했다. 원균은 흡족한 미소를 지었다.

"내가 앞장설 터인즉 그대들은 뒤를 따르시오. 곧장 옥포 쪽으로 돌아서 가덕도를 지나 부산으로 갑시다."

가배량에서 부산포로 가는 뱃길은 두 갈래였다. 하나는 내해를 따라 한산도를 왼쪽으로 끼고 좁은 칠천량(漆川梁) 해협을 지나 가덕도로 빠지는 것이고, 다른 하나는 율포와 지세포를 돌아 외해로 나가서 곧장 가덕도로 향하는 것이다. 촌각을 다투는 상황이므로 원균은 지름길인 후자를 택했다. 바람만 등 뒤에서 불어준다면 내일 낮에는 부산포에 당도할 수 있을 것이다.

냉정한 이운룡이 토를 달았다.

"어떤 이유인지는 모르겠으나 왜선들은 아직 경상 우수영 바다로 몰려오지는 않고 있습니다. 섣불리 출정하는 것보다 이곳에서 기다리며 전라 좌수사께 한 번 더 도움을 청해야 하지 않겠소이까?"

"그럴 필요 없소. 우수영 군선만으로도 충분히 적을 궤멸할 수 있소. 괜히 다시 알렸다가 지레 겁먹고 달아나기라도 하면 큰일 아닌가, 하하하하!"

원균이 웃음을 터뜨리자 장수들도 너나없이 따라 웃었다. 원균은 함경도에서 생사고락을 같이한 군졸 스무 명을 가배량으로 데리고 왔다. 그들 입에서 자연스럽게 녹둔도 패전이 흘러나왔고, 그 후로 이순신은 부하들과 함께 죽지 않고 혼자만 도망친 장수로 낙인찍혔다. 얼마나 겁이 많으면 바다 밑에 철쇄를 박고 군선에 덮개를 씌워 칼까지 꽂겠느냐며 비웃었다.

"유비무환입니다. 만약을 대비해서……"

"이 만호! 만약은 없네. 그대는 천하무적 경상 우수영 장졸들이 패하리라고 보는가?"

말투에 가시가 돋쳐 있었다. 이운룡은 주춤하며 한 걸음 물러섰다.

"아닙니다. 우리는 반드시 승전할 것입니다. 하나 적은 이만 명이 넘지 않습니까. 단번에 몰살시킬 숫자가 아니지요. 전란이 장기전으로 간다면, 전라 좌우 수군과 합칠 수밖에 없습니다. 군율에도 전황을 가까운 장수에게 알리도록 되어 있습니다."

원균 얼굴에 짜증이 배어났다.

'망할 놈의 군율. 싸워서 이기면 그만이지, 군율 따위가 도대체 뭐란 말인가. 이운룡 저놈은 똑똑하고 궁술에 능한 것까지는 좋은데 왜 뻘때추니(어려워함이 없이 제멋대로 짤짤거리며 쏘다니는 계집)처럼 사사건건 끼어들어 군율을 따지는 거지? 내가 군졸들과

뒤엉켜 씨름을 하건 말건, 술을 먹건 말건, 이순신에게 전령을 보내건 말건 제가 무슨 상관이란 말인가.'

원균은 호탕한 웃음으로 불쾌한 심기를 감추었다. 우수영 소속 젊은 장수들은 이운룡을 누구보다도 믿고 따랐던 것이다.

"허허허, 좋소. 이 만호 뜻대로 합시다. 율포 만호! 그대가 다시 가도록 하오. 가서 전라 좌수사에게 내 서찰을 전하고 마음 단단히 먹고 기다리라고 하오. 너무 겁주지는 말고, 경상 우수영 소속 군선들이 이미 왜선을 치기 시작했다며 힘을 북돋우도록! 알겠소?"

이영남은 내키지 않았다. 스물일곱, 전공을 갈망할 나이였다.

"장군, 첫 출전인데 소장도 데려가 주십시오. 선봉에 서고 싶습니다. 좌수사에게 또 비라리청(구구한 말을 하여 가며 남에게 무엇인가를 청하는 일)을 하고 싶지 않습니다."

원균은 스물일곱에 종사품 만호까지 오른 이영남을 친자식처럼 아꼈다. 이영남 역시 노년인데도 불요불굴을 잃지 않고 있는 원균을 흠모했다. 원균이 경상 우수사로 부임한 후 이영남은 율포에 있는 날보다 가배량에 머무는 날이 더 많았다. 원균은 아들 원사웅에게 이영남을 형이라 부르며 따르도록 했고, 경상 우수영 소속 군선과 군량미를 모두 이영남에게 관리하도록 맡겼다.

원균이 허리를 뒤로 젖히고 크게 웃었다.

"하하하. 내 어찌 그대 마음을 모르겠는가? 그대를 위해 마지막 전투는 참고 기다릴 터인즉 휑 하니 다녀오라. 경상 우수군이 얼마나 용맹한지를 알릴 적임자는 그대뿐이다."

자정 무렵, 율포 만호 이영남을 태운 경쾌선(輕快船)이 다시 여수를 향해 떠났다.

저녁부터 부슬부슬 내리기 시작한 빗줄기가 점점 굵어졌다. 총통과 활을 가득 실은 판옥선들이 가볍게 좌우로 흔들렸다. 먼 바다에까지 나갔던 척후로부터 파도가 점점 높게 인다는 보고를 받았다.

'파도쯤이야! 맨몸으로 두만강을 헤엄쳐 건넌 내가 아니더냐.'

원균은 그 보고를 무시했다. 출정 준비를 마치고 군막을 나서려는데 옥포 만호 이운룡이 상기된 얼굴로 들어왔다.

"뭔가?"

"역풍입니다. 장군. 파도도 높고, 역풍에 맞서 외해로 나섰다가는 표류하기 십상이외다. 차라리 칠천량 쪽으로 돌아가는 것이 어떻겠는지요?"

"어허! 이 만호는 어찌 그리 약한 소릴 하는가? 그깟 파도와 바람이 무서워서 뱃길을 바꾸자는 건가. 꾸물대는 동안 부산포에 있는 우리 군사들이 얼마나 목숨을 잃을지 생각해 보시게. 하늘이 지극한 우리 마음을 안다면 파도도 가라앉고 바람도 남실남실 순풍으로 바뀔 것이다. 어서 출정의 북을 울리라."

"장군! 수전(水戰)은 육전(陸戰)과 달리 교전하기 전에 승패가 결정되는 경우가 많소이다. 격군들이 파도나 맞바람과 싸우느라

지쳐 쓰러지면 결코 승리할 수 없는 것이 수전입니다."

원균이 어깨를 흔들어 댔다.

"닥쳐라. 감히 네가 뉘 앞에서 병법을 논하는 것이냐? 잘 들어라. 나는 한평생 전쟁터에서 보냈으나 유리하고 편한 전투를 해본 적이 없다. 언제나 죽음이 바로 코앞까지 다가온 전투, 싸우면 전멸할 것이라는 전투만 했다. 그리고 단 한 번도 진 적이 없었다. 웬 줄 아느냐? 전투는 기와 기의 싸움이며 기세를 올리는 자가 바로 장수이기 때문이다. 장수가 앞장서서 장검을 뽑으면 군사들은 목숨을 건다. 병법에도 이르기를, 한 사람이 죽기를 각오하면 적군 백 명을 물리칠 수 있다고 했느니라. 때를 기다려 기회를 엿보려거든 남아라. 내 구태여 너 같은 겁장(怯將)을 휘하에 두고 싶지 않다. 하지만 이것만은 기억해 둬. 전투에서 제일 먼저 죽는 자는 죽음을 두려워하는 자야. 두려움이 없다면 죽음은 결코 우리를 쓰러뜨리지 못한다. 내가 믿는 것은 오직 이뿐이다. 나는 장졸들과 사생결활(死生契闊, 삶과 죽음을 같이하기로 하고 동고동락하는 일)하겠다. 나와 같이 전쟁터로 나아가든지, 예 머물러 전공을 놓치든지 결정해라."

경상 우수영 함대가 폭우를 헤치며 출발했다. 둥둥, 북소리에 맞춰 격군들이 힘차게 노를 저을 때마다 배가 좌우로 심하게 흔들렸다. 율포를 지나자 가라산 봉화가 어렴풋이 보였다. 지세포 근처에 이르자 폭우와 함께 강풍이 몰아쳤다. 북소리가 빨라지고 격군들 팔놀림에도 힘이 붙었지만 배는 좌우로 흔들리기만 할 뿐 앞으로 나아가지 않았다. 원균이 이끄는 경상 우수영 선단은 어둑새벽이 올 때까지 지세포 앞바다에서 맴돌다가 날이 밝자 가덕도로 방향을 잡았다. 지세포에 정박해서 잠시 숨을 돌리자는 주장도 있었으나 원균은 이마저 묵살했다.

가덕도를 지나면서 줄비가 멎고 바람 방향이 바뀌었다. 눈이 시리도록 푸른 하늘이 끝없이 펼쳐진 바다와 입을 맞추었다. 순풍을 만난 군선은 자석에 끌리듯 속력을 냈다.

'이 속도만 유지하면 정오가 되기 전에 다대포(多大浦) 앞바다에 도착하리라. 그럼 잠시 닻을 내리고 지친 군사들을 쉬게 한 후 마지막 작전을 숙의하리라.'

"북채를 다오!"

원균은 원사웅으로부터 북채를 넘겨받아 직접 격군들에게 힘을 불어넣었다. 밤새 세찬 비를 뿌리는 역풍과 싸운 격군들 눈이 충혈되었다. 더러 몸이 약한 이들은 뱃멀미를 앓기도 했다. 그러나 어느 누구도 찢어져라 북을 쳐 대는 원균을 원망하지 않았다. 격군들도 전황이 얼마나 급박한가를 알고 있었던 것이다.

펑.

갑자기 포 소리가 크게 울렸다. 언덕 위로 새까맣게 왜군들 머리가 드러났다.

"적이다!"

옥포 만호 이운룡이 탄 배가 황급히 다가왔다.

"장군, 배를 돌리시지요. 왜군들이 해안마다 가득합니다. 이대로 계속 나아갔다가는 격군들이 모두 지쳐 회군하지 못합니다. 해안에 잠시 정박하여 쉴 곳도 없지 않습니까. 옥포로 피신한 후

후일을 기약합시다. 전라 좌수사께 도움을 청합시다."

원균이 칼을 뽑아 들고 고함을 고래고래 질러 댔다. 경상도 해안에 왜군들이 가득 찼다는 것도 믿기 힘들었고, 이대로 물러서는 것은 더더욱 받아들일 수 없었다.

"죽을지언정 물러서지 않겠다. 다시 그딴 소릴 지껄이면 네놈 목부터 치겠다. 사옹아!"

"예, 아버님!"

"돌격 깃발을 올려라! 진군 북을 쳐라!"

비호(飛虎)가 좌우로 그려진 붉은 깃발이 올랐다. 심장 박동보다 더 크고 급박한 북소리가 사방으로 퍼져 나갔다.

"적선입니다!

배들이 두꺼비 등판처럼 바다에 울룩불룩 모습을 드러냈다. 갈매기 떼가 끼룩 끼루룩 울며 주위를 빙빙 돌았다. 이미 이운룡과 우치적이 탄 판옥선을 비롯한 나머지 군선들은 뱃머리를 돌리기 시작했다. 조금 더 나아가다가는 원균이 탄 판옥선만 고립될 것이다.

탕.

그 순간 총성이 울렸다.

탕탕 탕탕탕.

상갑판에 있던 궁수들은 깜짝 놀라 바닥에 넙죽 엎드렸다. 겁을 잔뜩 집어먹은 군졸들은 고개를 들어 주위를 살필 엄두도 내지 못했다. 포성(砲聲)과 총성(銃聲) 속에서 원사옹이 다급하게 청했다.

"아버님, 퇴각 명령을 내리십시오. 다른 군선들은 이미 뱃머리를 돌렸습니다. 이대로는 고립되어 몰살당합니다.”

원균은 고개를 들어 주변을 살폈다. 달아나는 우수영 군선들이 저만치 멀어지고 있었다. 원균은 분노와 모멸감을 참기 어려웠다. 그러나 혼자서 왜선과 맞서 싸울 수는 없었다. 여기서 목숨을 잃으면 경상 우도 바다는 지키는 자가 아무도 없게 될 것이었다. 원균은 고개를 떨어뜨린 채 명령을 내렸다.

“가배량으로 돌아가자!”

원사웅이 큰 소리로 복명복창했다.

“퇴각, 퇴각하라!”

판옥선이 지체 없이 뱃머리를 돌렸다. 포성과 총성이 계속 천지를 흔들었지만 배까지 미치지는 못했다. 긴 한숨을 푹푹 내쉬던 원균이 투구를 벗어 내동댕이쳤다. 그리고 두 주먹으로 제 볼을 마구 쳐 댔다. 완승(完勝)을 거두리라는 환상이 산산이 부서지는 순간이었다.

원균은 자신이 처한 처지가 너무나도 한심했다. 왜구들을 단숨에 괴멸하고 쓰시마 섬까지 가겠다고 큰소리를 치지 않았던가. 그러나 지금 경상 우수군은 군령을 내려도 모이지 않고 포성과 총성에 놀라 뱃머리를 돌리는 오합지졸뿐이었다.

원사웅이 달려와서 그 팔을 붙들려 했지만 원균이 성난 눈으로 쳐다보자 주춤 멈춰 섰다. 원균이 털썩 무릎을 꿇고 엎드려 이마를 바닥에 쾅쾅 쳐 댔다.

“아버님, 원군이 옵니다. 남해 현령 기효근이 탄 군선입니다.”

원균이 고개를 들었다. 벌겋게 부어오른 이마는 찢어져 피까지 흘렀다. 가덕도 쪽에 있는 왜 선단을 향해 포를 쏘며 돌진하는 배는 과연 기효근이 지휘하는 판옥선이었다. 뒤늦게 연락을 받은 기효근이 가배량을 거쳐 원균을 따라온 것이다. 경상 우수영 군선들은 동풍을 타고 가배량까지 단숨에 달아났다.

잠잠하던 하늘에서 다시 채찍비가 내리기 시작했다.

군막을 칠 사이도 없이 부두에서 곧바로 군중 회의가 열렸다. 장수들은 비를 맞은 채 원균을 중심으로 삥 둘러섰다. 죽음 같은 침묵이 흘렀다. 원균은 살아남았다는 부끄러움으로 두 눈이 붉게 충혈 되어 있었다. 우치적은 분을 참지 못하여 머리를 쥐어뜯었고, 기효근은 거친 숨을 몰아쉬며 늦게 도착한 데 대해 용서를 빌었다. 모두 침통한 얼굴이었다.

남해 현령 기효근이 나섰다.

"장군, 남해로 옮기시지요. 이곳에서는 왜선들이 기습하면 당해 낼 재간이 없습니다. 남해에는 소장이 축적해 둔 군량미와 무기들이 있습니다."

매사에 꼼꼼하고 숫자에 밝은 기효근이었다. 그 말을 듣자 원균을 비롯한 장수들 표정이 밝아졌다. 이운룡이 말했다.

"이왕 힘을 합쳐 장기전에 대비해야 한다면 남해 대신 전라 좌수영이 있는 여수로 곧장 가는 것이 어떻겠습니까?"

원균이 버럭 화를 냈다.

"안 돼! 이런 몰골을 전라 좌수군에게 보여 주잔 말인가? 죽더라도 경상 우도 바다를 벗어날 수 없어. 임지를 벗어난 장수가 어찌 장수일 수 있는가. 남해는 여수와 지척이니 내가 남해로 가면 소문이 곧 좌수영에까지 미칠 것이다. 그러니 남해로도 가지 않겠다."

기효근이 중재안을 내놓았다.

"그렇다면 곤양으로 가시지요. 남해에서도 가깝고 여차하면 진주성에 있는 군사들과도 연락을 취할 수 있습니다. 멀리 한산도까지 척후를 보내고 창선도에 매복을 심어 둔 후 바다와 육지를 오가며 왜적과 맞선다면 능히 버틸 수 있을 겁니다."

기효근이 낸 계책에 따라 원균은 경상 우수영을 곤양으로 옮기기로 했다. 기효근은 휘하 군선과 군졸들을 경상 우수영 직할로 재배치하고 만약을 대비해 경쾌선 두 척으로 남해를 순찰시켰다. 원균은 기효근을 부장으로 삼아 그림자처럼 자신을 보좌하도록 했다.

지난밤 위풍도 당당하게 출항했던 경상 우수영 군선들이 초라한 몰골로 곤양으로 들어섰다. 북소리조차 없었다. 군졸들은 죽음과 손을 맞잡기 직전에 돌아왔다는 안도감으로 넋이 나가 있었다.

원균은 방문을 굳게 걸어 잠그고 무옥과 함께 술을 마셨다.

풍악도 웃음도 없었다. 남장한 무옥이 양손을 부들부들 떨었다. 뺨을 타고 흘러내리는 원균의 눈물을 보았기 때문이다. 원균으로서는 처음 맛보는 패배였다. 술을 한 잔 들이킬 때마다 상처는 덧나고 피가 튀었다. 뜨거운 불덩이가 가슴 저 깊은 곳에서 치솟아 올라와서 온몸을 채찍으로 때리는 듯했다.

'내게도 이런 날이 찾아올 줄이야.'

원균은 한평생 거침없이 말하고 두려움 없이 행동했다. 무경칠서를 깨치기는 했지만 책에 적힌 병법보다 몸에 익은 경험들을 믿었다. 수백 년 전에 벌어진 전투를 파헤치며 잘잘못을 따지는 것보다 얼마 전에 거둔 승리를 되돌아보는 편이 낫다고 여겼다. 어린 시절, 글공부를 열심히 않는다고 꾸짖는 어머니에게 다음과 같이 대답했다.

"소자는 작은 깨달음보다 큰 승리를 원합니다. 만천하에 이름을 떨치고 만백성을 이롭게 하는 길을 걷고 싶습니다. 이깟 책 몇 권에 시간을 헛되이 낭비하고 싶지 않습니다."

원균 역시 수많은 전투를 치르는 동안 적잖은 잘못을 범했다. 성급하게 적을 쫓다가 복병을 만나 혼쭐이 나기도 하고, 군사들을 좁은 협곡이나 늪으로 내몰다가 화살 세례를 받기도 했다. 하지만 원균은 사소한 잘못들을 딛고 서서 큰 승리를 이끌어 냈다. 따라서 장수는 사소한 과오나 잘못이 있더라도 한 번 내린 명령을 바꾸지 말아야 하며, 의심이 생기더라도 개의치 않아야 한다고 믿었다.

그러나 오늘은 완벽하게 지고 말았다. 제대로 싸워 보지도 못하고 꽁무니를 뺀 것이다.

'분하다!'

문밖에서는 원사웅이 두 눈을 부라리며 치욕을 곱씹고 있었다. 갑판을 두드리는 빗방울이 그들 부자 마음을 따갑게 채찍질했다.

〈4권으로 이어집니다.〉

부록

전라 좌우도 지도

경상 좌우도 지도

관직명 해설

수군 관직 해설

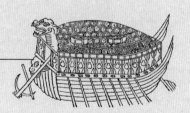

〈전라 좌우도 지도〉

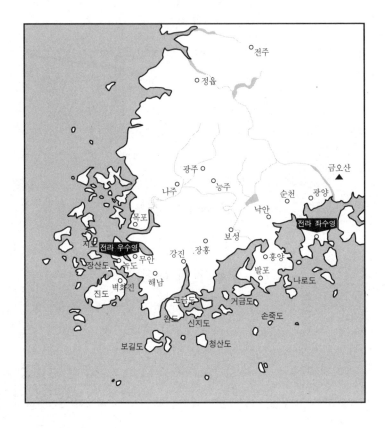

조선 시대 수군 군영은 왜구의 노략질이 잦은 경상도와 전라도에 집중하여 각
각 좌우 양영을 두었다. 각 도의 동편 즉 서울에서 보아 왼쪽에 둔 주진을 좌수
영, 오른쪽에 둔 주진을 우수영이라고 하였다. 수군 절도사가 수영에 있어서 해
당 지역의 관과 포를 통솔하며 배와 군사를 거느렸다.

<경상 좌우도 지도>

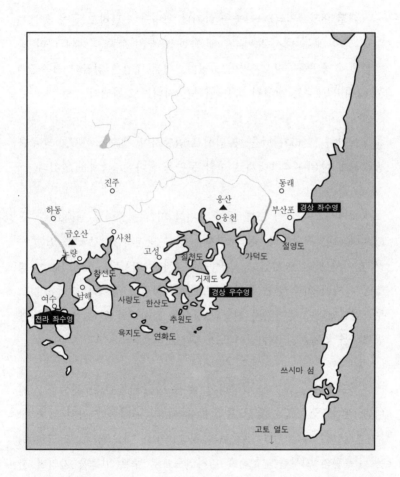

본문중에 나오는 관직명 해설

• **대전 내관** 임금의 시중을 들거나 왕명을 전달하고 궁을 돌보는 일을 맡아 보는 내시부(內侍府)에 속한 환관은 각종 직책에 따라 종이품에서 종구품까지 140명이 있었다. 대전 내관은 임금의 최측근에서 모시며 때로는 상당한 숨은 권력을 지니기도 하였다.

• **도원수** 난리가 났을 때 임시로 임명하여 장졸을 이끌고 군무를 통괄하게 한 무관직. 대체로 고위 문관을 뽑아 이 직책을 맡겼다.

• **방어사** 지방 각 도에 두어 요지를 지키는 종이품 관직으로, 병사 다음가는 직위이다. 본래 명칭은 병마 방어사(兵馬防禦使) 또는 수군 방어사(水軍防禦使)였고 지방 수령직과 겸임했다. 방어사는 지방 행정 체제에 비중 있는 무관을 보내어 군사력을 강화하고자 한 것으로, 임진왜란이 일어나자 왜군의 진격을 저지하기 위해 특별히 좌우 방어사를 임명하여 요처를 막도록 파견했다.

• **사관** 역사 기록을 담당하여 그 초고(史草)를 쓰던 관원을 사관이라 했다. 국사를 담당한 춘추관(春秋館)의 관직은 전임이 없고 모두 겸직이었는데, 그중 예문관의 봉교(奉敎), 대교(待敎), 검열(檢閱)은 춘추관의 기사관(記事官)을 겸하였으므로 주로 이들을 가리켜 사관 또는 한림(翰林)이라고 불렀다. 정칠품에서 정구품으로 품계는 낮지만 언제나 임금 곁에서 기록을 담당하는 일이므로 글솜씨가 빼어

나고 문벌에 흠이 없는 이를 골랐다.

• **순변사** 왕명을 받은 특사. 변방을 돌아보며 공문 전달과 역참 운영 상황, 민생과 농업, 군정의 실태 등을 두루 살피는 임무를 띠었다.

• **위관** 반역 등과 같은 중대 범죄가 발생하면 국청(鞫廳)에서 신문하였는데, 왕명에 의해 정해진 그 범인의 최고 담당자를 위관이라 하였다. 이에 따라 위관의 주재하에 신문이 진행되었다.

• **찰방** 관찰사의 통솔 아래 각 도의 역참(驛站)에 배치하여 교통과 체신 업무를 관장하게 한 종육품 외관직. 『속대전』에 규정되어 있는 인원은 40명에 이르렀는데, 대간(대간)이나 정랑(정랑)직의 문신을 차출하여 지방 주현에 파견, 수령의 비행이나 민간의 질병까지도 상세히 고찰하는 등 민생 안정에도 기여하였다.

• **첨사** 병마첨절제사(兵馬僉節制使)나 수군첨절제사(水軍僉節制使)를 줄여 부르는 말. 품계는 종삼품으로 절도사 밑이었다(다대포 첨사는 예외로 정삼품 당상관을 임명했다.).

• **부원군** 임금의 장인에게 주던 칭호.

수군 관직 해설

•수군 통제사(水軍統制使) 1593년에 신설된 종이품 무관 외관직. 경상, 전라, 충청 등 삼남 지방 수군의 총사령관이다. 이순신이 초대 통제사이고 원균이 2대 통제사였다. 통제사가 머무는 곳을 통제영(統制營)이라 하였다.

•수군 절도사(水軍節度使) : 정삼품 무관 외관직. 수사(水使)로 약칭하며, 수영이 있는 주진(主鎭)은 물론 휘하 관과 포를 모두 통솔하는 수군의 지휘관이다.

•수군 첨절제사(水軍僉節制使) : 종삼품 무관 외관직. 수군첨사(水軍僉使)로 약칭하며 거진(巨鎭)을 책임진다.

•수군 우후(水軍虞侯) : 정사품 무관 외관직. 충청, 경상, 전라도의 각 수영(水營)에 속한 주진의 부지휘관 역할을 한다.

•수군 만호(水軍萬戶) : 수군의 최전방 일선 지휘관이다. 고려 시대에 만들어진 직명 '만호'란 원래 그가 책임지는 고을의 호구 수를 나타낸 것인데, 조선 시대에는 백성 수와 관계없이 각 포(浦)의 관직명을 의미하게 되었다. 종사품 벼슬이지만 종삼품 이하 구품 이상 장수 중 능력과 경력을 고려하여 선발 임명하는 경우가 잦았다.

불멸의 이순신 3

폭풍 전야

1판 1쇄 펴냄 2014년 7월 18일
1판 2쇄 펴냄 2019년 9월 27일

지은이 김탁환
발행인 박근섭·박상준
펴낸곳 (주)민음사

출판등록 1966. 5. 19. 제16-490호
주소   서울특별시 강남구 도산대로1길 62(신사동)
          강남출판문화센터 5층 (우편번호 06027)
대표전화 02-515-2000 | 팩시밀리 02-515-2007
홈페이지 www.minumsa.com

ISBN 978-89-374-4143-1 04810
ISBN 978-89-374-4140-0 04810(세트)